ŒUVRES

DE

M· DE VOLTAIRE·

ŒUVRES

DE

M. DE VOLTAIRE,

SECONDE ÉDITION

Confidérablement augmentée,

Enrichie de Figures en taille - douce.

TOME XI.

Contenant les Annales de l'Empire.

M. DCC. LVII.

A Son Altesse Serenissime

Me. LA D. DE S. G.

 ADAME,

Je n'ai fait qu'obéir aux ordres de Votre Altesse Sérénissime, en écrivant cet Abrégé de l'Histoire de l'Empire. Il aurait un grand avantage, si j'étais resté plus longtems dans votre Cour. J'aurais mieux peint la vertu, surtout cette vertu humaine & sociable, à qui l'esprit & les graces donnent un nouveau prix; mais elle est peu du ressort de l'histoire. L'ambition qu'on masque du grand nom de l'intérêt des états, & qui ne fait que le malheur des états, les passions féroces qui ont conduit presque toujours la politique, laissent peu de place à ces vertus douces qu'on ne cultive guères que dans la tranquillité. Par-tout où il y a des troubles, il y a des crimes; & l'his-

A 2

toire n'eſt que le tableau des troubles du monde.

Il eſt important pour toutes les nations de l'Europe de s'inſtruire des révolutions de l'Empire. Les hiſtoires de France, d'Angleterre, d'Eſpagne, de Pologne, ſe renferment dans leurs bornes. L'Empire eſt un théâtre plus vaſte. Ses prééminences, ſes droits ſur Rome & ſur l'Italie, tant de Rois, tant de Souverains qu'il a créés, tant de dignités qu'il a conférées dans d'autres états, ces aſſemblées preſque continuelles de tant de Princes, tout cela forme une ſcéne auguſte, même dans les ſiécles les moins policés. Mais le détail en eſt immenſe. Et il reſte aux hommes occupés trop peu de tems pour lire ce prodigieux amas de faits qui ſe précipitent les uns ſur les autres, & ces recueils de loix preſque toujours contredites à force d'être expliquées. La juſteſſe de votre eſprit vous a fait déſirer des Annales qui ne fuſſent ni ſéches ni prolixes, & qui donnaſſent une idée générale de l'Empire dans une langue que parlent toutes les nations, & qui eſt embellie dans votre bouche. On aurait pu ſans doute obéir aux ordres de Votre Alteſſe Séréniſſime avec plus de ſuccès, mais non avec plus de zéle, & plus de reſpect.

Lettre de M. de V * * *
à M. de * * * Professeur
en Histoire.

VOus avez dû vous appercevoir, Monsieur, que cette prétendue Histoire universelle imprimée à la Haye, annoncée jusqu'au tems de Charlequint, & qui contient cent années de moins que le titre ne promet, n'était point faite pour voir le jour. Ce sont des recueils informes d'anciennes études, auxquelles je m'occupais il y a environ quinze années avec une personne respectable au-dessus de son sexe & de son siécle, dont l'esprit embrassait tous les genres d'érudition & qui savait y joindre le goût ; sans quoi cette érudition n'eût pas été un mérite.

Je préparais uniquement ce canevas pour son usage & pour le mien, comme il est aisé de le voir par l'inspection même du commencement. C'est un compte que je me rends librement à moi-même de mes lectures ; seule maniere de bien apprendre, & de se faire des idées nettes ; car lorsqu'on se borne à lire, on n'a presque jamais dans la tête qu'un tableau confus.

Mon principal but avait été de suivre les révolutions de l'esprit humain dans celles des gouvernemens.

Je cherchais comment tant de méchans hommes, conduits par de plus méchans Princes, ont pourtant à la longue établi des sociétés où les arts, les sciences, les vertus mêmes ont été cultivées.

Je cherchais les routes du commerce qui répare en secret les ruines que les Sauvages conquérans laissent après eux. Et je m'étudiais à examiner par le prix des denrées les richesses ou la pauvreté d'un peuple. J'examinais surtout comment les arts ont pu renaître & se soutenir parmi tant de ravages.

L'éloquence & la poësie marquent le caractère des nations. J'avais traduit des morceaux de quelques anciens poëtes orientaux. Je me souviens encore d'un passage du Persan Sadi sur la puissance de l'Être suprême. On y voit ce même génie qui anima les écrivains Arabes & Hébreux & tous ceux de l'orient. Plus d'imagination que de choix, plus d'enflure que de grandeur : ils peignent avec la parole : mais ce sont souvent des figures mal assemblées. Les élancemens de leur imagination n'ont

jamais admis d'idée fine & approfondie.
L'art des tranſitions leur eſt inconnu.

Voici ce paſſage de Sadi en vers blancs :

Il ſait diſtinctement ce qui ne fut jamais.
De ce qu'on n'entend point ſon oreille eſt remplie.
Prince, il n'a pas beſoin qu'on le ſerve à genoux,
Juge, il n'a pas beſoin que ſa loi ſoit écrite.
De l'éternel burin de ſa préviſion
Il a tracé nos traits dans le ſein de nos meres.
De l'aurore au couchant il porte le ſo eil,
Il ſeme de rubis les maſſes des montagnes.
Il prend deux goutes d'eau; de l'une il fait un homme,
De l'autre il arrondit la perle au fond des mers.
L'être au ſon de ſa voix fut tiré du néant.
Qu'il parle & dans l'inſtant l'univers va rentrer
Dans les immenſités de l'eſpace & du vuide;
Qu'il parle & l'univers repaſſe en un clin d'œil
Des abîmes du rien dans les plaines de l'être.

Ce Sadi né dans la Bactriane était contemporain du Dante né à Florence en 1265.
Les vers du Dante faiſaient déja la gloire
de l'Italie, quand il n'y avait aucun bon
auteur proſaïque chez nos nations modernes. Il était né dans un tems où les querelles de l'Empire & du ſacerdoce avaient
laiſſé dans les états & dans les eſprits des
plaies profondes. Il était Gibelin & perſé-
cuté par les Guelfes : ainſi il ne faut pas s'é-
tonner s'il exhale à peu près ainſi ſes cha-
grins dans ſon poëme en cette maniere :

Jadis on vit dans une paix profonde

De deux foleils les flambeaux luire au monde,
Qui fans fe nuire éclairant les humains,
Du vrai devoir enfeignaient les chemins :
Et nous montraient de l'aigle impériale
Et de l'agneau les droits & l'intervalle.
Ce tems n'eft plus, & nos cieux ont changé.
L'un des foleils de vapeurs furchargé
En s'échappant de fa fainte carriére,
Voulut de l'autre abforber la lumiére.
La régle alors devint confufion ;
Et l'humble agneau parut un fier lion,
Qui tout brillant de la pourpre ufurpée,
Voulut porter la houlette & l'épée.

J'avais traduit plus de vingt paffages affez longs du Dante, de Pétrarque, & de l'Ariofte ; & comparant toujours l'efprit d'une nation inventrice & celui des nations imitatrices, je mettais en parallele plufieurs morceaux de Spencer que j'avais tâchés de rendre avec beaucoup d'exactitude. C'eft ainfi que je fuivais les arts dans leurs carriéres.

Je n'entrais point dans le vafte labyrinthe des abfurdités philofophiques, qu'on honora fi longtems du nom de *fcience*. Je remarquais feulement les plus grandes erreurs qu'on avoit prifes pour les vérités les plus inconteftables ; & m'attachant uniquement aux arts utiles, je mettais devant mes yeux l'hiftoire des découvertes en tout genre depuis l'Arabe Geber, inventeur de l'Algébre, jufqu'aux derniers miracles de nos jours.

Cette partie de l'hiftoire était fans doute mon plus cher objet, & les révolutions des états n'étaient qu'un acceffoire à celles des arts & des fciences. Tout ce grand morceau qui m'avait coûté tant de peines, m'ayant été dérobé il y a quelques années, je fus d'autant plus découragé, que je me fentais abfolument incapable de recommencer un fi pénible ouvrage.

La partie purement hiftorique refta informe entre mes mains. Elle eft pouffée jufqu'au régne de Philippe II. & elle devait fe lier au fiécle de Louis XIV.

Cette fuite d'hiftoire débarraffée de tous les détails qui obfcurciffent d'ordinaire le fond, & de toutes les minuties de la guerre fi intéreffantes dans le moment, & fi ennuyeufes après, & de tous les petits faits qui font tort aux grands, devait compofer un vafte tableau qui pouvait aider la mémoire en frappant l'imagination.

Plufieurs perfonnes voulurent avoir le manufcrit tout imparfait qu'il était, & il y en a plus de trente copies. Je les donnai d'autant plus volontiers que ne pouvant plus travailler à cet ouvrage, c'était autant de matériaux que je mettais entre les mains de ceux qui pouvaient l'achever.

Lorfque M. de la Bruère eut le privilége du Mercure de France vers l'année 1747. il me pria de lui abandonner quelques-unes de ces feuilles qui parurent dans fon Journal. On les a recueillies depuis en 1751. parce qu'on recueille tout. Le morceau fur les croifades qui fait une partie de l'ouvrage, fut donné dans ce recueil comme un morceau détaché, & le tout fut imprimé très-incorrectement, avec ce titre peu convenable, *Plan de l'hiftoire de l'efprit humain*. Ce prétendu plan de l'hiftoire de l'efprit humain, contient feulement quelques chapitres hiftoriques touchant les neuviéme & dixiéme fiécles.

Un Libraire de la Haye ayant trouvé un Manufcrit plus complet vient de l'imprimer, avec le titre d'*Abrégé de l'Hiftoire univerfelle depuis Charlemagne jufqu'à Charlequint*. Et cependant il ne va pas feulement jufqu'au roi de France Louis XI. apparemment qu'il n'en avait pas davantage, ou qu'il a voulu attendre, pour donner fon troifieme volume, que fes deux premiers fuffent débités.

Il dit qu'il a acheté ce manufcrit d'un homme qui demeure à Bruxelles. J'ai oui dire en effet qu'un domeftique de M. le

Prince Charles de Lorraine en poſſédait
depuis longtems une copie, & qu'elle était
tombée entre les mains de ce domeſtique
par une avanture aſſez finguliere. L'exemplaire fût pris dans une caſſette parmi l'é-
quipage d'un Prince, pillé par des houzards dans une bataille donnée en Bohême.
Ainſi on a eu cet ouvrage par le droit de la
guerre, & il eſt de bonne priſe. Mais apparemment que les mêmes houzards en ont
conduit l'impreſſion. Tout y eſt étrange-
ment défiguré, il y manque les chapitres
les plus intéreſſans. Preſque toutes les dates
y ſont fauſſes, preſque tous les noms dé-
guiſés. Il y a beaucoup de phraſes qui ne
forment aucun ſens. D'autres qui forment
un ſens ridicule ou indécent. Les tranſitions, les conjonctions ſont déplacées. On
m'y fait dire très-ſouvent tout le contraire
de ce que j'ai dit. Et je ne conçois pas comment on a pu lire cet ouvrage dans l'état
où il eſt livré au public. Je ſuis très-aiſe que
le Libraire qui s'en eſt chargé, y ait trouvé
ſon compte & l'ait ſi bien vendu ; mais s'il
avait voulu me conſulter, je l'aurais mis en
état de donner au moins au public un ouvrage moins défectueux : & voyant qu'il
m'était impoſſible d'arrêter l'impreſſion,
j'aurais donné tous mes ſoins à l'arrange-

A 6

ment de cet informe affemblage, qui dans l'état où il eft, ne mérite pas les égards d'un homme un peu inftruit.

Comme je ne croyais pas, Monfieur, que jamais aucun Libraire voulût rifquer de donner quelque chofe de fi imparfait, je vous avoue que je m'étais fervi de quelques-uns de ces matériaux pour bâtir un édifice plus régulier & plus folide. Une des plus refpectables Princeffes d'Allemagne, à qui je ne peux rien refufer, m'ayant fait l'honneur de me demander des Annales de l'Empire, je n'ai point fait difficulté d'inférer un petit nombre de pages de cette prétendue Hiftoire univerfelle dans l'ouvrage qu'elle m'a ordonné de compofer.

Dans le tems que je donnais à S. A. S. cette marque de mon obéiffance, & que ces Annales de l'Empire étaient déja prefque entierement imprimées, j'ai appris qu'un Allemand qui était l'année paffée à Paris, avait travaillé fur le même fujet, & que fon ouvrage était prêt à paraître. Si je l'avais fçu plutôt, j'aurais affurément interrompu l'impreffion du mien. Je fai qu'il eft beaucoup plus capable que moi d'une telle entreprife, & je fuis très-éloigné de prétendre lutter contre lui; mais le Libraire à qui j'ai fait préfent de mon manufcrit a pris trop de peine & m'a trop bien fervi, pour que je puiſſe ſupprimer le fruit de ſon travail. Peut-être même que le goût dans lequel j'ai écrit ces Annales de l'Empire étant différent de la méthode obſervée par l'habile homme dont j'ai l'honneur de vous parler, les ſavans ne feront pas fâchés de voir les mêmes vérités ſous des faces différentes. Il eſt vrai que mon ouvrage eſt imprimé en païs étranger, à Bâle en Suiſſe chez Jean-Henri Decker, & qu'on peut préſumer que les livres françois ne ſont pas imprimés chez les étrangers avec toute la correction néceſſaire. Notre langue s'y corrompt tous les jours depuis la mort des grands hommes que la révolution de 1685. y tranſplanta, & la multitude même des livres qu'on y imprime, nuit à l'exactitude qu'on y doit apporter. Mais cette édition a été revue par des hommes intelligens. Et je peux répondre du moins qu'elle eſt aſſez correcte, &c.

AVERTISSEMENT.

CEs courtes Annales renferment tous les événemens principaux depuis le renouvellement de l'Empire d'occident. On y voit cinq ou six Royaumes vaſſaux de cet Empire, cette longue querelle des Papes avec les Empereurs, celle de Rome avec les uns & les autres, & cette lutte opiniâtre du droit féodal contre le pouvoir ſuprême. On y voit comment Rome ſi ſouvent prête d'être ſubjuguée, a échappé à un joug étranger, & comment le gouvernement qui ſubſiſte en Allemagne s'eſt établi. C'eſt à la fois l'hiſtoire de l'Empire & du Sacerdoce, de l'Allemagne & de l'Italie. C'eſt en Allemagne que s'eſt formée cette religion qui a ôté tant d'états à l'égliſe Romaine. Ce même païs eſt devenu le rempart de la Chrétienté contre les Ottomans. Ainſi ce qu'on appelle l'Empire eſt depuis Charlemagne le plus grand théâtre de l'Europe. On a mis au devant du premier volume, le catalogue des Empereurs avec l'année de leur naiſſance, de leur avénement & de leur mort, les noms de leurs femmes & de leurs enfans. Vis-à-vis eſt la liſte des Papes preſque tous caractériſés par leurs actions principales, on y trouve l'année de leur exaltation. De forte que le lecteur peut consulter d'un coup d'œil ce tableau, fans aller chercher des fragmens de cette lifte à la tête du regne de chaque Empereur.

On a placé au devant du fecond volume une autre lifte à colonnes contenant tous les électeurs. Le catalogue des Rois de l'Europe & des Empereurs Ottomans qu'on trouve fi facilement partout ailleurs, eût trop groffi cet ouvrage, qu'on a voulu rendre court autant que plein.

Pour le rendre plus utile aux jeunes gens, & pour les aider à retenir tant de noms & de dattes qui échappent prefque toujours à la mémoire, on a refferré dans une centaine de vers techniques l'ordre de fucceffion de tous les Empereurs depuis Charlemagne, les dattes de leur couronnement & de leur mort, & leurs principales actions, autant que la brièveté & le genre de ces vers l'ont pu permettre. Quiconque aura appris ces cent vers, aura toujours dans l'efprit fans héfiter tout le fonds de l'hiftoire de l'Empire. Les dattes & les noms rappellent aifément dans la mémoire les événemens qu'on a lus. C'eft la méthode la plus fûre & la plus facile.

EMPEREURS.	PAPES.

I.

CHARLEMAGNE, né, dit-on, le 10. Avril 742. Empereur en 800 mort en 814. SES FEMMES. *Hildegarde* fille de Childebrant Comte de Suabe, *Irmengarde* qu'on croit la même que Défidérate fille de Didier Roi des Lombards. *Paftrade* de Franconie. *Luitgarde* de Suabe. CONCUBINES OU FEMMES DU SÉCOND RANG. *Ilmetrude, Galienne, Maralgarde, Gerfinde, Regina, Adelaïde* & plufieurs autres. SES ENFANS. *Charles* Roi d'Allemagne mort en 771. *Pepin* Roi d'Italie mort en 810. pere de Bernard Roi d'Italie, tige de la maifon de Vermandois, dépoffédé, aveuglé & mort en 818. *Louis* le pieux, le débonnaire, ou le fai-

ZACHARIE exalté en 741, c'eft lui qu'on prétend avoir décidé *que celui-là étoit feul Roi qui en avoit le pouvoir.*

ETIENNE II. ou III. exalté en 752. le premier qui fe fit porter fur les épaules des hommes.

PAUL I. 757. de fon tems, la grande querelle des images divifoit l'Eglife.

ETIENNE III. ou IV. 768. il difputa le fiége à Conftantin qui étoit féculier, & à Philippe. Il y eut beaucoup de fang répandu.

ADRIEN I. 772. fes légats eurent la premiere place au fecond Concile de Nicée.

LEON III. 795. il nomma Charlemagne Empereur le jour de Noël en 800. il ne vou-

EMPEREURS.

ble Empereur. *Rotrude* fiancée à Conftantin V. Empereur d'Orient. *Bérthe* mariée à un Chancelier de Char-lemagne. *Gifelde, Te-trarde, Hiltrude*, en-cloîtrées par Louis le débonnaire. Il eut des femmes du fecond rang, *Drogon* Evêque de Mets, *Hugo* ou *Hu-gues* l'abbé, *Thierri* l'abbé, *Pepin* le boffu, *Rothilde Gertrude.* Les Romanciers ajoutent la belle *Emma*, dont ils difent que le fecre-taire Eginard & même Charlemagne furent amoureux.

2.

LOUIS LE FAIBLE né 778. Emp. 814. m. 840. 20. Juin. SES FEMMES. *Irmengarde* fille d'un comte de Habfbanie. *Judith* fille d'un comte de Suabe. SES ENFANS. *Lothaire* Emp. *Pepin* Roi d'A-quitaine, m. 83. *Gifel-*

PAPES.

lut point ajoûter *filio-que* au fymbole. On prétend que ce fut lui qui introduifit l'ufage de baifer les pieds des Papes.

ETIENNE IV. ou V. 816.

PASCAL I. 817, ac-cufé d'avoir fait affaffi-ner le primicier Théo-dore, & obligé de fe purger par ferment de-vant les commiffaires de l'empereur Louis.

EUGENE II. 842;

EMPEREURS. | PAPES.

EMPEREURS.

le femme d'un Comte de Bourgogne. *Louis* Roi de Germanie, m. **876.** *Adelaïde* femme d'un Comte de Bourgogne. *Alpaïde*, femme d'un Comte de Paris. *Charles le Chauve* Roi de France & Empereur.

3.

LOTHAIRE I. né **796**, Emp. en **840.** m. en **855.** FEMME *Hermengarde* fille d'un Comte de Thionville. SES ENFANS. *Louis* second Empereur. *Lothaire* Roi de Lorraine, m. en **868.** *Charles* Roi de Bourgogne. *Hermengarde* femme d'un Duc fur la Moselle.

4.

LOUIS SECOND, né en **825.** Emp. en **855.** m. en **875**, le **13** Août. Sa FEMME *Ingelberthe*, fille de

PAPES.

furnommé le pere des pauvres.
VALENTIN **827.**
GREGOIRE IX. **828.** qui trompa Louis le faible.

SERGIUS II. **844.** qui fe fit confacrer fans attendre la permiffion de l'Empereur, pour établir la liberté de l'Eglife Romaine.
LEON IV. **847.** il fauva Rome des Mahométans par fon courage & par fa vigilance.
BENOIT III. **855.** à l'aide des Francs malgré le peuple Romain. Sous lui le *Denier de St. Pierre* s'établit en Angleterre.
NICOLAS I. **858.** de fon tems commence le grand fchifme entre Conftantinople & Rome.

EMPEREURS.

Louis roi de Germanie. SES ENFANS. *Hermengarde*, mariée à Bozon Roi de Bourgogne.

5.

CHARLES LE CHAUVE né en 823. Emp. en 875. m. en 877, le 6 Octob. SES FEMMES. *Hirmentrude*, fille d'Odon Duc d'Orleans. *Richilde* fille d'un Comte de Bovines. SES ENFANS. *Louis* le bégue. *Charles* tué en 866. *Carloman* aveuglé en 873. *Judith* femme en premieres nôces d'Etelred Roi d'A'ngleterre, & en secondes nôces de Baudouin I. Comte de Flandres.

6.

LOUIS LE BEGUE né en 843. 1 Novembre, Emp. en 878. m. en 879 10 Avril. SES FEMMES. *Anfgarde*, *Adélaïde*. SES ENFANS.

PAPES.

ADRIEN II. 867. il fit le premier porter la croix devant lui. Le Patriarche Photius l'excommunia par représailles.

JEAN. VIII. 872. il reconnut le Patriarche Photius. On dit qu'il fut affaffiné à coups de marteau.

EMPEREURS.	PAPES.

Louis, Carloman &
Charles le Simple rois
de France. *Egiselle*,
mariée à Rolon ou
Raoul, premier Duc
de Normandie.

7.

CHARLES LE GROS Emp. 880. dépoffédé en 887. mort en 888. le 13 Janvier SANS ENFANS.	MARIN 882. ADRIEN III. 884. ETIENNE VI. 884. il défendit les épreuves par le feu & par l'eau.

8.

ARNOLPHE ou ARNOULD né en 863. Emp. en 887. m. en 889. il eut de SA MAITRESSE *Elengarde*, *Louis l'Enfant* ou *Louis VI.* Emp. *Zwentibolde* Roi de Lorraine. *Rapolde* tige des Comtes d'Andeck & de Tirol.	FORMOSE 891. ETIENNE VII. 896. fils d'un prêtre : il fit déterrer le corps de son prédecesseur Formofe, lui trancha la tête & le jetta dans le Tibre. Il fut enfuite mis en prison & étranglé. JEAN IX. 897. de son tems les Mahométans vinrent dans la Calabre.

9

LOUIS IV. ou LOUIS L'ENFANT, né 893. Emp. vers	BENOIT IV. 900. LEON V. 50. SERGIUS III. 905.

EMPEREURS.

900. m. en 912, fans
poftérité.

10.

CONRAD I. Emp.
en 911 ou 912. m. en
918 , 23 Décembre.
SA FEMME. *Cunigonde*
de Baviere , dont il
eut *Arnolphe le Mau-
vais*, tige de la maifon
de Baviere,

11.

HENRI L'OISE-
LEUR Duc de Saxe, né
en 876. Emp. en 919.
m. en 936. SES FEM-
MES. *Hatbourge* fille
d'un Comte de Mers-
bourg. *Melchtide* fille
d'un Comte de Rin-
gelheim. SES ENFANS.
Tancard tué à Mers-
bourg en 939. L'Em-
pereur *Othon le Grand.*
Gerberge mariée à Gi-
felberg Duc de Lorrai-
ne. *Aduide* mariée à
Hugu:, Comte de
Paris, *Henri* Duc de

PAPES.

homme cruel , amant
de Marofie fille de la
premiere . Théodora
dont il eut le Pape
Jean XI.

ANASTASE 913.
LANDON 914.
JEAN X. 915.
amant de la jeune
Théodora qui lui pro-
cura le St. Siége , &
dont il eut Crefcence
premier conful de ce
nom. Il mourut étran-
glé dans fon lit.

LEON VI. 928.
ETIENNE VIII.
919. qu'on croit enco-
re fils de Marofie , en-
fermé au Château
qu'on nomme aujour-
d'hui St. Ange.
JEN XI. 931. fils
du Pape Sergius & de
Marofie , fous qui fa
mere gouverna defpo-
tiquement.

EMPEREURS. | PAPES.

Baviere. *Brunon* Evê-
que de Cologne.

12.

OTHON I. ou LE
GRAND né le 22 No-
vembre 916. Emp. en
936. m. en 973 , le 7
Mai. SES FEMMES. *E-
dithe* fille d'Edouard
Roi d' ngleterre. *Ade
laïde* fille de Rodolphe
fecond Roi de Bour-
gogne. SES ENFANS.
Lutholf Duc de Suabe.
Luitgarde femme d'un
Duc de Lorraine &
de Franconie. *Othon*
fecond dit le Roux
Empereur. *Mathilde*
Abbeffe de Quedlim
bourg. *Adélaïde* mariée
à un Marquis de Mont-
ferrat. *Richilde* à un
Comte d'Eninguen.
Guillaume Archevêque
de Mayence.

LEON VII. 936.
ETIENNE IX. 939.
Allemand de naiffance
fabré au vifage par les
Romains

MARIN III. 943.
AGAPET. 946.
JEAN XII. 956.
fils de Marofie , & pe-
tit-fils du patrice Al-
béric , patrice lui-mê-
me. Fait Pape à l'âge de
18 ans. Il s'oppofa à
l'Empereur Othon I.
il fut affaffiné en al-
lant chez fa maîtreffe.

LEON VIII. 963.
nommé par un petit
Concile à Rome par
les ordres d'Othon.

BENOIT V. 964.
chaffé immédiatement
après par l'Empereur
Othon I. & mort en
exil à Hambourg.

JEAN XIII. 965
chaffé de Rome & puis
rétabli.

BENOIT VII. 972.

EMPEREURS.	PAPES.
	étranglé par le conful Crefcence fils du pape Jean X.
13.	
OTHON II. ou le Roux né en 955. Emp. en 973. m. en 983. SA FEMME. *Théophanie* belle-fille de l'Empereur Nicéphore. SES ENFANS. *Othon* depuis Empereur. *Sophie* Abbeffe de Gannecheim. *Mathilde* femme d'un Comte Palatin. *Vithilde* fille naturelle, femme d'un Comte de Hollande.	BONIFACE VII. 974. il voulut rendre Rome aux Empereurs d'Orient. DOMNUS 974. BENOIT VII. 975.
14.	
OTHON III. né 973. Emp. en 983. m. 1002. On prétend qu'il époufa *Marie* d'Arragon ; mort fans poftérité.	JEAN XIV. 984, du tems de Boniface VII. mort en prifon au Château St. Ange. BONIFACE VII. rétabli. Affaffiné à coups de poignard. JEAN XV. ou XVI. 986. chaffé de Rome par le conful Crefcence, & rétabli. GREGOIRE V. 996. à la nomination de

EMPEREURS.	PAPES.

PAPES.

l'Empereur Oton III.
SILVESTRE II. 99). c'eft le fameux Gerberg Auvergnac, Archevêque de Reims, prodige d'érudition pour fon tems.

15.

HENRI SECOND furnommé le Saint, le Chafte & le Boiteux, Duc de Baviere, petit-fils d'Othon le grand. Emp. en 1002 m. en 1024. SA FEMME. *Cunezonde* fille de Sigefroi Comte de Luxembourg. Sans poftérité.

JEAN XVII. 1003.
JEAN XVIII. 1004.
SERGIUS IV. 1009. regardé comme un ornement de l'Eglife.
BENOIT VIII. 1012. il repouffa les Sarafins.

16.

CONRAD II. le Salique de la maifon de Franconie. Emp. en 1024. m. en 1039 le 4 Juin. SA FEMME. *Gifelle* de Suabe. SES ENFANS. *Henri* depuis Empereur. *Beatrix* Abbeffe de Gandersheim. *Judith* mariée à ce qu'on prétend, à Azon d'Efte en Italie.

Jean XIX. ou XX. 024. chaffé & rétabli.

BENOIT IX. 1033. qui acheta le Pontificat lui troifiéme, & qui revendit fa part.

HENRI

EMPEREURS.

17.

HENRI III. dit le Noir, né le 28 Octobre 1017. Emp. 1039. m. 1056. SES FEMMES, *Cunegonde* fille de Canut Roi d'Angleterre. *Agnès* fille de Guillaume Duc d'Aquitaine. SES ENFANS DE LA SECONDE FEMME *Mathilde* mariée à Rodolphe Duc de Suabe. L'Empereur *Henri IV.* *Conrad* Duc de Baviere. *Sophie* mariée à Salomon Roi de Hongrie, & depuis à Uladiſlas Roi de Pologne. *Itha* femme de Leopold Marquis d'Autriche. *Adelaïde* Abbeſſe de Gandersheim.

18.

HENRI IV. né le 11 Novembre en 1050. Emp. 1056. m. 1106. SES FEMMES. *Berthe* fille d'Oton de Savoie qu'on appelloit Marquis d'Italie. *Adelaïde*

PAPES.

GREGOIRE VI. 1045. dépoſé.

CLEMENT II. Evéque de Bamberg. 1046. nommé par l'Empereur Henri III.

DAMASE II. 1048. nommé encore par l'Empereur.

LEON IX. 1048. Pape vertueux.

VICTOR II. 1055. grand réformateur. Inſpiré & gouverné par Hildebrand depuis Grégoire VII.

ETIENNE X. 1057. frere de Godefroi Duc de Lorraine.

NICOLAS II. ex. à main armée 1058. chaſſa ſon compétiteur Benoît, il ſoumit le premier la Pouille & la Ca-

EMPEREURS.

de Ruffie veuve d'un margrave de Brandebourg. SES ENFANS DE BERTHE. *Conrad* Duc de Lorraine. L'Empereur *Henri V. Agnès* femme de Frederic de Suabe. *Berthe* mariée à un Duc de Carinthie. *Adelaïde* à Boleſlas III. Roi de Pologne. *Soph.e* à Godefroi Duc de Brabant.

15.

HENRI V. né en 1081. Emp. en 1106. m. 1125. le 23 Mai. SA FEMME. *Mathilde* fille de Henri I. Roi d'Angleterre. SES ENFANS. *Chriſtine* femme de Ladiſlas Duc de Siléſie.

PAPES.

labre au St. Siége.

ALEXANDRE II. élû par le parti d'Hildebrand ſans conſentement de la Cour Impériale 1061. de ſon tems eſt l'étonnante avanture de l'épreuve de Pierre Igneus, vraie, ou fauſſe, ou exagérée.

GRÉGOIRE VI. 1073. c'eſt le fameux Hildebrand qui le premier rendit l'Egliſe Romaine redoutable. Il fut la victime de ſon zéle.

VICTOR III. 1086. Gregoire VII. l'avoit recommandé à ſa mort.

URBAIN II. de Châtillon ſur Marne 1087. Il publia les croiſades imaginées par Grégoire VII.

PASCAL II. 1099. Il marcha ſur les traces de Grégoire VI.

GELASE II. 1118. traîné immédiatement après en priſon par la faction oppoſée.

CALIXTE II. 1119. finit le grand procès des inveſtitures

HONORIUS II. 1124.

EMPEREURS. | PAPES.

101

LOTHAIRE II. Duc de Saxe. Emp. 1125. m. 1137. SA FEMME. Richeze fille de Henri le Gros Duc de Saxe.

21.

CONRAD III. né 1092. Emp. 1138. m. 1152. 15 Février. SA FEMME. Gertrude, fille d'un Comte de Sultzbach. SES ENFANS. Henri mort en bas âge. Frédéric Comte de Rothembourg.

22.

FREDERIC I. surnommé Barberousse, Duc de Suabe, né en 1121. Emp. 1152. m. 1190. SES FEMMES. Adelaïde fille du Marquis de Vohembourg, répudiée. Béatrix fille de Regnauld Comte de Bourgogne. SES ENFANS. Henri depuis Empereur. Frédéric Duc de Suabe. Conrad Duc de Spolete. Philippe depuis

INNOCENT II. 1130. presque toutes les élections étaient doubles dans ce siécle, & les Papes n'étaient point maîtres dans Rome.

CELESTIN II. 1143.
LUCIUS II. 1144. tué d'un coup de pierre en combattant contre les Romains.
EUGENE III. 1145. maltraité par les Romains, & réfugié en France.

ANASTASE IV. 1153.
ADRIEN IV. 1154. Anglais, fils d'un mendiant, mendiant lui-même & devenu un grand homme.
ALEXANDRE III. 1159. qui humilia l'Empereur Frédéric Barberousse & le Roi d'Angleterre Henri II.
LUCIUS III. 1181. chassé encore & poursuivi par les Romains

B 2

EMPEREURS.	PAPES.

Empereur. *Othon* Comté de Bourgógne. *Sophie* mariée au Marquis de Montferrat. *Béatrix* Abbeſſe de Quedlimbourg.

qui en reconnoiſſant l'Evêque, ne vouloient pas reconnoître le Prince.

URBAIN III. 1185.

GREGOIRE VI. 1187. paſſe pour ſavant, éloquent, & honnête homme.

CLEMENT III. 1188. voulut réformer le Clergé.

23.

HENRI VI. né en 1165. Emp. 1190. m. en 1197. SA FEMME *Conſtance* fille de Roger Roi de Sicile. SES ENFANS. *Frederic* depuis Empereur, *Marie* femme de Conrad, Marquis de Mahren.

CELESTIN III. 1191. qui défendit qu'on enterrât l'Empereur Henri VI.

24.

PHILIPPE, Duc de Suabe, fils puîné de Fréderic Barberouſſe tuteur de Frédéric II. né en 1181. Emp 1198. m. 1208. le 21 Juin. SA FEMME. *Irène* fille d'Iſaac Empereur de Conſtantinople. SES

INNOCENT III. 1198. qui jetta un interdit ſur la France. Sous lui la croiſade contre les Albigeois.

EMPEREURS. | PAPES.

ENFANS. *Beatrix* épou-
se de Ferdinand III.
Roi de Castille. *Cune-*
gonde épouse de Wen-
ceslas III. Roi de Bo-
hême. *Marie* épouse de
Henri Duc de Brabant.
Béatrix morte immédia-
tement après son maria-
ge avec Othon IV. Duc
de Brunswick depuis
Empereur.

25.

OTHON IV. Duc de
Brunswick, Emp. 1198.
m. 1218. SA SECONDE
FEMME. *Marie* fille de
Henri le vertueux Duc
de Brabant, mort sans
postérité.

26.

FREDERIC II. Duc
de Suabe Roi des deux
Siciles, né le 26 Décem-
bre 1193. Emp. 121. m.
1250. le 13 Décembre.
SES FEMMES. *Constance*
fille d'Alphonse II. Roi
d'Arragon. *Violente* fille
de Jean de Brienne Roi

HONORIUS III.
1216. commença à s'é-
lever contre Fréderic II.
GREGOIRE IX. 1227.
chassé encore par les
Romains, excommunia
& crut déposer Fréderic
II.
CELESTIN IV. 1241.

B 3

EMPEREURS.	PAPES.

de Jérusalem. *Isabelle* fille de Jean Roi d'Angleterre. SES ENFANS. *Henri* Roi des Romains mort en prison en 1236. *Conrad* depuis Empereur pere de Conradin, en qui finit la maison de Suabe. *Henri* gouverneur de Sicile. *Marguerite* épouse d'Albert le dépravé, Landgrave de Turinge & Marquis de Misnie. DE SES MAITRESSES IL EUT *Enzio* Roi de Sardaigne, *Manfredo* Roi de Sicile, *Fréderic* Prince d'Antioche.

INNOCENT IV. 1243. excommunia encore Fréderic II. & crut le déposer au Concile de Lyon.

27.

CONRAD IV. Emp. 1250. m. 1254. SA FEMME. *Elisabeth* fille d'Othon Comte Palatin. SON FILS. *Conradin* Duc de Suabe, héritier du royaume de Sicile, à qui Charles d'Anjou fit couper la tête à l'âge de dix-sept ans le 29 Octob. 1268.

[ALPHONSE X. Roi d'Espagne & RICHARD

ALEXANDRE IV. 1154. qui protégea les Moines mendians contre l'Université de Paris.

URBAIN IV. 1261. il fut d'abord savetier à Troyes en Champagne. Il appella le premier Charles d'Anjou à Naples.

CLEMENT IV. 1264. on prétend qu'il conseilla l'assassinat de

EMPEREURS. | PAPES.

EMPEREURS.	PAPES.
Duc de Cornouaille, fils de Jean fans terre, tous deux élus en 1257 mais ils ne font pas comptés parmi les Empereurs.]	Conradin & du Duc d'Autriche par la main d'un bourreau.

28.

RODOLPHE Comte de Habfbourg en Suiffe, tige de la maifon d'Autriche, né 1218. Emp 1273. m. 1291. SES FEMMES. *Anne Gertrude* de Bohenberg. *Agnès*, fille d'Othon Comte de Bourgogne. SES ENFANS. *Albert* Duc d'Autriche, depuis Empereur. *Rodolphe* qu'on a cru Duc de Suabe. *Hermann* qui fe noya dans le Rhin à l'âge de dix-huit ans. *Frédéric* mort fans lignée. *Charles* mort en bas âge. *Rodolphe* mort auffi dans l'enfance. *Mechtilde* mariée à Louis le Sévere Duc de Baviere. *Agnès* qui époufa Albert II. Duc de Saxe. *Hedwige* femme d'Othon Marquis de

GREGOIRE X. 1271. il donna des régles féveres pour la tenue des Conclaves.
INNOCENT V. 1276.
ADRIEN V. 1276.
JEAN XXI. 1276. On dit qu'il étoit affez bon médecin.
NICOLAS III. 1277. de la maifon des Urfins. On dit qu'avant de mourir, il confeilla les Vêpres Siciliennes.
MARTIN IV. 1281. dès qu'il fut pape, il fe fit élire fénateur de Rome, pour y avoir plus d'autorité.
HONORIUS IV. 1285. de la maifon de Savelli, prit le parti des Français en Sicile.
NICOLAS IV. 1288. fous lui les Chrétiens

EMPEREURS. | PAPES.

Brandebourg. *Gutta* mariée à Wenceslas Roi de Bohême fils d'Ottocare. *Clémence*, épouse de Charles-Martel Roi de Hongrie, petit-fils de Charles I. Roi de Naples & de Sicile. *Marguerite* femme de Théodoric Comte de Cléves. *Catherine* mariée à Othon Duc de la Baviere inférieure, fils de Henri frere de Louis le Sévere. *Euphémie* religieuse.

entiérement chaffés de la Syrie.

29.

ADOLPHE DE NASSAU Emp. 1292. m. 1298. le 2 Juillet. SA FEMME. *Imagine* fille de Jerlach Comte de Limbourg. SES ENFANS. *Henri* mort jeune. *Robert* de Naffau. *Jerlach* de Naffau. *Valdrame. Adolphe. Adelaïde. Imagine. Mathilde Philippe.*

CELESTIN V. 1293. Benoît Caïetan lui perfuada d'abdiquer.
BONIFACE VIII. [Benoît Caïetan] 1294. il enferma fon prédéceffeur, excommunia Philippe le Bel, s'intitula maître de tous les Rois, fit porter deux épées devant lui, mit deux Couronnes fur fa tête & inftitua le Jubilé.

30.

ALBERT I. d'Autri

CLEMENT V. [Ber

EMPEREURS.

PAPES.

che , Emp. 1299. m. 1308. SA FEMME. *Elifabeth* fille de Menard Duc de Carinthie & Comte de Tirol. SES ENFANS. *Fréderic* le beau depuis Empereur. *Albert* le fage Duc d'Autriche.

trand de Gott] Bordelois 1305. pourfuivit les Templiers. Il eft dit qu'on vendait à fa Cour tous les bénéfices.

31.

HENRI VII. de la maifon de Luxembourg, Emp. 1308. m. 1313. SES FEMMES. *Marguerite* fille d'un Duc de Brabant. *Catherine* fille d'Albert d'Autriche, fiancée feulement avant fa mort. SES ENFANS. *Jean* Roi de Bohême.

32.

LOUIS V. de Baviere Empereur 1314. m. 1347. SES FEMMES. *Béatrix* de Glaugau. *Marguerite* Comteffe de Hollande. SES ENFANS. *Louis* l'ancien margrave de Brandebourg. *Etienne* le bouclé Duc de Baviere. *Mechtilde* femme de

JEAN XXII. 1310. fils d'un favetier de Cahorsn ommé d'Eus qui paffa pour avoir vendu encore plus de bénéfices que fon prédeceffeur, & qui eut un grand crédit dans l'Europe, fans pouvoir en avoir dans Rome. Il réfida toujours

EMPEREURS.

Frédéric le Sévère Marquis de Misnie. *Elisabeth* mariée à Jean Duc de la basse Baviere. *Guillaume* Comte de Hollande par sa mere, devenu furieux. *Albert* Comte de Hollande. *Louis* le Romain Marquis de Brandebourg. *Othon* Marquis de Brandebourg.

33

CHARLES IV. de la maison de Luxembourg né 1316. Emp. 1347. m. 1378. SES FEMMES. *Blanche* de Valois, *Anne* Palatine, *Anne* de Silésie, *Elisabeth* de Poméranie SES ENFANS. *Wenceslas* depuis Empereur. *Sigismond* depuis Empereur. *Jean* Marquis de Brandebourg.

34.

WENCESLAS né 1361. Emp. 1368. déposé en 1400. m. 1419.

PAPES.

vers le Rhône. Il écrivit sur la pierre philosophale, mais il l'avoit véritablement en argent comptant. Ce fut lui qui ajouta une troisiéme couronne à la thiare.

BENOIT XII. [Jacques Fournier] 1334. réside à Avignon.

CLEMENT VI. [Pierre Roger] 1342. réside à Avignon qu'il acheta de la Reine Jeanne.

INNOCENT VI. (Etienne Aubert) 1352. réside à Aviguon.

URBAIN V. (Guillaume Grimaud) 1362. réside à Avignon. Il fit un voyage à Rome, mais n'osa s'y établir.

GREGOIRE XI. (Roger de Momon) 1370. remit le S. Siége à Rome, où il fut reçu comme Seigneur de la Ville.

Grand schisme qui commence en 1378. entre Prignano, URBAIN

EMPEREURS.

SES FEMMES. *Jeanne* & *Sophie* de la maison de Baviere, fans poftérité.

35.

Robert Comte Palatin du Rhin, Emp. en 140.. m. 1410. SA FEMME. *Elifabeth* fille d'un burgrave de Nuremberg. SES ENFANS. *Robert* mort avant lui. *Louis* le barbu & l'aveugle, Electeur. *Fréderic* Comte de Hamberg. *Elifabeth* mariée à un Duc d'Autriche. *Agnès* à un Comte de Cleves. *Marguerite* à un Duc de Lorraine. *Jean* Comte Palatin Zimmeren.

36.

JOSSE Marquis de Brandebourg & de Moravie, Emp. 1410. m. trois mois après.

37.

SIGISMOND frere

PAPES.

VI. & Robert de Geneve CLEMENT VII. Ce fchifme continue de compétiteur en compétiteur jufqu'à 1417.

MARTIN V. (Colon

EMPEREURS.

PAPES.

de Winceſlas né 1368. Emp. 1411. m. 1437. SES FEMMES. *Marie* héritiere de Hongrie & de Bohême *Barba* Comteſſe de Sillé. SES ENFANS. *Eliſabeth* fille de Marie, héritiere de Hongrie & de Bohême, mariée à l'Empereur Albert fecond d'Autriche.

na) 1417. élu par le concile de Conſtance. Il pacifia Rome & recouvra beaucoup de domaines du S Siége.

EUGENE IV. (Gondelmere) 1431. on l'a cru fils de Grégoire XII. l'un des Papes du grand fchifme. Il triompha du concile de Bâle qui la dépoſa vainement.

38.

ALBERT II. d'Autriche né 1399. Emp. 1438. m. 1439. SA FEMME. *Eliſabeth* fille de Sigiſmond, héritiere de Bohême & de Hongrie. SES ENFANS. *George* mort jeune. *Anne* mariée à un Duc de Saxe. *Eliſabeth* à un Prince de Pologne. *Ladiſlas* Poſthume Roi de Bohême & de Hongrie.

39.

FREDERIC D'AUTRICHE, né en 1415. Emp. 1440. m. 1493. SA FEMME. *Eleonore* fille

NICOLAS V. (Sarzane) 1447. £'eſt lui qui fit le concordat avec l'Empire.

EMPEREURS.

du Roi de Portugal. SES ENFANS. *Maximilien* depuis Empereur. *Cunegonde* mariée à un Duc de Baviere.

40.

MAXIMILIEN I. d'Autriche né 1459. Roi des Rom. 1486. Emp.

PAPES.

CALIXTE III. (Borgia) 1455. il envoya le premier des galeres contre les Ottomans.

PIE II (Enéas Silvius Piccolomini) 1458. il écrivit dans le tems du Concile de Bâle contre le pouvoir du Saint-Siége , & se rétracta étant Pape.

PAUL II. (Barbo Vénitien) 1464 il augmenta le nombre & les honnéurs des Cardinaux, institua des jeux publics & des freres Minimes.

SIXTE IV. (de la Rovere) 1471. il encouragea la conjuration des Pazzi contre les Médicis. Il fit réparer le pont Antonin , & mit un impôt sur les courtisannes.

INNOCENT VIII. (Cibo) 1484. marié avant d'être Prêtre, & ayant beaucoup d'enfans.

ALEXANDRE VI. (Borgia) 1491. On connaît assez sa maitres

EMPEREÚRS.

1493. m. 1519. le 12. Janvier. SES FEMMES. *Marie* héritiere de Bourgogne & des Pays-Bas. *Blanche Marie* Sforce. SES ENFANS. *Philippe* le Beau d'Autriche, Roi d'Espagne par sa femme. *François* mort au berceau. *Marguerite* promise à Charles VIII. Roi de France, gouvernante des Pays Bas, mariée à Jean fils de Ferdinand Roi d'Espagne & depuis à Philibert Duc de Savoie, il n'eut point d'enfans de Blanche-Sforce ; mais il eut six bâtards de ses maîtresses.

41.

CHARLES-QUINT né le 24 Février 1500. Roi d'Espagne 1516. Emp. 1519 abdique le 2 Juin 1556. m. le 21 Sept. 1558. SA FEMME. *Isabelle* fille d'Emanuel Roi de Portugal. SES

PAPES.

se Vanosia, sa fille Lucrece, son fils le Duc de Valentinois, & les voies dont il se servit pour l'aggrandissement de ce fils, dont le Saint Siége profita.

PIE III. (Piccolomini) 1503. on trompa pour l'élire le Cardinal d'Amboise, premier ministre de France, qui se croyait assuré de la thiare.

JULES II. (de la Rovere) 1503. il augmenta l'état Ecclésiastique. Guerrier auquel il ne manqua qu'une grande Armée.

LEON X. (Médicis) 1513. amateur des Arts, magnifique, voluptueux. Sous lui la Religion Chrétienne est partagée en plusieurs sectes.

ADRIEN VI. (Florent Boyens d'Utrecht) 1521. précepteur de Charles Quint haï des Romains comme étranger. A sa mort on écrivit sur la porte de son Médecin : *An Libera-*

EMPEREURS.

ENFANS. *Philippe* II.
Roi d'Espagne, Naples
& Sicile, Duc de Milan,
souverain des Pays-Bas.
Jeanne mariée à Jean
Infant de Portugal. *Marie* épouse de l'Empereur Maximilien. II. son
cousin germain. SES
BASTARDS RECONNUS
SONT : *Dom Jean* d'Autriche, célébre dans la
guerre, & *Marguerite*
d'Autriche mariée à
Alexandre Duc de Florence, & ensuite à Octave Duc de Parme. On
a soupçonné ces deux
enfans d'être nés d'une
Princesse qui tenait de
près à Charles-Quint.

PAPES.

teur de la Patrie.

CLEMENT VII.
(Medicis) 1523. de son
tems Rome est saccagée,
& l'Angleterre se détache de l'Eglise Romaine.

PAUL III. (Farnese)
1534. Il donna Parme &
Plaisance à son bâtard,
& ce fut un sujet de troubles. Il croyait à l'astrologie judiciaire plus que
tous les Princes de son
tems.

JULES III. (Ghiocchi)
1550. c'est lui qui fit
Cardinal son porte-singe
qu'on appella le Cardinal *Simia*. Il passoit
pour fort voluptueux.

MARCEL II. (Cervin) 155. ne siège que
douze jours.

PAUL IV. (Caraffa)
155. élu à près de 80
ans. Ses neveux gouvernerent. L'inquisition fut
violente à Rome, & le
peuple après sa mort
brûla les prisons de ce
tribunal.

EMPEREURS.   PAPES.

42.

FERDINAND I.
frere de Charles-Quint
né le 10 Mars 1503. Roi
des Romains 1531. Emp.
1556. m. le 25 Juillet
1564. SA FEMME *Anne*
sœur de Louis Roi de
Hongrie & de Bohême.
IL EN EUT QUINZE
ENFANS. *Maximilien*
depuis Empereur. *Elisa-*
beth mariée à Sigismond
Auguste, Roi de Polo-
gne. *Anne* au Duc de Ba-
viere Albert V. *Marie* à
Guillaume Duc de Ju-
liers. *Magdelaine* reli-
gieuse. *Catherine* qui
épousa en premieres nô-
ces François Duc de
Mantoue, & en secon-
des Sigismond Auguste
Roi de Pologne après la
mort de sa sœur. *Eléo-*
nore mariée à Guillaume
Duc de Mantoue. *Mar-*
guerite religieuse. *Barbe*
épouse d'Alphonse II.
Duc de Ferrare. *Hélene*
religieuse. *Jeanne* épouse de François Duc de
Florence. *Ferdinand* Duc
de Tirol. *Charles* Duc

PIE IV. (Medequino)
1559. Il fit étrangler le
Cardinal Caraffa neveu
de Paul IV. & le népo-
tisme sous lui domina
comme sous son prédé-
cesseur.

EMPEREURS.

de Stirie. *Jeanne* & *Ur-*
fule mortes dans l'en-
fance.

43.

MAXIMILIEN II.
d'Autriche né le 1. Août
1527. Emp. 1564. m. le
12 Octobre 1576. SA
FEMME. *Marie* fille de
Charles - Quint. IL EN
EUT QUINZE ENFANS.
Rodolphe depuis Emp.
L'archiduc *Erneft*. *Ma-*
thias depuis Emp. L'ar-
chiduc *Maximilien Al*
bert mari de l'infante
Claire Eugenie. *Wen-*
ceflas m. à 17 ans. *Anne*
épouse de Philippe fe-
cond, Roi d'Espagne.
Elifabeth , épouse de
Charles IX. Roi de Fran-
ce. *Marguerite* religieu-
fe, & fix enfans morts au
berceau.

44.

RODOLPHE II. né
le 18 Juillet 1552. Emp.
1576. m. 1612. le 10
Janvier, SANS FEMMES;
mais il eut cinq enfans
naturels.

PAPES.

PIE V. (Gifleri Do-
minicain) 1566. il fit
brûler Zoannetti, Car-
nefecchi , & Palearius.
Il eut de grands démélés
avec la Reine Elifabeth.

GREGOIRE XIII.
(Buoncompagno) 1572.
La première année de
fon Pontificat eft fa-
meufe par le maffacre
la S. Barthelemi. On en
fit à Rome des feux de
joie. Il donna à Jacques
Buoncompagno fon bâ-
tard beaucoup de biens
& de dignités ; mais il
ne demembra pas l'état
Eccléfiaftique en fa fa-
veur.

SIXTE V. fils d'un
pauvre vigneron nom-

mé Peretti, 1585. acheva l'Eglise de S. Pierre, embellit Rome, laissa cinq millions d'écus dans le château S. Ange en cinq années de gouvernement.

45.

MATHIAS frere de Rodolphe né 1557. le 24 Février Emp. 1612. m 16 9. le o Mars. SA FEMME. *Anne* fille de Ferdinand du Tirol, sans postérité.

URBAIN VII. (Castagna) 1590.

GREGOIRE XIV. (Sfondrat) 1590. envoya du secours à la ligue en France.

INNOCENT IX. (Santiquatro) 1591.

46.

FERDINAND II. fils de Charles archiduc de Stirie & de Carinthie, & petit-fils de l'Empereur Ferdinand I. né 1518. le 9 Juillet Emp. 1619. m. 1637. le 5 Février. SES FEMMES. *Marie-Anne* fille de Guillaume Duc de Baviere. *Eléonore* fille de Wincent Duc de Mantoue. SES ENFANS D'ANNE. *Jean Charles* mort à 14 ans. Ferdinand depuis Empereur. *Marie-Anne*, épouse de Maximilien Duc de Baviere. *Cecile Renée* mariée à Uladislas

CLEMENT VIII. Aldobrandin (1592. il donna l'absolution & la discipline au Roi de France Henri IV. sur le dos des Cardinaux du Perron & d'Ossat. Il s'empara du Duché de Ferrare.

PAUL V. (Borghese) 1605. Il excommunia Venise & s'en repentit. Il éleva le Palais Borghese & embellit Rome.

GREGOIRE XV. [Ludovisio] 1621. Il aida à pacifier les troubles de la Valteline.

URBAIN VIII. [Barberino Florentin] 1623.

EMPEREURS.

Roi de Pologne. *Léopold Guillaume* qui eut plu-fieurs évêchés. *Chriftine* morte jeune.

47.

FERDINAND III. né 1608. 13 Juillet. Emp. 1637. m. 1657. SES FEMMES. *Marie - Anne* fille de Philippe III. Roi d'Efpagne. *Marie Leo-poldine* fille de Léopold archiduc du Tirol. *Eléonore* fille de Charles II. Duc de Mantoue. SES ENFANS. *Ferdinand,* Roi des Romains, mort à 21 ans. *Marie Anne* époufe de Philippe IV. Roi d'Ef-pagne. *Philippe-Auguftin & Maximilien Thomas* morts dans l'enfance. *Leopold* depuis Empe-reur. *Marie* morte au berceau. *Charles Jofeph* Evêque de Paffau. *Thé-refe-Marie* morte jeune. *Eléonore-Marie,* qui étant veuve de Michel Roi de Pologne, époufa Charles Duc de Lorraine. *Marie-Anne* femme de l'élec-teur Palatin. *Ferdinand Jofeph* mort dans l'en-fance.

PAPES.

il paffoit pour un bon poëte latin, fes neveux gouvernerent, & firent la guerre au Duc de Par-me.

INNOCENT X. [Pamphili] 1664. fon Pontificat fut long-tems gouverné par Donna Olimpia fa belle-fœur.

ALEXANDRE VII. [Chigi] 1655. il fit de nouveaux embelliffe-mens à Rome.

EMPEREURS. | PAPES.

48.

LEOPOLD né en 1640. le 9 Juin. Emp. 1658. m. 1705. le 5 Mai. SES FEMMES. *Marguerite-Thérèse* fille de Philippe IV. Roi d'Espagne. *Claude Félicité* fille de Ferdinand Charles Duc de Tirol. *Eléonore Magdelaine* fille de PhilippeGuillaume Comte Palatin, Duc de Neubourg. SES ENFANS DE MARGUERITE THERESE. *Ferdinand Venceslas* mort au berceau. *Marie-Antoinette,* épouse de Maximilien-Marie, Electeur de Baviere. Trois autres filles mortes dans l'enfance. ENFANS D'ELEONORE MAGDELAINE DE NEUBOURG. *Joseph* depuis Empereur. *Marie-Elisabeth,* gouvernante des Pays-bas. *Léopold-Joseph* mort dans l'enfance *Marie-Anne* épouse de Jean V. Roi de Portugal. *Marie Thérèse* m. à 12 ans. *Charles* depuis Empereur. Et trois filles mortes jeunes.

CLEMENT IX. [Rospigliosi] 1667. Il voulut rétablir à Rome l'ordre dans les finances.

CLEMENT X. [Altieri] 1670. de son tems commença la querelle de la régale en France.

INNOCENT XI. [Odescalchi] 1676. il fut toujours l'ennemi de Louis XIV. & prit le parti de l'Empereur Léopold.

ALEXANDRE VIII. [Ottoboni] 1689.

INNOCENT XII. [Pignatelli] 1691. il conseilla au Roi d'Espagne Charles II. son testament en faveur de la maison de France.

CLEMENT XI. [Albano] 1700. il reconnut malgré lui Charles VI. Roi d'Espagne.

EMPEREURS.

49.

JOSEPH né en 1678. le 26 Juillet Roi des Rom. 1690. à l'âge de 12 ans. Emp. 1705. m. 1711. le 17 Avril. SA FEMME. *Amélie* fille du Duc Jean-Frédéric de Hanovre. SES ENFANS. *Marie-Josephine* mariée à Frédéric-Auguste Roi de Pologne électeur de Saxe. *Léopold-Joseph* mort au berceau. *Marie-Amélie* mariée au Prince électoral de Baviere.

50.

CHARLES VI. né en 1685. le 1. Octob. Emp. 1711. m. 1740. SA FEMME. *Elisabeth-Christine*, fille de Louis-Rodolphe Duc de Brunswick. SES ENFANS. *Léopold* mort dans l'enfance. *Marie-Thérese* qui épousa François de Lorraine le 12 Février 1736. *Marie-Anne* mariée à Charles de Lorraine. *Marie-Amélie* morte dans l'enfance. CHARLES VI. fut le dernier Prince de la maison d'Autriche.

Qui contiennent la fuite chronologique des
Empereurs, & les principaux événemens
depuis Charlemagne.

Neuviéme fiécle.

CHarlemagne en huit cent renouvelle l'empire,
Fait couronner fon fils, en quatorze il expire.
Louis en trente-trois par des Prêtres jugé
D'un fac de pénitent dans Soiffons eft chargé.
Rétabli, toujours faible, il expire en quarante.
Lothaire eft moine à Prum cinq ans après cinquante.
On perd après vingt ans le fecond des Louis.
Le *Chauve* lui fuccede, & meurt au mont Cénis.
Le *Begue* fils du Chauve a l'empire une année.
Le *Gros* foumis au Pape, ô dure deftinée !
En l'an quatre-vingt-fept dans Tribur dépofé
Cede au bâtard Arnoud fon thrône méprifé.
Arnoud facré dans Rome, ainfi qu'en Lombardie,
Finit avec le fiécle en quittant l'Italie.

Dixiéme fiécle.

LOuis le fils d'Arnoud quatriéme du nom,
Du fang de Charlemagne avorté rejetton,
Termine en neuf cent douze une inutile vie.
On élit en plein champ Conrad de Franconie.
On voit en neuf-cens-vingt le Saxon l'Oifeleur.

Henri roi des Germains bien plutôt qu'empereur,
Othon que ses succès font grand prince & grand
      homme ,
En l'an soixante-deux se rend maître de Rome.
Rome au dixiéme siécle en proie à trois Othons,
Gémit dans le scandale & dans les factions.

Onziéme siécle.

S Aint Henri de Baviere en l'an trois après mille,
Puis Conrad le Salique, Henri trois dit le noir.
Henri quatre, pieds nuds, sans sceptre, sans pouvoir,
Demande au fier Grégoire un pardon inutile :
Meurt en mille cent-six à Liége son asyle ,
Déthrôné par son fils , & par lui déterré.

Douziéme siécle.

L E cinquiéme Henri , ce fils dénaturé,
Sur le thrône soûtient la cause de son pere.
Le Pape en vingt & deux soumet cet adversaire.
Lothaire le Saxon en vingt-cinq couronné,
Baise les pieds du Pape à genoux prosterné,
Tient l'étrier sacré, conduit la sainte mule.
L'Empereur Conrad trois par un autre scrupule
Va combattre en Syrie & s'en revient battu ;
Et l'Empire Romain pour son fils est perdu.
C'est en cinquante-deux que Barberousse régne,
Il veut que l'Italie , & le serve , & le craigne.
Détruit Milan, prend Rome, & cede au Pape enfin,
Il court dans les saints lieux combattre Saladin ,

Meurt en quatre vingt-dix, sa tombe est ignorée:
Par Henri six son fils Naple au meurtre est livrée.
Il fait périr le sang de ses illustres rois,
Et huit ans à l'empire il impose des loix.

Treiziéme siécle.

Philippe le régent se fait bien-tôt élire ;
Mais en douze cent-huit il meurt assassiné.
Othon quatre à Bovine est vaincu, déthrôné :
C'est en douze cent-quinze. Il fuit & perd l'Empire.
De Fréderic second les jours trop agités,
Par deux Papes hardis long-tems persécutés,
Finissent au milieu de ce siécle treiziéme.
Après lui Conrad quatre à la grandeur suprême.
C'est en soixante-huit que la main d'un bourreau
Dans Conradin son fils éteint un sang si beau,
Après les dix-huit ans, qu'on nomme d'anarchie.
Dans l'an soixante & treize Habsbourg plein de
    vertu
Du bandeau des Césars a le front revêtu.
Il défait Ottocare, il venge la patrie ;
Et de sa race auguste il fonde la grandeur.
Adolphe de Nassau devient son successeur :
En quatre-vingt-dix-huit une main ennemie
Finit dans un combat son empire & sa vie.

Quatorziéme siécle.

Albert fils de Habsbourg est cet heureux vainqueur.

Ij

Il meurt en trois-cens-huit & par un parricide.
On dit qu'en trois-cens-treize une main plus per-
    fide
Au vin de Jesus-Christ mêlant des sucs mortels ,
Fit mourir Henri sept aux pieds des saints autels.
Déposant, déposé, Louis cinq de Baviére,
Fait contre Jean vingt-deux l'antipape Corbiere ;
Meurt en quarante-sept. Charles quatre après lui
Fait cette Bulle d'or qu'on observe aujourd'hui ,
De l'an cinquante-six elle est l'époque heureuse.
De ce pere si sage héritier insensé ,
Venceslas est connu par une vie affreuse,
Mais en quatorze-cens il se voit déposé.

Quinziéme siécle.

Robert regne dix ans, Josse moins d'une année:
Venceslas traîne encore sa vie infortunée.
Son frere Sigismond , moins guerrier que prudent,
Dans l'an quinze finit le schisme d'Occident.
Son gendre Albert second, sage , puissant & riche,
Fixe le thrône enfin dans la Maison d'Autriche.
Fréderic son parent en quarante est élu :
Mort en quatre-vingt-treize , & jamais absolu.

Seiziéme siécle.

DE Maximilien le riche mariage,
Et de Jeanne à la fin l'Espagne en héritage ,
Font du grand Charles-Quint un Empereur puis-
    sant;

Vainqueur heureux des Lys, de Rome & du Croif-
  fant,
Il meurt en cinquante-huit, las des grandeurs fu-
  prêmes.
Son frere Ferdinand porte trois diadèmes.
Et l'an foixante-quatre il les laiffe à fon fils :
Rodolphe en quitta deux.

Dix-feptiéme fiécle

EN douze après fix cens au thrône de l'Empire
          Mathias fut affis
Guftave, Richelieu, la fortune confpire
Contre le puiflant Roi fecond des Ferdinands,
Qui laiffe en trente-fept fes états chancelans.
Munfter donne la paix à Ferdinand troifiéme.

Dix-huitiéme fiécle.

LEopold délivré du fer des Ottomans,
Expire en fept-cens cinq, & Jofeph l'an onziéme;
Charles fix en quarante. Un défaftre nouveau
Du fang des nations arrofa fon tombeau.
Et lorfque dans ce tems Charles fept de Baviére
Finit dans l'infortune une noble carriére,
Dans l'an quarante-cinq le beau fang des Lorrains
A réuni l'Autriche au beau fang des Germains.

ANNALES

DE

L'EMPIRE

DEPUIS

CHARLEMAGNE.

INTRODUCTION.

D E toutes les révolutions qui ont changé la face de la terre, celle qui transféra l'empire des Romains à Charlemagne paraît la seule juste, si le mot de *juste* peut être prononcé dans les choses où la force a tant de part.

Charlemagne fut en effet appellé à l'Empire par la voix du peuple Romain même, qu'il avoit sauvé à la fois de la tyrannie des Lombards & de la négligence des Empereurs d'Orient.

C'eſt la grande époque des Nations Occi-
dentales. C'eſt à ces tems que commence un
nouvel ordre de gouvernement. C'eſt le fondement de la puiſſance temporelle eccléſiaſtique.
Car aucun Evêque dans l'Orient n'avait jamais
été Prince, & n'avait eu aucun des droits qu'on
nomme régaliens. Ce nouvel Empire Romain
ne reſſemble en rien à celui des premiers Céſars.

..On verra dans ces Annales ce que fut en effet
cet Empire, comment les Pontifes Romains
acquirent leur puiſſance temporelle qu'on leur
a tant reprochée, pendant que tant d'Evêques
Occidentaux, & ſurtout ceux d'Allemagne, ſe
faiſaient Souverains ; & comment le peuple
Romain voulut longtems conſerver ſa liberté
entre les Empereurs & les Papes qui ſe ſont
diſputé la domination de Rome

Tout l'Occident depuis le cinquiéme ſiécle
était ou déſolé ou barbare. Tant de Nations
ſubjuguées autrefois par les anciens Romains
avaient du moins vécu juſqu'à ce cinquiéme
ſiécle dans une ſujétion heureuſe. C'eſt un
exemple unique dans tous les âges, que des
vainqueurs ayent bâti pour des vaincus ces
vaſtes thermes, ces amphithéâtres, ayent conſ-
truit ces grands chemins qu'aucune Nation n'a oſé
depuis tenter même d'imiter. Il n'y avait qu'un
peuple. La langue latine du tems de Théodoſe ſe
parloit de Cadix à l'Euphrate. On commerçait de
Rome à Tréves, & à Alexandrie avec plus de
facilité que beaucoup de Provinces ne trafiquent

aujourd'hui avec leurs voifins. Les tributs mêmes quoiqu'onéreux, l'étaient bien moins que quand il fallut payer depuis le luxe & la violence de tant de Seigneurs particuliers. Que l'on compare feulement l'état de Paris quand Julien le philofophe le gouvernait, à l'état où il fut cent cinquanté ans après. Qu'on voye ce qu'était Tréves, la plus grande ville des Gaules, appellée du tems de Théodofe une feconde Rome, & ce qu'elle devint après l'inondation des barbares. Autun fous Conftantin avait dans fon enceinte vingt-cinq mille chefs de famille. Arles était encore plus peuplée. Les barbares apporterent avec eux la dévaftation, la pauvreté & l'ignorance. Les Francs étaient au nombre de ces peuples affamés & féroces qui couraient au pillage de l'Empire. Ils fubfiftaient de brigandage, quoique la contrée où ils s'étaient établis, fût très-belle & très-fertile. Ils ne favaient pas la cultiver. Ce païs eft marqué dans l'ancienne carte confervée à Vienne. On y voit les Francs établis depuis l'embouchure du Mein jufqu'à la Frife, & dans une partie de la Veftphalie, *Franci* ceu *Chamavi*. Ce n'eft que par les anciens Romains mêmes que nous connaiffons bien notre origine.

Les Francs étaient donc une partie de ces peuples nommés Saxons qui habitaient la Veftphalie; & quand Charlemagne leur fit la guerre trois cens ans après, il extermina les defcendans de fes peres.

C 3

Ces tribus de Francs, dont les Saliens étaient les plus illustres, s'étaient peu à peu établies dans les Gaules, non pas en alliés du peuple Romain, comme on l'a pretendu, mais après avoir pillé les Colonies Romaines, Tréves, Cologne, Mayence, Tongres, Tournai, Cambrai : battus à la vérité par le célébre Aëtius un des derniers soutiens de la grandeur Romaine, mais unis depuis avec lui par nécessité contre Attila, profitant ensuite de l'anarchie où ces incursions des Huns, des Goths & des Vandales, des Lombards & des Bourguignons réduisaient l'Empire, & se servant contre les Empereurs mêmes des droits & des titres de maitres de la milice & de patrices, qu'ils obtenaient d'eux. Cet empire fut déchiré en lambeaux, chaque horde de ces fiers sauvages saisit sa proie. Une preuve incontestable que ces peuples furent long-tems barbares, c'est qu'ils détruisirent beaucoup de villes, & qu'ils n'en fonderent aucune.

Toutes ces dominations furent peu de chose jusqu'à la fin du huitieme siecle devant la puissance des Califes, qui menaçait toute la terre.

Les premiers successeurs de Mahomet avaient le droit du thrône & de l'autel, du glaive & de l'enthousiasme. Leurs ordres étaient autant d'oracles, leurs soldats autant de fanatiques. Dès l'an 571 ils assiégerent Constantinople destinée à être un jour Musulmane. Les divisions inévitables parmi les nouveaux chefs de tant de

peuples & d'armées, n'arrêterent point leurs conquêtes. Les Mahométans reſſemblerent en ce
point aux anciens Romains qui ſubjuguerent
l'Aſie Mineure & les Gaules parmi leurs guerres
civiles.

On les voit en 711 paſſer d'Egypte en Eſpagne
ſoumiſe aiſément tour à tour par les Carthaginois,
par les Romains, par les Goths & les Vandales,
& enfin par ces Arabes, qu'on nomme Mores. Ils
y établirent le royaume de Cordoue. Le ſultan
d'Egypte ſecoue à la verité le joug du grand calife
de Bagdad; & Abdérame, gouverneur de l'Eſpagne conquiſe, ne connaît plus le ſultan d'E-
gypte; cependant tout plie encore ſous les armes
Muſulmanes.

Cet Abdérame, petit-fils du calife Hesham,
prend les royaumes de Caſtille, de Navarre, de
Portugal, d'Arragon; il s'établit dans le Lan-
guedoc, il s'empare de la Guienne & du Poi-
tou; & ſans Charles Martel qui lui ôta la victoire & la vie, la France étoit une province Mahométane.

A meſure que les Mahométans devinrent puiſſans, ils ſe polirent. Ces califes toujours reconnus pour ſouverains de la religion, & en apparence de l'Empire, par ceux qui ne reçoivent plus
leurs ordres de ſi loin, tranquilles dans leur nouvelle Babylone, y font renaître enfin les arts.

Aaron Rachild, contemporain de Charlemagne, plus illuſtre que ſes predeceſſeurs, & qui

sut se faire respecter jusqu'en Espagne & au fleuve de l'Inde , ranima toutes les sciences , cultiva les arts agréables & utiles , attira les gens de lettres , & fit succéder dans ses vastes états la politesse à la barbarie. Sous lui les Arabes qui adoptaient déja les chiffres Indiens , les apporterent en Europe. Nous ne connumes faiblement en Allemagne & en France le cours des astres, que par le moyen de ces mêmes Arabes , le mot seul d'*Almanach* en est encore un témoignage. Enfin dès le second siecle de Mahomet , il fallut que les Chrétiens d'Occident s'instruisissent chez les Musulmans.

Plus l'Empire de Mahomet florissait, plus Constantinople & Rome étaient avilies. Rome ne s'était jamais relevée du coup fatal que lui porta Constantin , en transférant le siége de l'Empire. La gloire , l'amour de la patrie , n'animerent plus les Romains. Il n'y eut plus de fortune à espérer pour les habitans de l'ancienne capitale. Le courage s'énerva , les arts tomberent ; on ne vit plus dans le séjour des Scipions & des Césars que des contestations entre les juges séculiers & l'évêque. Prise , reprise , saccagée tant de fois par les barbares , elle obéissait encore aux empereurs ; depuis Justinien , un viceroi sous le nom d'exarque la gouvernait , mais ne daignait plus la regarder comme la capitale de l'Italie. Il demeuroit à Ravenne; & de-là il envoyait ses ordres au préfet de Rome. Il ne restait aux empereurs en

Italie que le païs qui s'étend des bornes de la Tofcane jufqu'aux extrémités de la Calabre. Les Lombards poffédaient le Piémont, le Milanais, Mantoue, Génes, Parme, Modène, la Tofcane,
Boulogne. Ces états compofaient le royaume de
Lombardie. Ces Lombards étoient venus, à ce
qu'on dit, de la Pannonie, & ils y avoient em-
braffé l'Arianifme, qui était la religion dominante.
Ayant pénétré en Italie par le Tirol, ils s'y étaient
établis, & y avaient affermi leur domination
en fe foumettant à la religion catholique. Rome
dont les murailles étaient abattues, & qui n'était
défendue que par les troupes de l'exarque, était
fouvent menacée de tomber au pouvoir des Lombards. Elle était alors fi pauvre, que l'exarque
n'en retirait, pour toute impofition annuelle,
qu'un fou d'or par chaque homme domicilié; &
ce tribut paroiffait un fardeau pefant. Elle était au
rang de ces terres ftériles & éloignées qui font à
charge à leurs maitres.

Le diurnal Romain du feptième & huitième
fiécle, monument précieux dont une partie eft
imprimée, fait voir d'une maniere anthentique ce
que le fouverain Pontife était alors. On l'appellait le *vicaire de Pierre, évêque de la ville de Rome.*
Dès qu'il était élu par les citoyens, le clergé en
corps en donnait avis à l'exarque, & la formule
était : *Nous vous fupplions, vous chargé du minif-*
tere impérial, d'ordonner la confecration de notre
pere & Pafteur. Ils donnaient auffi part de la nou-

C 5

velle élection au métropolitain de Ravenne, &
ils lui écrivaient : *Saint Pere, nous supplions votre
béatitude d'obtenir du seigneur exarque l'ordina-
tion dont il s'agit.* Ils devaient aussi en écrire aux
Juges de Ravenne, qu'ils appellaient *Vos Emi-
nences.*

Le nouveau Pontife alors était obligé, avant
d'être ordonné, de prononcer deux professions de
foi, & dans la seconde il condamnait parmi les hérétiques le pape Honorius I. parce qu'à Constantinople cet évêque de Rome Honorius passoit pour
n'avoir reconnu qu'une volonté dans Jesus-Christ.

Il y a loin de là à la tiare. Mais il y a loin
aussi du premier moine qui prêcha sur les bords
du Rhin, au bonnet électoral ; & du premier chef
des Saliens errans à un empereur Romain. Toute
grandeur s'est formée peu à peu ; & toute origine
est petite.

Le pontife de Rome dans l'avilissement de la
ville établissait insensiblement sa grandeur. Les
Romains étaient pauvres, mais l'Eglise ne l'était
pas. Constantin avait donné à la seule Basilique
de Latran plus de mille marcs d'or, & environ
trente mille d'argent, & lui avait assigné quatorze
mille sous de rente. Les papes qui nourrissaient
les pauvres, & qui envoyaient des missions dans
tout l'Occident, ayant eu besoin de secours plus
considérables, les avaient obtenus sans peine. Les
Empereurs & les Rois Lombards même leur
avaient accordé des terres. Ils possédaient auprès

de Rome, des revenus & des châteaux qu'on appellait *les justices de Saint Pierre*. Plusieurs citoyens s'étaient empressés à enrichir par donation ou par testament une église dont l'évéque était regardé comme le pere de la patrie. Le crédit des papes était très-superieur à leurs richesses. Il était impossible de ne pas révérer une suite presque non interrompue de pontifes, qui avaient consolé l'Eglise, étendu la Religion, adouci les mœurs des Hérules, des Goths, des Vandales, des Lombards & des Francs.

Quoique les pontifes Romains n'étendissent du tems des exarques leur droit de métropolitain que sur les villes suburbicaires, c'est-à-dire sur les villes soumises au gouvernement du préfet de Rome ; cependant on leur donnait souvent le nom de *Pape universel*, à cause de la primauté & de la dignité de leur siege. Grégoire le Grand refusa ce titre, mais le merita par ses vertus, & ses successeurs étendirent leur crédit dans l'Occident. On ne doit donc pas s'étonner de voir au huitieme siecle Boniface, archevêque de Mayence, le même qui sacra Pepin, s'exprimer ainsi dans la formule de son serment : *Je promets à saint Pierre & à son Vicaire le bienheureux Grégoire*, &c.

Enfin le tems vint où les papes conçurent le dessein de délivrer à la fois Rome & des Lombards qui la menaçaient sans cesse, & des empereurs Grecs qui la défendaient mal. Les papes virent donc alors, que ce qui dans d'autres tems n'eût

été qu'une révolte & une sédition impuissante ;
pouvait devenir une révolution excusable par la
nécessité, & respectable par le succès. C'est cette
révolution qui fut commencée sous le second Pepin, usurpateur du royaume de France, & con-
sommée par Charlemagne son fils, dans un temps
où tout était en confusion, & où il fallait necessai-
rement que la face de l'Europe changeât.

Le royaume de France s'étendait alors des Pi-
renées & des Alpes au Rhin, au Mein & à la Sâll.
La Baviere dépendait de ce vaste royaume ; c'é-
tait le roi des Francs qui donnait ce duché, quand
il était assez fort pour le donner. Ce royaume des
Francs, presque toujours partagé depuis Clovis,
déchiré par des guerres intestines, n'était qu'une
vaste province barbare de l'ancien empire romain
que Constantinople comptait toujours parmi des
rebelles, mais avec qui elle traitait comme avec
un royaume puissant.

742.

Naissance de Charlemagne auprès d'Aix-la-
Chapelle le 10 Avril. Il était fils de Pepin, maire
du Palais, duc des Francs, & petit-fils de Charles
Martel. Tout ce qu'on connaît de sa mere, c'est
qu'elle s'appellait Berthe. On ne sait pas même
précisément le lieu de sa naissance. Il naquit pendant la tenue du Concile de Germanie ; &, grace
à l'ignorance de ces siecles, on ne sait pas où ce
fameux Concile s'est tenu.

La moitié du pays qu'on nomme aujourd'hui

'Allemagne, était idolâtre, des bords du Veser, &
même du Mein & du Rhin jufqu'à la mer Baltique, l'autre demi-Chrétienne.

Il y avait déja des évêques à Tréves, à Cologne, à Mayence, villes frontieres fondées par les
Romains & inftruites par les Papes. Mais ce pays
s'appellait alors l'Auftrafie, & était du royaume
des Francs.

Un Anglais nommé Villebrod, du tems du
pere de Charles-Martel, était allé prêcher aux Idolâtres de la Frife le peu de Chriftianifme qu'il favait. Il y eut vers la fin du feptieme fiécle un évêque titulaire de Weftphalie qui reffufcitait les
petits enfans morts. Villebrod prit le vain titre
d'évêque d'Utrecht Il y bâtit une petite églife
que les Frifons payens détruifirent. Enfin au commencement du huitieme fiécle un autre Anglais
qu'on appella depuis Boniface, alla prêcher en
Allemagne. On l'en regarde comme l'apôtre. Les
Anglais étaient alors les précepteurs des Allemands. Et c'était aux Papes que tous ces peuples,
ainfi que les Gaulois, devaient le peu de lettres
& de chriftianifme qu'ils connaiffaient.

743.

Un fynode à Leftine en Hainaut fert à faire
connaître les mœurs du tems. On y régle que
ceux qui ont pris les biens de l'églife pour foutenir la guerre, donneront un écu à l'églife par
métairie; ce réglement regardait les officiers de
Charles-Martel & de Pepin fon fils, qui jouirent

jufqu'à leur mort des abbayes dont ils s'étaient emparés. Il était alors également ordinaire de donner aux moines & de leur ôter.

Boniface, cet apôtre de l'Allemagne, fonde l'abbaye de Fuld dans le pays de Heffe. Ce ne fut d'abord qu'une églife couverte de chaume, environnée de cabanes habitées par quelques moines qui défrichaient une terre ingrate. C'eft aujourd'hui une principauté; il faut être gentilhomme pour être moine; l'abbé eft fouverain depuis long-tems, & évêque depuis 1753.

744.

Carloman, oncle de Charlemagne, duc d'Auftrafie, réduit les Bavarois vaffaux rebelles du roi de France, & bat les Saxons dont il veut faire auffi des vaffaux.

745.

En ce tems Boniface était évêque de Mayence. La dignité de métropole attachée jufques-là au fiége de Worms paffe à Mayence.

Carloman, frere de Pepin, abdique le duché de l'Auftrafie; c'était un puiffant royaume qu'il gouvernait fous le nom de Maire du Palais, tandis que fon frere Pepin dominait dans la France occidentale, & que Childeric, roi de toute la France, pouvait à peine commander aux domeftiques de fa maifon. Carloman renonce à fa fouveraineté pour aller fe faire moine au Mont-Caffin. Les hiftoriens difent encore que Pepin l'aimait tendre-

ment; mais il eſt vraiſemblable que Pepin aimait
encore davantage à dominer ſeul. Le cloître était
alors l'aſyle de ceux qui avaient des concurrens
trop puiſſans dans le monde.

747. 748.

On renouvelle dans la plûpart des villes de
France l'uſage des anciens Romains connu ſous
le nom de *patronage* ou de *clientelle*. Les bourgeois
ſe choiſiſſaient des patrons parmi les ſeigneurs, &
cela ſeul prouve que les peuples n'étaient point
partagés dans les Gaules, comme on l'a prétendu,
en maîtres & en eſclaves.

749.

Pepin entreprend enfin ce que Charles Martel
ſon pere n'avait pu faire. Il veut ôter la couronne
à la race de Mérovée. Il mit d'abord l'apôtre Boniface dans ſon parti, avec pluſieurs évêques, &
enfin le Pape Zacharie.

750.

Pepin fait dépoſer ſon roi Hilderic ou Childeric
III. Il le fait moine à St. Bertin, & ſe met ſur le
thrône des Francs.

751.

Pepin veut ſubjuguer les peuples nommés alors
Saxons, qui s'étendaient depuis les environs du
Mein juſqu'à la Cherſoneſe Cimbrique, & qui
avaient conquis l'Angleterre. Le pape Etienne
III. demande la protection de Pepin contre Luie-

prand, roi de Lombardie, qui voulait fe rendre
maître de Rome. L'empereur de Conftantinople
était trop éloigné & trop faible pour le fecourir ;
& le premier domeftique du roi de France, devenu ufurpateur, pouvait feul le protéger.

7 5 4.

La premiere action connue de Charlemagne eft
d'aller de la part de Pepin fon pere au-devant
du pape Etienne à St. Maurice en Valais , & de fe
profterner devant lui. C'était un ufage d'orient.
On fe mettait fouvent à genoux devant les évêques ; & ces évêques fléchiffaient les genoux non
feulement devant les empereurs , mais devant les
gouverneurs des provinces, quand ceux-ci venaient prendre poffeffion.

Pour la coutume de baifer les pieds , elle n'é-
tait point encore introduite dans l'occident. Dioclétien avait le premier exigé cette marque de
refpect. Les papes Adrien I. & Leon III. furent
ceux qui attirerent au pontificat cet honneur que
Dioclétien avait arrogé à l'Empire ; après quoi
les rois & les empereurs fe foumirent comme les
autres à cette cérémonie , pour rendre la religion
Romaine plus vénérable.

Pepin fe fait facrer roi de France par le Pape
au mois d'août dans l'abbaye de S. Denis ; il l'avait
été déja par Boniface, mais la main d'un Pape
rendait aux yeux des peuples fon ufurpation plus
refpectable. Eginard, fecrétaire de Charlemagne,
dit en termes exprès qu'*Hilderic fut dépofé par or-*

dre du pape Etienne. Pepin eft le premier des rois de l'Europe qui ait été facré. Cette cérémonie fut une imitation de l'onction donnée aux rois Hébreux : il eut foin de faire facrer en même tems fes deux fils, Charles & Carloman. Le Pape avant de le facrer Roi, l'abfout de fon parjure envers Hilderic fon Souverain : & après le facre il fulmina une excommunication contre quiconque voudrait un jour entreprendre d'ôter la couronne à la famille de Pepin. Ni Hugues Capet ni Conrad n'ont pas eu un grand refpect pour cette excommunication. Le nouveau Roi pour prix de la complaifance du Pape, paffe les Alpes avec Thaffillon duc de Baviere fon vaffal. Il affiége Aftolphe dans Pavie, & s'en retourne la même année, fans avoir bien fait ni la guerre ni la paix.

755.

A peine Pepin a-t-il repaffé les Alpes, qu'Aftolphe affiége Rome. Le pape Etienne conjure le nouveau roi de France de venir le délivrer. Rien ne marque mieux la fimplicité de ces tems groffiers qu'une lettre que le Pape fait écrire au roi Franc par S. Pierre, comme fi elle était defcendue du ciel. Simplicité pourtant qui n'excluait jamais ni les fraudes de la politique, ni les attentats de l'ambition.

Pepin délivre Rome, affiége encore Pavie, fe rend maître de l'exarcat, & le donne, dit-on, au Pape. C'eft le premier titre de la puiffance temporelle du S. fiége. Par là Pepin affaibliffait également les rois Lombards & les empereurs d'o-

rient. Cette donation eſt bien douteuſe, car les
archevêques de Ravenne prirent alors le titre
d'exarques. Il réſulte que les évêques de Rome &
de Ravenne voulaient s'aggrandir. Il eſt très probable que Pepin donna quelques terres aux Papes,
& qu'il favoriſait en Italie ceux qui affermiſſaient
en France ſa domination. S'il eſt vrai qu'il ait fait
ce préſent aux Papes, il eſt clair qu'il donna ce
qui ne lui appartenait pas. On ne trouve guères
d'autre ſource des premiers droits. Le tems les
rend légitimes.

756.

Boniface, archevêque de Mayence, fait une
miſſion chez les Friſons idolatres. Il y reçoit le
martyre. Mais comme les hiſtoriens diſent qu'il
fut martiriſé dans ſon camp, & qu'il y eut beaucoup de Friſons tués, il eſt à croire que les miſ-
ſionnaires étaient des ſoldats. Thaſſillon duc de
Baviére fait un hommage de ſon duché au roi de
France, dans la forme des hommages qu'on a depuis appellé *Liges*. Il y avait déja de grands fiefs
héréditaires, & la Baviere en était un.

Pepin défait encore les Saxons. Il paraît que
toutes les guerres de ces peuples contre les Francs,
n'étaient guères que des incurſions de Barbares,
qui venaient tour à tour enlever des troupeaux,
& ravager des moiſſons. Point de place forte,
point de politique, point de deſſein formé ; cette
partie du monde était encore ſauvage.

Pepin après ſes victoires ne gagna que le paye-

ment d'un ancien tribut de 300 chevaux, auquel
on ajouta 500 vaches; ce n'était pas la peine
d'égorger tant de millions d'hommes.

758. 759. 760.

Didier, fucceffeur du roi Aftolphe, reprend les
villes données par Pepin à S. Pierre; mais Pepin
était fi redoutable, que Didier les rendit, à ce
qu'on prétend, fur fes feules menaces. Le vaffe-
lage héréditaire commençait fi bien à s'introduire,
que les rois de France prétendaient être feigneurs
fuzerains du duché d'Aquitaine. Pepin force les
armes à la main Gaïfre duc d'Aquitaine à lui prêter ferment de fidélité en préfence du duc de Baviere, de forte qu'il eut deux grands Souverains à
fes genoux. On fent bien que ces hommages n'é-
taient que ceux de la faibleffe à la force.

762. 763.

Le duc de Baviere qui fe croit affez puiffant, &
qui voit Pepin loin de lui, révoque fon hommage.
On eft prêt de lui faire la guerre, & il renouvelle fon ferment de fidélité.

766. 767.

Erection de l'évêché de Saltzbourg. Le pape
Paul I. envoie au Roi des livres, des chantres,
& une horloge à roues. Conftantin Copronyme
lui envoie auffi une orgue & quelques muficiens.
Ce ne ferait pas un fait digne de l'hiftoire, s'il ne
faifait voir combien les arts étaient étrangers
dans cette partie du monde. Les Francs ne con-

naiſſaient alors que la guerre, la chaſſe & la table.

768.

Les années précédentes ſont ſtériles en évé-nemens, & par conſéquent heureuſes pour les peuples; car preſque tous les grands traits de l'hiſtoire ſont des malheurs publics. Le duc d'A-quitaine révoque ſon hommage, à l'exemple du duc de Baviere Pepin vole à lui, & réunit l'A-quitaine à la couronne.

Pepin ſurnommé le Bref meurt à Xaintes le 24 ſeptembre âgé de 54 ans. Avant ſa mort il fait ſon teſtament de bouche, & non par écrit, en préſence des grands officiers de ſa maiſon, de ſes généraux & des poſſeſſeurs à vie des grandes terres. Il partage tous ſes états entre ſes deux enfans, Charles & Carloman. Après la mort de Pepin, les ſeigneurs modifient ſes volontés. On donne à Carl, que nous avons depuis appellé Charlemagne, la Bourgogne, l'Aquitaine, la Provence avec la Neuſtrie, qui s'étendait alors depuis la Meuſe juſqu'à la Loire, & à l'océan. Carloman eut l'Auſtraſie, depuis Rheims juſqu'aux derniers confins de la Thuringe. Il eſt évident que le royaume de France comprenait alors près de la moitié de la Germanie.

770.

Didier, roi des Lombards, offre en mariage ſa fille Deſiderate à Charles; il était déja marié. Il épouſa Deſiderate, ainſi il paraît qu'il eut deux

femmes à la fois. La chofe n'était pas rare. Gregoire de Tours dit que les rois Gontram, Cari-
bert, Sigebert, Chilperic, avaient plufieurs
femmes.

771.

Son frere Carloman meurt foudainement à l'âge
de 20 ans. Sa veuve s'enfuit en Italie avec deux
princes fes enfans. Cette mort & cette fuite ne
prouvent pas abfolument que Charlemagne ait
voulu régner feul, & ait eu de mauvais deffeins
contre fes neveux; mais elles ne prouvent pas
aufli qu'il méritât qu'on célébrât fa fête, comme
on a fait en Allemagne.

772.

Charles fe fait couronner roi d'Auftrafie, &
réunit tout le vafte royaume des Francs, fans rien
laiffer à fes neveux. La poftérité éblouie par l'éclat
de fa gloire femble avoir oublié cette injuftice. Il
répudie fa femme fille de Didier, pour fe venger
de l'afyle que le roi Lombard donnait à la veuve
de Carloman fon frere.

Il va attaquer les Saxons, & trouve à leur tête
un homme digne de le combattre; c'était Vitikind, le plus grand défenfeur de la liberté Germanique après Herman, que nous nommons Armi-
nius.

Le roi de France l'attaque dans le pays qu'on
nomme aujourd'hui le comté de la Lippe. Ces
peuples étaient très mal armés; Car dans les ca-

pitulaires de Charlemagne on voit une défenfe
rigoureufe de vendre des cuiraffes & des cafques
aux Saxons. Les armes & la difcipline des Francs
devaient donc être victorieufes d'un courage fé-
roce. Charles taille l'armée de Vitikind en piéces , il prend la capitale nommée Erresbourgh.
Cette capitale était un affemblage de cabannes
entourées d'un foffé. On égorge les habitans ; on
rafe le principal temple du pays élevé autrefois,
à ce qu'on dit , au Dieu Tanfana, *principe uni-*
verfel , fi jamais ces Barbares ont reconnu un
principe univerfel , mais dédié alors au Dieu *Ir-*
minful , temple révéré en Saxe, comme celui de
Sion chez les Juifs. On y maffacra les prêtres
fur les débris de l'idole renverfée. On pénétra
jufqu'au Wefer avec l'armée victorieufe. Tous ces
cantons fe foumirent. Charlemagne les voulut
lier à fon joug par le chriftianifme. Tandis qu'il
court à l'autre bout de fes états, à d'autres conquêtes , il leur laiffe des miffionnaires pour les
perfuader , & des foldats pour les forcer. Prefque
tous ceux qui habitaient vers le Wefer fe trouvent en un an chrétiens & efclaves.

773.

Tandis que le roi des Francs contient les Saxons
fur le bord du Wefer , l'Italie le rappelle. Les
querelles des Lombards & du Pape fubfiftaient
toujours ; & le Roi en fecourant l'églife pouvait
envahir l'Italie, qui valait mieux que les pays de
Brême , d'Hanover , & de Brunfwick. Il marche

donc contre fon beaupere Didier, qui était devant Rome. Il ne s'agiffait pas de venger Rome, mais il s'agiffait d'empêcher Didier de s'accommoder avec le Pape, pour rendre aux deux fils de Carloman le royaume qui leur appartenait. Il court attaquer fon beaupere, & fe fert de la piété pour fon ufurpation. Il eft fuivi de foixante & dix mille hommes de troupes réglées ; chofe inouie dans ces tems-là On affemblait auparavant des armées de cent & de deux cent mille hommes ; mais c'é-taient des païfans, qui allaient faire leurs moiffons après une bataille perdue ou gagnée. Charlema-gne les retenait plus longtems fous le drapeau, & c'eft ce qui contribua à fes victoires.

774.

L'armée Françaife affiege Pavie. Le Roi va à Rome, renouvelle la donation de Pepin, & l'aug-mente, il en met lui-même une copie fur le tom-beau qu'on prétend renfermer les cendres de St. Pierre. Le pape Adrien le remercie par des vers qu'il fait pour lui.

La tradition de Rome eft que Charles donna la Corfe, la Sardaigne & la Sicile. Il ne donna fans doute aucun de ces païs qu'il ne poffédait pas. Mais il exifte une lettre d'Adrien à l'impéra-trice Iréne, qui prouve que Charles donna des terres, que cette lettre ne fpécifie pas. *Charles, duc des Francs & patrice, nous a*, dit-il, *donné des provinces & reftitué les villes que les perfides Lom-bards retenaient à l'églife*, &c.

On sent qu'Adrien ménage encore l'Empire, en ne donnant que le titre de duc & de patrice à Charles, & qu'il veut fortifier sa possession du nom de restitution.

Le Roi retourne devant Pavie. Didier se rend à lui. Le roi le fait moine, & l'envoie en France dans l'abbaye de Corbie. Ainsi finit ce royaume des Lombards, qui avaient détruit en Italie la puissance Romaine, & substitué leurs loix à celles des Empereurs. Tout Roi déthrôné devient moine dans ces tems-là.

Charlemagne se fait couronner roi d'Italie à Pavie d'une couronne où il y avait un cercle de fer, qu'on garde encore dans la petite ville de Monza.

La justice était toujours administrée dans Rome au nom de l'empereur Grec. Les Papes même recevaient de lui la confirmation de leur élection. On avait ôté à l'Empereur le vrai pouvoir, on lui laissait quelques apparences. Charlemagne prenait seulement, ainsi que Pepin, le titre de *Patrice*, que Theodoric & Attila avaient daigné prendre. Ainsi le nom d'Empereur, qui dans son origine ne désignait qu'un général d'armée, signifiait encore le maître de l'Orient & de l'Occident. Tout vain qu'il était, on le respectait, on craignait de l'usurper : on n'affectait que celui de *Patrice*, qui autrefois voulait dire sénateur Romain, & qui alors signifiait un lieutenant indépendant d'un Empereur sans pouvoir.

Cependant

Cependant on frappait alors de la monnoie à Rome au nom d'Adrien. Que peut-on en conclure sinon que le Pape délivré des Lombards & n'obéissant plus aux Empereurs, était le maître dans Rome? Il est indubitable que les pontifes Romains se saisirent des droits régaliens dès qu'ils le purent, comme ont fait les évêques Francs & Germains ; toute autorité veut toujours croître : & par cette raison-là même on ne mit plus que le nom de Charlemagne sur les nouvelles monnoies de Rome, lorsqu'en 880 le Pape & le peuple Romain le nommerent Empereur.

· 775 ·

Second effort des Saxons contre Charlemagne, pour leur liberté, qu'on appelle révolte. Ils sont encore vaincus dans la Westphalie ; & après beaucoup de sang répandu, ils donnent des bœufs & des ôtages, n'ayant autre chose à donner.

776.

Tentative du fils de Didier, nommé Adalgise, pour recouvrer le royaume de Lombardie. Le pape Adrien la qualifie horrible conspiration. Charles court la punir. Il revole d'Allemagne en Italie, fait couper la tête à un duc de Frioul qui était du complot, & tout se soumet.

Pendant ce tems-là même les Saxons reviennent encore en Westphalie ; il revient les battre. Ils se soumettent, & promettent encore de se faire chré-

Tome I.   D

tiens. Charles bâtit des forts dans leur pays avant d'y bâtir des églises.

777.

Il donne des loix aux Saxons, & leur fait jurer qu'ils seront esclaves, s'ils cessent d'être chrétiens & soumis. Dans une grande diéte tenue à Paderborn sous des tentes, un émir Musulman qui commandait à Sarragosse vint conjurer Charles d'appuyer sa rébellion contre Abderame roi d'Espagne.

778.

Charles marche de Paderborn en Espagne, prend le parti de cet émir, assiége Pampelune & s'en rend maître. Il est à remarquer que les dépouilles des Sarrazins furent partagées entre le Roi, les officiers & les soldats, selon l'ancienne coutume de ne faire la guerre que pour du butin, & de le partager également entre tous ceux qui avaient une égale part au danger. Mais tout ce butin est perdu en repassant les Pirénées. L'arriere-garde de Charlemagne est taillée en pieces à Roncevaux par les Arabes & par les Gascons. C'est là que périt, dit-on, Roland son neveu, si célébre par son courage & par sa force incroyable.

Comme les Saxons avaient repris les armes pendant que Charles était en Italie, ils les reprennent tandis qu'il est en Espagne. Vitikind retiré chez le duc de Dannemarck son beaupere, revient ranimer ses compatriotes. Il les rassemble, il trouve dans Brême, capitale du pays qui porte ce nom, un évêque, une église, & fes Saxons défefpérés qu'on traîne à des autels nouveaux ; il chaffe l'é-véque qui a le tems de fuir & de s'embarquer. Charlemagne accourt, & bat encore Vitikind.

780.

Vainqueur de tous côtés, il part pour Rome avec une de fes femmes nommée Ildegarde & deux enfans puînés, Pepin & Louis. Le pape Adrien baptife ces deux enfans, facre Pepin roi de Lombardie, & Louis roi d'Aquitaine. Ainfi l'Aquitaine fut érigée en royaume pour quelque tems.

781. 782.

Le roi de France tient fa cour à Worms, à Ratisbonne, à Cuierci. Alcuin archevêque d'Yorck vient l'y trouver. Le Roi qui à peine favait figner fon nom, voulait faire fleurir les fciences, parce qu'il voulait être grand en tout. Pierre de Pife lui enfeignait un peu de grammaire. Il n'était pas étonnant que des Italiens inftrui-fiffent des Gaulois & des Germains ; mais il l'é-tait, qu'on eût toujours befoin des Anglais pour apprendre ce qui n'eft pas même honoré aujour-d'hui du nom de fcience.

On tient devant le Roi des conférences qui peuvent être l'origine des académies, & furtout de celles d'Italie, dans lefquelles chaque acadé-micien prend un nouveau nom. Charlemagne fe

nommait *David*, Alcouin *Albinus*, & un jeune
homme nommé Ilgeberd, qui faifait des vers en
langue romance, prenait hardiment le nom d'*Homere*.

783.

Cependant Vitikind qui n'apprenait point la
grammaire, fouleve encore les Saxons. Il bat les
généraux de Charles fur le bord du Wefer.
Charles vient réparer cette défaite. Il eft encore
vainqueur des Saxons ; ils mettent bas les armes
devant lui. Il leur ordonne de livrer Vitikind.
Les Saxons lui répondent qu'il s'eft fauvé en Dannemarck. *Ses complices font encore ici*, répondit
Charlemagne ; & il en fit maffacrer quatre mille
cinq cent à fes yeux. C'eft ainfi qu'il difpofait la
Saxe au chriftianifme.

784.

· Ce maffacre fit le même effet que fit long-tems
après la St. Barthelemi en France. Tous les Saxons reprennent les armes avec une fureur défef-
perée. Les Danois & les peuples voifins fe joignent
à eux.

785.

Charles marche avec fon fils du même nom
que lui, contre cette multitude. Il remporte une
victoire nouvelle & donne encore des loix inutiles.
Il établit des marquis, c'eft-à-dire des comman-
dans de milices fur les frontieres de fes royaumes.

786.

Vitikind céde enfin. Il vient avec un duc de Frife fe foumettre à Charlemagne dans Attigni fur l'Aîne. Alors le royaume de France s'étend juf-qu'au Holftein. Le roi de France repaffe en Italie & rebâtit Florence ; c'eft une chofe finguliere que dès qu'il eft à un bout de fes royaumes, il y a tou-jours des revoltes à l'autre bout ; c'eft une preuve que le Roi n'avait pas fur toutes les frontieres de puiffans corps d'armée. Les anciens Saxons fe joi-gnent aux Bavarois : le Roi repaffe les Alpes.

787.

L'impératrice Irène qui gouvernait encore l'em-pire Grec, alors le feul empire, avait formé une puiffante ligue contre le roi de France. Elle était compofée de ces mêmes Saxons, & de ces Bava-rois, des Huns fi fameux autrefois fous Attila, & qui occupaient, comme aujourd'hui, les bords du Danube & de la Drave, une partie même de l'Italie y était entrée. Charles vainquit les Huns vers le Danube, & tout fut diffipé.

Depuis 788. jufqu'à 792.

Pendant ces quatre années paifibles, il inftitue des écoles chez les évêques & dans les monafteres. Le chant romain s'établit dans les églifes de France. Il fait dans la diéte d'Aix-la-Chapelle des loix qu'on nomme *Capitulaires*. Ces loix tenaient beaucoup de la barbarie dont on voulait fortir,

& dans laquelle on fut long-tems plongé. Voici
quels étaient les usages, les mœurs, les loix, l'esprit qui régnaient alors.

COUTUMES

DU TEMS DE CHARLEMAGNE.

DEs ducs, dont les uns étaient amovibles, &
les autres des vassaux héréditaires, gouvernaient les provinces, & levaient les troupes, à
peu près comme font aujourd'hui les beglierbeis
des Turcs. Ces ducs avaient été institués en Italie
par Dioclétien. Les comtes, dont l'origine paraît
du tems de Théodose, commandaient sous les
ducs & assemblaient les troupes chacun dans son
canton. Les métairies, les bourgs, les villages,
fournissaient un nombre de soldats proportionné
à leurs forces; douze métairies donnaient un ca-
valier armé d'un casque & d'une cuirasse. Les autres soldats n'en portaient point, mais tous avaient
le bouclier quarré long, la hache d'arme, le javelot & l'épée. Ceux qui se servaient de flèches,
étaient obligés d'en avoir au moins douze dans
leur carquois. La province qui fournissait la milice, lui distribuait du bled & les provisions né-
cessaires pour six mois. Le Roi en fournissait pour
le reste de la campagne. On faisait les revues au

premier de mars, & au premier de mai. C'eft
d'ordinaire dans ces tems qu'on tenait les parlemens. Dans les fiéges des villes on employait le
belier, la balifte, la tortue, & la plûpart des ma-
chines des Romains. Car de tous leurs arts celui
de la guerre fut prefque le feul qui fubfifta, & ce
fut pour leur ruine.

Les feigneurs nommés barons, Leudes, Rich-
lomes compofaient avec leurs fuivans le peu de
cavalerie qu'on voyait alors dans les armées. Les
Mufulmans d'Afrique & d'Efpagne avaient plus
de cavaliers. Il paraît qu'on prit depuis chez eux
l'ufage de couvrir de fer les hommes & les chevaux, & de combattre avec les lances.

Charles avait des forces navales aux embou-
chures de toutes les grandes rivieres de fon empire, depuis l'Elbe jufqu'au Tibre. Avant lui on
ne les connaiffait pas chez les Barbares, & après
lui on les ignora long-tems. Par ce moyen & par
la police guerriere qu'il fit obferver fur toutes les
côtes, il arrêta ces inondations des peuples du
nord, qui alors exerçaient le métier de pirates,
il les contint dans leurs climats glacés; mais fous
fes faibles defcendans, ils fe répandirent dans
l'Europe.

Les affaires générales fe réglaient dans des af-
femblées, qui reprefentaient la nation felon l'u-
fage des anciens Romains, des Gaulois, & des
peuples du nord. Sous lui les parlemens n'avaient
d'autre volonté que celle du maitre qui favait
commander & perfuader.   D 4

Il fit un peu fleurir le commerce dans ses vastes états, parce qu'il était le maître des mers. Ainsi les marchands des côtes de Toscane allaient trafiquer à Constantinople chez les Chrétiens, & au port d'Alexandrie chez les Musulmans, qui les recevaient, & dont ils tiraient les richesses de l'Asie.

Venise & Gènes, si puissantes depuis par le négoce, n'attiraient pas encore à elles les richesses des nations ; mais Venise commençait à s'enrichir & à s'aggrandir.

Rome, Ravenne, Lyon, Arles, Tours, avaient beaucoup de manufactures d'étoffes de laine. On damasquinait le fer, on fabriquait le verre, mais les étoffes de soie n'étaient tissues dans aucune ville d'occident.

Les Vénitiens commençaient à les tirer de Constantinople, où elles n'étaient connues que depuis l'empereur Justinien; mais ce ne fut que près de 400 ans après Charlemagne, que les Maures travaillèrent la soie à Cordoue, & que les princes Normands qui conquirent le royaume de Naples & de Sicile établirent ensuite à Palerme une manufacture de soie. Presque tous les ouvrages d'industrie & de recherche se faisaient dans l'empire d'orient. Le linge était peu commun. S. Boniface dans une lettre écrite à un évêque établi en Allemagne, lui mande qu'il lui envoie du drap à longs poils pour se laver les pieds. Probablement ce manque de linge était la cause de toutes ces maladies de la peau, connues fous le nom des lépres fi générales alors, car les hôpitaux nommés *léproferies* étaient déja très-nombreux.

On dit que du tems de Charlemagne on avait déja de grandes vues pour le commerce, puifqu'on commença le fameux canal qui devait joindre le Rhin au Danube, & ouvrir ainfi une communication de la mer Noire à l'Océan. L'efprit de conquête y pouvait avoir autant de part que l'utilité publique.

La monnoie avait à peu près la même valeur que celle de l'empire Romain depuis Conftantin. Le fol d'or était le *folidum Romanum* que les Barbares nommaient *fol* par cette habitude qu'ils avaient de contracter tous les noms. Ainfi d'*Auguftus* ils ont fait *Août*; de *forum Julii*, Fréjus; & ce fol d'or équivalait à quarante deniers d'argent dans toute l'étendue des terres de Charlemagne.

SUITE

Des Ufages du tems de CHARLEMAGNE.

EGLISE.

Les églifes de France étaient riches, celles d'Allemagne commençaient à l'être, & devaient un jour le devenir davantage, parce qu'on leur donnait plus de territoire.

D 5

Les évêques & les abbés avoient beaucoup d'esclaves. On reproche à l'abbé Alcuin, précepteur de Charlemagne, d'en avoir eu jusqu'à vingt mille. Ce nombre n'est pas incroyable. Alcuin avait trois abbayes dont les terres pouvaient être habitées par vingt mille hommes ; tous appartenaient au Seigneur. Ces esclaves connus sous le nom de *Serfs* ne pouvaient se marier, ni changer de demeure sans la permission de l'abbé. Ils étaient obligés de marcher 50 lieues avec leurs charettes quand il l'ordonnait. Ils travaillaient pour lui trois jours de la semaine, & il partageait tous les fruits de la terre.

En France & en Allemagne plus d'un Evêque allait au combat avec ses *Serfs*. Charlemagne dans une lettre à une de ses femmes, nommée Frastade, lui parle d'un Evêque qui a vaillamment combattu auprès de lui dans une bataille contre les Avares, peuples descendus des Scythes, qui habitaient vers les pays qu'on nomme aujourd'hui l'Autriche.

On voit de son tems quatorze monasteres qui doivent fournir des soldats. Pour peu qu'un abbé fût guerrier, rien ne l'empêchait de les conduire lui-même ; il est vrai qu'en 803 un parlement se plaignit à Charlemagne du trop grand nombre de prêtres qu'on avait tués à la guerre. Il fut alors défendu aux ministres de l'autel d'aller aux combats, mais l'usage fut une loi plus forte.

On voit par les loix Bavaroises & par les capitulaires de Charlemagne qu'il était défendu aux

prêtres d'avoir d'autres femmes dans leurs maifons que leurs meres & leurs fœurs. C'était encore une de ces loix aufquelles l'ufage était contraire.

Il n'était pas permis de fe dire clerc fans l'ê-
tre, de porter la tonfure fans appartenir à un
Evêque. De tels clercs s'appellaient acéphales, on
les puniffait comme vagabonds ; on ignorait cet
état aujourd'hui fi commun, qui n'eft ni féculier
ni eccléfiaftique ; le titre d'Abbé, qui fignifie
Pere, n'appartenait qu'aux chefs des Monaftéres,
ou même à des féculiers conftitués en dignité :
on donna par exemple ce titre au chef de la république de Genes.

Les abbés avaient dès-lors le bâton paftoral que
portaient les Evêques, & qui avait été la marque de la dignité augurale dans Rome payenne.
Telle était la puiffance de ces abbés fur les moines, qu'ils condamnaient quelquefois aux peines
afflictives les plus cruelles. Ils furent les premiers qui prirent le barbare ufage des empereurs
Grecs, de faire brûler les yeux, & il fallut qu'un
concile leur défendit cet attentat qu'ils commençaient à regarder comme un droit.

Quant aux cérémonies de l'églife, la meffe
était differente de ce qu'elle eft aujourd'hui ; &
encore plus de ce qu'elle fut aux premiers fiécles ;
on n'en difoit qu'une dans chaque églife. Les
rois fe faifoient dire rarement des meffes pri-
vées.

La premiere confeffion auriculaire qu'on nomme confeſſion generale, eſt celle de St Eloy au ſixieme ſiecle. Les ennemis de l'égliſe romaine, qui ſe ſont élevés contre une inſtitution ſi ſalutaire, ſemblent avoir ôté aux hommes le plus grand frein qu'on pût mettre à leurs crimes ſecrets. Les ſages de l'antiquité en avaient eux-mêmes ſenti l'importance : s ils n'avaient pu en faire un devoir à tous les hommes, ils en avaient établi la prati que chez ceux qui prétendoient à une vie plus pure; c'était la premiere expiation des inimitiés chez les anciens Egyptiens, & aux myſteres de Cérès Eleuſine. Ainſi la religion Chrétienne a conſacré des choſes dont Dieu avait permis que la ſageſſe humaine entrevît & embraſſât les ombres.

La religion ne s'était point encore étendue au Nord plus loin que les conquêtes de Charlemagne. Le Dannemarck & tout le pays des Normands étaient plongés dans une idolâtrie groſſiere. Les habitans adoraient Odin ; ils ſe figuraient qu'après leur mort, le bonheur de l'homme conſiſte à boire dans la ſalle d'Odin de la bierre dans e crâne de ſes ennemis. On a encore de leurs anciennes chanſons traduites, qui expriment cette idée. C'était beaucoup pour eux de croire une autre vie. La Pologne n'était ni moins barbare, ni moins idolâtre. Les Moſcovites plus ſauvages que le reſte de la grande Tartarie, en ſavaient à peine aſſez pour être payens. Mais tous ces peuples vivaient en paix dans leur ignorance, heureux d'être inconnus à Charlemagne, qui vendait ſi cher la connoiſſance du Chriſtianiſme.

SUITE

Des usages du tems de CHARLEMAGNE.

LOIX & COUTUMES.

La justice se rendait ordinairement par les Comtes, que le roi nommait : ils avaient leurs districts assignés, ils devaient être instruits des loix, qui n'étaient ni si obscures ni si nombreuses que les nôtres, la procédure était simple, chacun plaidait sa cause en France & en Allemagne.

Rome seule, & ce qui en dépendait avait encore retenu beaucoup de loix & de formalités de l'empire Romain ; les loix Lombardes avaient lieu dans le reste de l'Italie citérieure.

Chaque comte avait sous lui un lieutenant nommé Viguier, sept asseseurs, *Scabini*, pris dans la cité. A l'exemple des anciens sénateurs Romains, ils étaient à la fois guerriers & juges. Il leur était même ordonné de ne paraître jamais dans leur tribunal sous leur bouclier ; mais il n'était permis sous Charlemagne, ni aux autres citoyens, ni aux foldats même d'être armés en tems de paix. Cette loi si sage, conforme à celle des Romains & des Musulmans, prévenait ces querelles & ces duels continuels, qui depuis défolerent l'Europe quand la coutume s'introduisit de ne jamais quitter l'épée, d'aller armés chez ses amis, aux tribunaux,

aux églifes ; abus porté fi loin, qu'en Efpagne, en
Allemagne, en Flandre le juge, l'avocat, le pro-
cureur, le médecin marchent aujourd'hui l'épée
au ôté, comme s'ils allaient fe battre.

Ces comtes publiaient dans leur jurifdiction
l'ordre de marcher pour la guerre, enrollaient les
foldats fous des centeniers, les menaient au rendez-vous des troupes, & laiffaient alors leurs lieutenans faire les fonctions de juges dans les bourgades, que je n'ofe appeller villes.

Les rois envoyaient des commiffaires avec lettres expreffes, *miffi dominici*, qui examinaient la
conduite des comtes; ni ces commiffaires ni ces
comtes ne condamnaient prefque jamais à la
mort, ni à aucun fupplice. Car fi on excepte la
Saxe, où Charlemagne fit des loix de fang, prefque tous les délits fe rachetaient dans le refte de
fon empire ; le feul crime de rebellion était puni
de mort ; & les rois s'en réfervaient le jugement.
La loi Salique, celle des Lombards, celle des
Ripuaires avaient évalué à prix d'argent la plûpart des autres attentats qu'on punit aujourd'hui
par la perte de la vie, ou par de grandes peines.
Leur jurifprudence qui paraît humaine, était en
effet plus cruelle que la nôtre. Elle laiffait la
liberté de mal faire à quiconque pouvoit la payer :
la plus douce loi eft celle qui mettant le frein le
plus terrible à l'iniquité, prévient ainfi le plus
de crimes.

Par les anciennes loix rédigées fous le roi des
Francs Dagobert, il en coutait cent fols pour

avoir coupé une oreille à un homme , & fi la furdité ne fuivait pas la perte de l'oreille, on était quitte pour cinquante fols.

Le meurtre d'un diacre était taxé à quatre Cens fols , celui d'un prêtre deffervant la paroiffe à fix cens.

Le troifiéme chapitre de la loi Ripuaire permet au meurtrier d'un évêque de racheter fon crime avec autant d'or , qu'en pouvait pefer une tunique de plomb, de la hauteur du coupable , & d'une épaiffeur déterminée.

La loi Salique, remife en vigueur fous Charlemagne , fixe le prix de la vie d'un évêque à 400. fols. Il eft fi vrai qu'on rachetait ainfi fa vie , que beaucoup de ces loix fe font exprimées ainfi : » Componat tercentum , ducentum , centum folidis , « que le coupable compofe pour 300. 200. ou » 100. fols.

On donnait la queftion , mais feulement aux efclaves ; & celui qui avait fait mourir dans les tourments de la queftion l'efclave innocent d'un autre maître , était obligé de lui en donner deux pour toute fatisfaction.

Charlemagne , qui corrigea les loix Saliques & Lombardes , ne fit que hauffer le prix des crimes : ils étaient tous fpécifiés ; on diftinguait ce que valait un coup qui avait ôté feulement un os de la tête. Le premier était évalué à 45. fols; le fecond à 20.

Une forciere convaincue d'avoir mangé de la chair humaine était condamnée à 200. fols ; &

cet article eſt un témoignage bien humiliant pour
la nature humaine , des excès où la ſuperſtition
l'entraîne.

Tous les outrages à la pudicité avaient auſſi
leur prix fixe. Le rapt d'une femme mariée ne
coûtait que 200. ſols. Si on avait violé une fille
ſur le grand chemin , on ne payait que 40. ſols.
Si on enlevait une fille de condition ſervile , l'a-
mende était de 4. ſols , & on la rendait à ſon
maître. De ces loix barbares la plus ſévere était
préciſément celle qui devait être la plus douce.
Charlemagne lui-même au ſixieme livre de ſes capitulaires dit que d'épouſer ſa commere eſt un
crime digne de mort, & qui ne peut ſe racheter
qu'en paſſant toute ſa vie en pélerinage.

Parmi les loix Saliques , il s'en trouva une qui
marque bien préciſément dans quel mépris étaient
tombés les Romains chez les peuples barbares : le
Franc, qui avait tué un citoyen Romain , ne
payait que 1050 deniers , & le Romain payait
pour le ſang d'un Franc 2500 deniers.

Dans les cauſes criminelles indéciſes on ſe
purgeait par ſerment : il fallait non ſeulement que
la partie accuſée jurât , mais elle était obligée de
produire un certain nombre de témoins qui juraient avec elle. Quand les deux partis oppoſaient
ſerment à ſerment , on permettait quelquefois le
combat.

Ces combats étaient appellés , comme on
ſait, le jugement de Dieu. C'eſt auſſi le nom
qu'on donnait à une des plus déplorables folies de

ces gouvernements barbares : les accusés étaient soumis à l'épreuve de l'eau froide , de l'eau bouillante , ou du fer ardent. Le célebre Etienne Baluze a rassemblé toutes les anciennes cérémonies de ces épreuves. Elles commençaient par la messe , on y excommuniait l'accusé , on bénissait l'eau froide , on l'exorcisait , ensuite il était jetté garotté dans l'eau : s'il tombait au fond , il était réputé innocent : s'il surnageait , il était jugé coupable. Mr de Fleuri dans son histoire ecclésiastique dit que c'était une maniere sûre de ne trouver personne criminel. J'ose croire que c'était une maniere de faire périr beaucoup d'innocens ; il y a bien des hommes qui ont la poitrine assez large , & les poumons assez legers pour ne point enfoncer , lorsqu'une grosse corde qui les lie avec plusieurs tours , fait avec leur corps un volume moins pesant qu'une pareille quantité d'eau. Cette malheureuse coutume , proscrite depuis dans les grandes villes , s'est conservée jusqu'à nos jours dans beaucoup de provinces : on y a très-souvent assujetti , même par sentence de juges , ceux qu'on faisait passer pour sorciers. Car rien ne dure si long-tems que la superstition , & il en a coûté la vie à plus d'un malheureux.

Le jugement de Dieu par l'eau chaude s'exécutait en faisant plonger le bras nud de l'accusé dans une cuve d'eau bouillante , il fallait prendre au fond de la cuve un anneau béni. Le juge en présence des prêtres & du peuple enfermait dans un fac le bras du patient, & fcellait le fac de fon cachet. Si trois jours après il ne paraiſſait aucune marque de brûlure, ou ſi la marque était jugée légere, l'innocence était reconnue. On voit aiſément, que les juges pouvaient plier à leur volonté ces étranges loix, puiſqu'ils étaient les maîtres de décider ſi la cicatrice était aſſez grande pour conſtater le crime.

793.

Charles devenu voiſin des Huns, devient par conſéquent leur ennemi naturel. Il leve des troupes contre eux, & ceint l'épée à ſon fils Louis qui n'avait que quatorze ans. Il le fait ce qu'on appellait alors *miles*, c'eſt-à-dire, il lui fait apprendre la guerre ; mais ce n'eſt pas le créer chevalier comme quelques auteurs l'ont cru. La chevalerie ne s'établit que long-tems après. Il défait encore les Huns ſur le Danube & ſur le Raab.

Charles aſſemble des évêques pour juger la doctrine d'Elipand archevêque de Toléde. On peut s'étonner de trouver dans ce tems-là un archevêque de Toléde, lorſque les Muſulmans étaient maîtres de l'Eſpagne. Mais il faut ſavoir que les Muſulmans vainqueurs laiſſerent leur religion aux vaincus ; qu'ils ne croyaient pas les Chrétiens dignes d'être Muſulmans, & qu'ils ſe contentaient de leur impoſer un léger tribut.

Cet Elipan s'imaginait, avec un Felix d'Urgel, que Jeſus-Chriſt, en tant qu'homme, était fils

adoptif de Dieu, & en tant que Dieu, fils naturel. Il eſt difficile de ſavoir par ſoi-même, ce
qui en eſt. Il faut s'en rapporter aux juges, &
les juges le condamnerent.

Pendant que Charles remporte des victoires,
fait des loix, aſſemble des évêques, on conſpire
contre lui. Il aväit un fils d'une de ſes femmes
ou concubines, qu'on nommait Pepin le boſſu,
pour le diſtinguer de ſon autre fils Pepin roi d'Italie.
Les enfans qu'on nomme aujourd'hui bâtards, &
qui n'héritent point, pouvaient hériter alors, &
n'étaient point réputés bâtards. Le boſſu qui
était l'aîné de tous, n'avait point d'appanage ;
& voilà l'origine de la conſpiration. Il eſt arrêté
à Ratisbonne avec ſes complices, jugé par un
parlement, tondu & mis dans le monaſtère de
Prum dans les Ardennes. On creve les yeux à
quelques-uns de ſes adhérens, & on coupe la
tête à d'autres.

794.

Les Saxons ſe revoltent encore, & ſont encore
facilement battus. Vitikind n'était plus à leur
tête.

Célébre concile de Francfort. On y condamne
le ſecond concile de Nicée, dans lequel l'impératrice Irene venait de rétablir le culte des images.

Charlemagne fait écrire les livres Carolins contre ce culte des images Rome ne penſait pas
comme le royaume des Francs ; & cette différence
d'opinions ne brouilla point Charlemagne avec le
Pape, qui avait beſoin de lui.

795.

Le duc de Frioul vaffal de Charles eft envoyé contre les Huns, & s'empare de leurs tréfors, fuppofé qu'ils en euffent. Mort du pape Adrien le 25. décembre. On prétend que Charlemagne lui fit une épitaphe en vers latins. Il n'eft guéres croyable que ce roi Franc, qui ne favait pas écrire, fût faire des vers latins.

796.

Leon III. fuccede à Adrien. Charles lui écrit : „ Nous nous réjouiffons de votre élection & de „ ce qu'on nous rend l'obéiffance & la fidélité „ qui nous eft dûe. „ Il parlait ainfi en patrice de Rome, comme fon pere avait parlé aux Francs en maire du palais.

797. 798.

Pepin roi d'Italie eft envoyé par fon pere contre les Huns ; preuve qu'on n'avait remporté que de faibles victoires. Il en remporte une nouvelle. La célébre impératrice Irene eft mife dans un cloître par fon fils Conftantin V. Elle remonte fur le trône ; fait crever les yeux à fon fils ; il en meurt ; elle pleure fa mort. C'eft cette Irene l'ennemie naturelle de Charlemagne, & qui avait voulu s'allier avec lui.

799.

Dans ce tems là les Normands, c'eft-à-dire, les *hommes du nord*, les habitans des côtes de la mer Baltique étaient des pirates. Charles équippe une flote contre eux, & en purge les mers.

Le nouveau pape Leon III. irrite contre lui les Romains. Ses chanoines veulent lui crever les yeux & lui couper la langue. On le met en fang, mais il guérit. Il vient à Paderborn demander juftice à Charles, qui le renvoie à Rome avec une efcorte. Charles le fuit bientôt. Il envoie fon fils Pepin fe faifir du duché de Bénévent, qui relevait encore de l'empereur de Conftantinople.

800.

Il arrive à Rome. Il déclare le pape innocent des crimes qu'on lui imputait ; & le pape le déclare empereur aux acclamations de tout le peu_ple. Charlemagne affecta de cacher la joie fous de la modeftie, & de paraître étonné de fa gloire. Il agit en fouverain de Rome, & renouvelle l'empire des Céfars. Mais pour rendre cet empire durable, il fallait refter à Rome.

801.

Les hiftoriens difent que dès qu'il fut empereur, Irene voulut l'époufer. Le mariage eût été entre les deux empires plutôt qu'entre Charlemagne & la vieille Irene.

802.

Charlemagne exerce toute l'autorité des anciens empereurs. Nul pays depuis Bénévent jufqu'à Bayonne, & de Bayonne jufqu'en Baviere, exempt de fa puiffance légiflative. Le duc de Venife Jean ayant affaffiné un évêque, eft accufé devant Charles, & ne le recufe pas pour juge.

Nicéphore, succeſſeur d'Irene, reconnaît Charles pour empereur ſans convenir des limites des deux empires.

803. 804.

L'empereur s'applique à policer ſes états, autant qu'on le pouvait alors. Il diſſipe encore des factions des Saxons, & tranſporte enfin une partie de ce peuple dans la Flandre, dans la Provence, en Italie, à Rome même.

805.

Il dicte ſon teſtament qui commence ainſi: *Charles empereur Céſar, roi très-invincible des Francs,* &c. Il donne à Louis tout le pays depuis l'Eſpagne juſqu'au Rhin. Il laiſſe à Pepin l'Italie & la Baviere ; à Charles la France depuis la Loire juſqu'à Ingolſtadt, & toute l'Auſtraſie depuis l'Eſcaut juſqu'aux confins du Brandebourg. Il y avait dans ces trois lots de quoi exciter des diviſions éternelles. Charlemagne crut y pourvoir en ordonnant que s'il arrivait un différend ſur les limites des royaumes, qui ne pût être décidé par témoins, le jugement *de la croix* en déciderait. Ce jugement *de la croix* conſiſtait à faire tenir aux avocats les bras étendus ; & le plutôt las perdait ſa cauſe. Le bon ſens naturel d'un ſi grand conquérant ne pouvait prévaloir ſur les coutumes de ſon ſiécle.

Charlemagne retint toujours l'empire & la ſouveraineté ; & il était le Roi des Rois ſes enfans. C'eſt à Thionville que ſe fit ce fameux teſtament avec l'approbation d'un parlement. Ce parlement

était compofé d'évêques, d'abbés, d'officiers du
palais & de l'armée, qui n'étaient là que pour at-
tefter ce que voulait un maître abfolu. Les diétes
n'étaient pas ce qu'elles font aujourd'hui ; & cette
vafte république de princes, de feigneurs, & de
villes libres fous un chef, n'était pas établie.

806.

Le fameux Aaron calife de Bagdad nouvelle
Babylone, envoie des ambaffadeurs & des préfens
à Charlemagne. Les nations donnerent à cet Aaron un titre fupérieur à celui de Charlemagne.
L'empereur d'occident était furnommé *le grand*,
mais le calife était furnommé *le jufte*.

Il n'eft pas étonnant qu'Aaron Rachild envoyât
des ambaffadeurs à l'empereur Français. Ils étaient
tous deux ennemis de l'empereur d'orient : mais
ce qui ferait étonnant, c'eft qu'un calife eut, comme difent nos hiftoriens, propofé de céder Jerufalem à Charlemagne. C'eût été dans le calife
une profanation, de céder à des chrétiens une
ville remplie de mofquées, & cette profanation
lui aurait coûté le thrône & la vie. De plus, l'enthoufiafme n'appellait point alors les chrétiens
d'occident à Jerufalem.

Charles convoque un concile à Aix-la-Chapelle.
Ce concile ajoute au fymbole, *que le St. Efprit
procéde du Pere & du Fils.* Cette addition n'était
point encore reçue à Rome : elle le fut bientôt
après. Ainfi quelques dogmes fe font établis peu-
à-peu.

Dans ce tems les peuples appellés Normands, Danois, & Scandinaves, fortifiés d'anciens Saxons retirés chez eux, ofaient menacer les côtes du nouvel empire. Charles traverfe l'Elbe ; & Godefroi le chef de tous ces barbares, pour fe mettre à couvert, tire un large foffé entre l'océan & la mer baltique, aux confins du Holftein, l'ancienne Cherfonèfe cimbrique. Il revêtit ce foffé d'une forte paliffade. C'eft ainfi que les romains avaient tiré un retranchement entre l'Angleterre & l'Ecoffe ; faibles imitations de la fameufe muraille de la Chine.

807. 808. 809.

Traités avec les Danois. Loix pour les Saxons. Police dans l'empire. Petites flottes établies à l'embouchure des fleuves.

810.

Pepin, ce fils de Charlemagne, à qui fon pere avait donné le royaume d'Italie, meurt de maladie au mois de juillet. Il laiffe un bâtard, nommé Bernard. L'empereur donne fans difficulté l'Italie à ce bâtard, comme à l'héritier naturel, felon l'ufage de ce tems-là.

811.

Flotte établie à Boulogne fur la Manche. Fâre de Boulogne relevé. Wurtzbourg bâti. Mort du prince Charles, deftiné à l'empire.

813.

L'Empereur affocie à l'empire fon fils Louis au mois

mois de mars à Aix-la-Chapelle Il fait donner à
tous les affiftans leurs voix pour cette affociation.
Il donne la ville d'Ulm à des moines qui traitent
les habitans en efclaves. Il donne des terres à
Eginard, qu'on a cru l'amant de fa fille Emma. Les
légendes font pleines de fables dignes de l'archevêque Turpin fur cet Eginard, & cette prétendue
fille de l'empereur. Mais par malheur jamais Charlemagne n'eut de fille qui s'appellât Emma.

8 1 4.

Il meurt d'une pleuréfie après fept jours de
fiévre, le 28 janvier à trois heures du matin. Il
n'avait point de médecin auprès de lui qui fût ce
que c'était qu'une pleuréfie. La médecine, ainfi
que la plûpart des arts, n'était connue alors que
des Arabes, & des Grecs de Conftantinople.

LOUIS LE DEBONNAIRE OU LE FAIBLE,
SECOND EMPEREUR.

8 1 4.

Louis accourt de l'Aquitaine à Aix-la-Chapelle
& fe met de plein droit en poffeffion de l'empire.
Il était né en 778 de Charlemagne, & d'une de
fes femmes nommée Ildegarde, fille d'un duc Allemand. On dit qu'il avait de la beauté, de la force,
de la fanté, de l'adreffe à tous les exercices, qu'il
favait le Latin & le Grec; mais il était faible, & il
fut malheureux. Son empire avait pour bornes au
feptentrion la mer Baltique & le Dannemarck,

l'Océan au couchant, la Méditerranée & la mer Adriatique & les Pirénées au midi ; à l'orient la Vistule & la Tæisse. Le duc de Bénévent était son feudataire, & lui payait sept mille écus d'or tous les ans pour son duché. C'était une somme très-considérable alors. Le territoire de Bénévent s'étendoit beaucoup plus loin qu'aujourd'hui, & il faisait les bornes des deux empires.

815.

La premiere chose que fit Louis, fut de mettre au couvent toutes ses sœurs, & en prison tous leurs amans : ce qui ne le fit aimer ni dans sa famille, ni dans l'état. La seconde, d'augmenter les priviléges de toutes les églises ; & la troisiéme, d'irriter Bernard roi d'Italie, son neveu, qui vint lui prêter serment de fidélité, & dont il exila les amis.

816.

Etienne IV est élu évêque de Rome, & Pape par le peuple Romain, sans consulter l'Empereur; mais il fait jurer obéissance & fidélité par le peuple à Louis, & apporte lui-même ce serment à Rheims. Il couronne l'Empereur & sa femme Ermengarde. Il retourne à Rome au mois d'octobre, avec un décret que dorénavant les élections des Papes se feraient en présence des ambassadeurs de l'Empereur.

817.

Louis associe à l'empire son fils aîné Lothaire. C'était bien se presser. Il fait son second fils Pepin,

roi d'Aquitaine, & érige la Baviere avec quelques
pays voisins, en royaume, pour son dernier fils
Louis. Tous trois font mécontens; Lothaire d'être
Empereur sans pouvoir, les deux autres d'avoir
de si petits états; & Bernard roi d'Italie, neveu
de l'Empereur, plus mécontent qu'eux tous.

818.

L'empereur Louis se croyait empereur de Rome,
& Bernard, petit-fils de Charlemagne, ne voulait
point de maître en Italie. Il est évident que Charlemagne dans tant de partages, avait agi en pere
plus qu'en homme d'état, & qu'il avait préparé
des guerres civiles à sa famille. L'Empereur &
Bernard levent des armées. Ils se rencontrent à
Châlons-sur-Sône. Bernard plus ambitieux apparemment que guerrier, perd une partie de son armée sans combattre. Il se remet à la clémence de
Louis le débonnaire. Ce prince fait crever les yeux
à Bernard son neveu, & à ses partisans. L'opéra-
tion fut mal faite sur Bernard; il en mourut au
bout de trois jours. Cet usage de crever les yeux
aux princes, était fort pratiqué par les empereurs
Grecs, ignoré chez les Califes, & défendu par
Charlemagne.

819.

L'Empereur perd sa femme Ermengarde. Il ne
sait s'il se fera moine, ou s'il se remariera. Il épouse
la fille d'un comte Bavarois, nommée Judith. Il
appaise quelques troubles en Pannonie, & tient
des diétes à Aix-la-Chapelle.

E 2

820.

Ses généraux reprennent la Carniole & la Carinthie fur des Barbares qui s'en étaient emparés.

821.

Plufieurs eccléfiaftiques donnent des remords à l'empereur Louis fur le fupplice du roi Bernard fon neveu, & fur la captivité monacale où il avait réduit trois de fes propres freres nommés Drogon, Thierri & Hugues, malgré la parole donnée à Charlemagne d'avoir foin d'eux. Ces eccléfiaf tiques avaient raifon. C'eft une confolation pour le genre humain qu'il y ait par-tout des hommes qui puiffent au nom de la divinité infpirer des re mords aux princes ; mais il faudrait s'en tenir là, & ne les pourfuivre, ni les avilir.

822.

Les évêques & les abbés impofent une péni tence publique à l'Empereur. Il paraît dans l'af femblée d'Attigni couvert d'un cilice. Il donne des évêchés & des abbayes à fes freres, qu'il avait fait moines malgré eux. Il demande pardon à Dieu de la mort de Bernard : cela pouvait fe faire fans le cilice, & fans la pénitence publique qui ren dait l'Empereur ridicule.

823.

Ce qui était plus dangereux, c'eft que Lothaire était affocié à l'empire, qu'il fe faifait couronner à Rome par le pape Pafcal, que l'impératrice Judith

fa belle-mere lui donnait un frere , & que les Romains n'aimaient ni n'eſtimaient l'Empereur. Une
des grandes fautes de Louis était de ne point eta-
blir le ſiége de ſon empire à Rome. Le pape Paſcal
faiſait crever les yeux ſans rémiſſion à ceux qui
prêchaient l'obéiſſance aux Empereurs; enſuite il
jurait devant Dieu qu'il n'avait point de part à ces
exécutions , & l'Empereur ne diſait mot.

L'impératrice Judith accouche à Compiegne
d'un fils qu'on nomme Charles. Lothaire était revenu alors de Rome : l'empereur Louis ſon pere
exige de lui un ſerment, qu'il conſentira à laiſſer
donner quelque royaume à cet enfant : eſpece de
ſerment dont on devait prévoir la violation.

824.

Le pape Paſcal meurt. Les Romains ne veulent
pas l'enterrer. Lothaire de retour à Rome fait in-
former contre ſa mémoire. Le procès n'eſt pas
pourſuivi. Lothaire, comme empereur & ſouverain
de Rome, fait des ordonnances pour protéger les
Papes; mais dans ces ordonnances même il nomme le Pape avant lui : inattention bien dangereuſe.

Le pape Etienne II. fait ſerment de fidélité aux
deux Empereurs , mais il y eſt dit que c'eſt de ſon
plein gré. Le clergé & le peuple romain jurent de
ne jamais ſouffrir qu'un Pape ſoit élu ſans le conſentement de l'Empereur. Ils jurent fidélité aux
ſeigneurs Louis & Lothaire ; mais ils y ajoûtent,
ſauf la foi promiſe au ſeigneur pape.

Il ſemble que dans tous les ſerments de ce tems,

là, il y ait toujours des clauses qui les annullent.

L'Armorique ou la Bretagne ne voulait pas alors reconnaître l'Empire. Ce peuple n'avait d'autre droit, comme tous les hommes, que celui d'être libre ; mais en moins de quarante jours il fallut céder au plus fort.

825.

Un *Heriolt*, duc des Danois, vient à la cour de Louis embrasser la religion chrétienne ; mais c'est qu'il était chassé de ses états. L'Empereur envoie Anschaire, moine de Corbie, prêcher le christianisme dans les déserts où Stokolm est actuellement bâti. Il fonde l'évêché de Hambourg pour cet Anschaire ; & c'est de Hambourg que doivent partir des missionnaires pour aller convertir le nord.

La nouvelle Corbie fondée en Westphalie pour le même usage. Son abbé, au lieu d'être missionnaire, est aujourd'hui prince de l'empire.

826.

Pendant que Louis s'occupait à Aix-la-Chapelle des missions du nord, les rois Maures d'Espagne envoient des troupes en Aquitaine, & la guerre se fait vers les Pirénées entre les Musulmans & les Chrétiens ; mais elle est bientôt terminée par un accord.

827.

L'empereur Louis fait tenir des conciles à Mayence, à Paris, & à Toulouse. Il s'en trouve mal. Le concile de Paris lui écrit à lui & à son fils Lothaire : « Nous prions vos Excellences de vous » souvenir, à l'exemple de Conftantin, que les » Evêques ont droit de vous juger, & que les Evê- » ques ne peuvent être jugés par les hommes.

Louis donne à son jeune fils Charles au ber- ceau, ce qu'on appellait alors l'Allemagne ; c'eft- à-dire, ce qui eft fitué entre le Mein, le Rhin, le Necker & le Danube. Il y ajoute la Bourgogne Trans-jurane ; c'eft le pays de Geneve & de Suiffe.

Les trois autres enfans de Louis font indignés de ce partage, & excitent d'abord les cris de tout l'empire.

828.

Judith mere de Charles cet enfant, nouveau roi d'Allemagne, gouvernait l'Empereur fon mari, & était gouvernée par un comte de Barcelonne fon amant, nommé Bernard, qu'elle avait mis à la tête des affaires.

829.

Tant de faibleffes forment des factions. Un abbé nommé Vala, parent de Louis, commence la con- juration contre l'empereur. Les trois enfans de Louis, Lothaire affocié par lui à l'empire, Pepin à qui il a donné l'Aquitaine, Louis qui lui doit la Baviere, fe déclarent tous contre leur pere.

Un abbé de St. Denis, qui avait à la fois St. Médard de Soiffons, & St. Germain, promet de lever des troupes pour eux. Les évêques de Vienne, d'Amiens, & de Lyon déclarent *rebelles*

E 4

à Lieu & à l'Eglise ceux qui ne se joindront pas à eux. Ce n'était pas la premiere fois qu'on avait vu la guerre civile ordonnée au nom de Dieu; mais c'était la premiere fois qu'un pere avait vu trois enfans soulevés à la fois, & dénaturés au nom de Dieu.

830.

Chacun des enfans rebelles a une armée; & le pere n'a que peu de troupes, avec lesquelles il fuit d'Aix la-Chapelle à Boulogne en Picardie. Il part le mercredi des cendres: circonstance inutile par elle-même, devenue éternellement mémorable, parce qu'on lui en fit un crime, comme si c'eût été un sacrilége.

D'abord un reste de respect pour l'autorité paternelle impériale, mêlé avec la révolte, fait qu'on écoute Louis *le faible* dans une assemblée à Compiegne. Il y promet au roi Pepin son fils de se conduire par son conseil & par celui des prêtres, & de faire sa femme religieuse. En attendant qu'on prenne une résolution décisive, Pepin fait crever les yeux, selon la méthode ordinaire, à Bernard cet amant de Judith, laquelle se croyait en sureté, & au frere de cet amant.

Les amateurs des recherches de l'antiquité croyent que Bernard conserva ses yeux, & que son frere paya pour lui. La vraie science ne consiste pas à savoir ces choses; mais à savoir quels usages barbares régnaient alors, combien le gouvernement était faible, les nations malheureuses, le clergé puissant.

Lothaire arrive d'Italie. Il met l'empereur son pere en prison entre les mains des moines. Un moine plus adroit que les autres, nommé Gombaud, sert adroitement l'empereur: il le fait délivrer. Lothaire demande enfin pardon à son pere à Nimégue. Les trois freres sont délivrés, & l'empereur à la merci de ceux qui le gouvernent, laisse tout l'empire dans la confusion.

§31.

On assemble des diétes, & on leve de toutes parts des armées L'empire devient une anarchie. Louis de Baviere entre dans le pays, nommé Allemagne, & fait sa paix à main armée.

Pepin est fait prisonnier, Lothaire rentre en grace, & dans chaque traité on médite une révolte nouvelle.

§32.

L'impératrice Judith profite d'un moment de bonheur, pour faire dépouiller Pepin du royaume d'Aquitaine, & le donner à son fils Charles, c'est-à-dire à elle-même sous le nom de son fils. Si l'empereur Louis le *faible* n'eût pas donné tant de royaumes, il eût gardé le sien.

Lothaire prend le prétexte du détrônement de Pepin son frere, pour arriver d'Italie avec une armée, & avec cette armée il amene le pape Grégoire IV, pour inspirer plus de respect & plus de trouble.

§33.

Quelques évêques attachés à l'empereur Louis,

E 5

& fur-tout les évêques de Germanie, écrivent au pape : *Si tu es venu pour excommunier : tu t'en retourneras excommunié.* Mais le parti de Lothaire, des autres enfans rebelles & du pape prévaut. L'armée rebelle & papale s'avance auprès de Bafle contre l'armée impériale. Le pape écrit aux évêques : *Sachez que l'autorité de ma chaire eft au-deffus de celle du thrône de Louis.* Pour le prouver, il négocie avec cet empereur, & le trompe. Le champ où il négocia, s'appella le *champ du menfonge.* Il féduit les officiers & les foldats de l'empereur. Ce malheureux pere fe rend à Lothaire, & à Louis de Baviere, fes enfans rebelles, à cette feule condition qu'on ne crevera pas les yeux à fa femme & à fon fils Charles, qui était avec lui.

Le rebelle Lothaire envoie fa belle-mere Judith prifonniere à Tortonne, fon pere dans l'abbaye de St. Médard, & fon frere Charles dans le monaftere de Prum. Il affemble une diéte à Compiegne, & de-là à Soiffons.

Un archevêque de Rheims, nommé Ebbon, tiré de la condition fervile malgré les loix, élevé à cette dignité par Louis même, dépofe fon fouverain & fon bienfaiteur. On fait comparoître le monarque devant ce prélat, entouré de trente évê-ques, de chanoines, de moines, dans l'églife de Notre-Dame de Soiffons. Lothaire fon fils eft préfent à l'humiliation de fon pere. On fait étendre un cilice devant l'autel. L'archevêque ordonne à l'empereur d'ôter fon baudrier, fon épée, fon habit, & de fe profterner fur ce cilice. Louis, le

vifage contre terre, demande lui-même la pénitence publique, qu'il ne méritait que trop en s'y
foumettant. L'archevêque le force de lire à haute
voix la lifte de fes crimes, parmi lefquels il eft
fpécifié, qu'il avait fait marcher fes troupes le
mercredi des cendres & indiqué un parlement un
jeudi faint. On drefle un procès-verbal de toute
cette action, monument encore fubfiftant d'info-
lence & de baffeffe. Dans ce procès-verbal on ne
daigne pas feulement nommer Louis du nom d'empereur.

Louis *le faible* refte enfermé un an dans une
cellule du couvent de St. Médard de Soiffons,
vêtu d'un fac de pénitent, fans domeftiques, fans
confolation. S'il n'avait eu qu'un fils, il était
perdu pour toujours; mais fes trois enfans fe difputaient fes dépouilles. Leur diffenfion rendit
bientôt au pere fa liberté & fa couronne.

Dans ce tems d'anarchie, les Normands, c'eft-à-
dire ce ramas de Norvégiens, de Suédois, de Danois, de Poméraniens, de Livoniens, infeftaient
les côtes de l'empire. Ils brûlaient le nouvel évêché de Hambourg; ils faccageaient la Frife; ils
faifaient prévoir les malheurs qu'ils devaient cau-
fer un jour; & on ne put les chaffer qu'avec de
l'argent, ce qui les invitait à revenir encore.

834.

Louis, roi de Baviere, Pepin, roi d'Aquitaine
veulent délivrer leur pere, parce qu'ils font mécontens de Lothaire leur frere. Lothaire eft
E 6

forcé d'y confentir. On réhabilite l'empereur dans
St. Denis auprès de Paris. Mais il n'ofe reprendre
la couronne qu'après avoir été abfous par les
évêques.

835.

Dès qu'il eft abfous, il peut lever des armées.
Lothaire lui rend fa femme Judith , & fon fils
Charles. Une affemblée à Thionville anathéma-
tife celle de Soiffons. Il n'en coûte à l'archevêque
Ebbon que la perte de fon fiége : encore ne fut-
il dépofé que dans la facriftie. L'empereur l'avait
été aux pieds de l'autel.

836.

Toute cette année fe paffe en vaines négocia.
tions , & eft marquée par des calamités publiques.

837.

Louis le *faible* eft malade. Une cométe paraît :
Ne manquez pas, dit l'empereur à fon aftrologue;
de me dire ce que cette cométe fignifie. L'aftrologue
répondit qu'elle annonçait la mort d'un grand
prince. L'empereur ne douta pas que ce ne fût la
fienne. Il fe prépara à la mort, & guérit. Dans la
même année la cométe eut fon effet fur le roi Pepin
fon fils. Ce fut un nouveau fujet de trouble.

838.

L'empereur Louis n'a plus que deux enfans à
craindre au lieu de trois. Louis de Baviere fe révolte encore & lui demande encore pardon.

839.

Lothaire demande aussi pardon, afin d'avoir l'Aquitaine. L'empereur fait un nouveau partage de ses états. Il ôte tout aux enfans de Pepin dernier mort. Il ajoute à l'Italie que possédait le rebelle Lothaire, la Bourgogne, Lyon, la Franche-Comté, une partie de la Lorraine, du Palatinat, de Tréves, de Cologne, l'Alsace, la Franconie, Nuremberg, la Thuringe, la Saxe & la Frise. Il donne à son bien-aimé Charles, le fils de Judith, tout ce qui est entre la Loire, le Rhône, la Meuse, & l'Océan. Il trouve encore par ce partage le secret de mécontenter ses enfans, & ses petits enfans, Louis de Baviere arme contre lui.

840.

L'empereur Louis meurt enfin de chagrin. Il fait avant sa mort des présens à ses enfans Quelques partisans de Louis de Baviere lui faisant un scrupule de ce qu'il ne donnait rien à ce fils dénaturé : *Je lui pardonne*, dit-il, *mais qu'il sache qu'il me fait mourir.*

Son testament confirme la donation de Pepin & de Charlemagne à l'église de Rome, laquelle doit tout aux rois des Francs. On est étonné en lisant la charte appellée *charta divisionis*, qu'il ajoute à ces présens, la Corse, la Sardaigne & la Sicile. La Sardaigne & la Corse étaient disputées entre les musulmans, & quelques aventuriers chrétiens. Ces aventuriers avaient recours aux

papes, qui leur donnaient des bulles & des au-
mônes. Ils confentaient à relever des papes ; mais
alors pour acquérir ce droit de mouvance, il fallait que les papes le demandaffent aux empereurs.
Refte à favoir fi Louis le faible leur céda en effet
le domaine fupiême de la Sardaigne & de la Corfe.
Pour la Sicile, elle appartenait aux empereurs
d'Orient.

Louis expire le 20. Juin 840.

LOTHAIRE,
TROISIEME EMPEREUR.

841.

Bientôt après la mort du fils de Charlemagne,
fon empire éprouva la deftinée de celui d'Alexandre, & de la grandeur des Califes. Fondé avec
précipitation, il s'écroula de même ; & les guerres inteftines le diviferent.

Il n'eft pas furprenant que des princes qui
avaient détrôné leur pere, fe vouluffent extermi-
ner l'un l'autre. C'était à qui dépouillerait fon
frere. L'empereur Lothaire voulait tout. Louis
de Baviere, & Charles, fils de Judith, s'uniffent
contre lui. Ils défolent l'empire, ils l'épuifent de
foldats. Les deux rois livrent à Fonteney dans
l'Auxerrois une bataille fanglante à leur frere. On
a écrit qu'il y périt cent mille hommes. Lothaire
fut vaincu. Il donne alors au monde l'exemple
d'une politique toute contraire à celle de Charle-

magne. Le vainqueur des Saxons & des Frisons les avait assujettis au christianisme, comme à un frein nécessaire. Lothaire pour les attacher à son parti, leur donne une liberté entiere de conscience, & la moitié du pays redevient idolâtre.

842.

Les deux freres, Louis de Baviere & Charles d'Aquitaine, s'unissent par ce fameux serment, qui est presque le seul monument que nous ayons de la langue Romance.

Pro Deo amur & pro christian poblo, & nostro commun salvament dinst di in avant, in quant Deos savir & podir me dunat &c. . . On parle encore cette langue chez les Grisons, dans la vallée d'Engadina.

843. 844.

On s'assemble à Verdun pour un traité de partage entre les trois freres. On se bat, & on négocie depuis le Rhin jusqu'aux Alpes. L'Italie tranquille attend que le sort des armes lui donne un maître.

845.

Pendant que les trois freres déchirent le sein de l'empire, les normands continuent à désoler ses frontieres impunément. Les trois freres signent enfin le fameux traité de partage; terminé à Coblentz par cent vingt députés Lothaire reste empereur. Il possede l'Italie, une partie de la Bourgogne, le cours du Rhin, de l'Escaut, & de la

Meuse. Louis de Baviere a tout le reste de la Germanie. Charles, surnommé depuis le *chauve*, est roi de France. L'empereur renonce à toute autorité sur ses deux freres. Ainsi il n'est plus qu'empereur d'Italie, sans être le maître de Rome. Tous les grands officiers, & seigneurs des trois royaumes, reconnaissent par un acte authentique le partage des trois freres, & l'hérédité assurée à leurs enfans.

Le pape Sergius II. est élu par le peuple romain, & prend possession sans attendre la confirmation de l'empereur Lothaire. Ce prince n'est pas assez puissant pour se venger, mais il l'est assez pour envoyer son fils Louis confirmer à Rome l'élection du pape, afin de conserver son droit, & pour le couronner roi des Lombards ou d'Italie. Il fait encore régler à Rome dans une assemblée d'évêques, que jamais les papes ne pourront être consacrés sans la confirmation des empereurs.

Cependant Louis en Germanie est obligé de combattre tantôt les Huns, tantôt les Normands, tantôt les Bohêmes. Ces Bohêmes avec les Siléfiens & les Moraves étaient des idolâtres barbares qui couraient sur des chrétiens barbares avec des succès divers.

L'empereur Lothaire & Charles le *chauve* ont encore plus à souffrir dans leurs états. Les provinces depuis les Alpes au Rhin ne savent plus à qui elles doivent obéir.

Il s'éleve un parti en faveur d'un fils de ce malheureux Pepin, roi d'Aquitaine, que Louis le *faible* son pere avait dépouillé. Plusieurs tyrans s'empa-

rent de plufieurs villes. On donne par-tout de petits combats, dans lefquels il y a toujours des
moines, des abbés, des évêques tués les armes à
la main. Hugues, ce fils de Charlemagne, forcé
à être moine, & depuis abbé de St. Quentin, eft
tué devant Touloufe avec l'abbé de Ferriere. Deux
évêques y font prifonniers. Les normands ravagent les côtes de France. Charles le *chauve* ne
s'oppofe à eux qu'en s'obligeant à leur payer quatorze mille marcs d'argent: ce qui était encore les
inviter à revenir.

847.

L'empereur Lothaire non moins malheureux
céde la Frife aux Normands à titre d'hommage.
Cette funefte coutume d'avoir fes ennemis pour
vaffaux, prépare l'établiffement de ces pirates
dans la Normandie.

848.

Pendant que les Normands ravagent les côtes
de la France, les Sarrafins entraient en Italie. Ils
s'étaient emparés de la Sicile. Ils s'avancent vers
Rome par l'embouchure du Tibre. Ils pillent la
riche églife de faint Pierre hors des murs.

Le pape Leon I V. prenant dans ces dangers
une autorité que les généraux de l'empereur Lothaire paraiffent abandonner, fe montra digne,
en défendant Rome, d'y commander en fouverain. Il avait employé les richeffes de l'églife à
réparer les murailles, à élever des tours, à ten-
dre des chaînes fur le Tibre. Il arma les milices

à ses dépens, engagea les habitans de Naples &
de Gayette à venir défendre les côtes & le port
d'Oftie, fans manquer à la fage précaution de
prendre d'eux des ôtages, fachant bien que ceux
qui font affez puiffans pour nous fecourir, le font
affez pour nous nuire. Il vifita lui-même tous les
poftes, & reçut les Sarrafins à leur defcente, non
pas en équipage de guerrier, ainfi qu'en ufa Goflin
évêque de Paris dans une occafion encore plus
preffante, mais comme un pontife qui exhortait
un peuple chrétien, & comme un roi qui veillait
à la fureté de fes fujets. Il était né Romain : le
courage des premiers âges de la république revi-
vait en lui dans un tems de lâcheté & de corrup-
tion, tel qu'un beau monument de l'ancienne
Rome, qu'on trouve quelquefois dans les ruines
de la nouvelle.

Les Arabes font défaits, & les prifonniers em-
ployés à bâtir la nouvelle enceinte autour de Saint
Pierre, & à agrandir la ville qu'ils venaient détruire.

Lothaire fait affocier fon fils Louis à fon faible
empire. Les Mufulmans font chaffés de Bénévent,
mais ils reftent dans le Guarillan & dans la Calabre.

849.

Nouvelles difcordes entre les trois freres, entre
les évêques & les feigneurs. Les peuples n'en font
que plus malheureux. Quelques évêques Francs &
Germains déclarent l'empereur Lothaire déchu

de l'empire. Ils n'en avaient le droit, ni comme évêques, ni comme Germains & Francs ; puifque l'empereur n'était qu'empereur d'Italie. Ce ne fut qu'un attentat inutile. Lothaire fut plus heureux que fon pere.

850. 851. 852.

Raccommodement des trois freres. Nouvelles incurfions de tous les barbares voifins de la Germanie.

Au milieu de ces horreurs le miffionnaire Anfchaire, évêque de Hambourg, perfuade un Erick, chef ou duc, ou roi du Dannemark, de fouffrir la religion chrétienne dans fes états. Il obtient la même permiffion en Suéde. Les Suédois & les Danois n'en vont pas moins en courfe contre les Chrétiens.

853. 854.

Dans ces défolations de la France & de la Germanie, dans la faibleffe de l'Italie menacée par les Mufulmans, dans le mauvais gouvernement de Louis d'Italie fils de Lothaire, livré aux débauches à Pavie, & méprifé dans Rome, l'empereur de Conftantinople négocie avec le pape, pour recouvrer Rome ; mais cet empereur était Michel, plus débauché encore, & plus méprifé que Louis d'Italie ; & tout cela ne contribue qu'à rendre le pape plus puiffant.

855.

L'empereur Lothaire qui avait fait moine l'em-

pereur Louis *le faible* son pere, se fait moine à
son tour, par lassitude des troubles de son empire, par crainte de la mort, & par superstition.
Il prend le froc dans l'abbaye de Prum, & meurt
imbecille le 28. septembre, après avoir vécu en
tyran.

LOUIS SECOND.
QUATRIEME EMPEREUR.

856.

Après la mort de ce troisiéme empereur d'Occident, il s'éleve de nouveaux royaumes en Europe. Louis l'Italique, son fils aîné, reste à Pavie
avec le vain titre d'empereur d'Occident. Le second fils, nommé Lothaire comme son pere, a le
royaume de Lotharinge appellé ensuite Lorraine ;
ce royaume s'étendait depuis Geneve jusqu'à
Strasbourg & jusqu'à Utrecht. Le troisiéme nommé Charles eut la Savoye, le Dauphiné, une
partie du Lyonnais, de la Provence & du Langue-
doc. Cet état composa le royaume d'Arles, du
nom de la capitale, ville autrefois opulente &
embellie par les Romains, mais alors petite &
pauvre, ainsi que toutes les villes en deçà des Alpes. Dans les tems florissans de la république &
des Césars, les Romains avaient agrandi & décoré les villes qu'ils avaient soumises, mais ren-

dues à elles-mêmes, ou aux barbares, elles dépé-
rirent toutes, atteftant par leurs ruines la fupériorité du génie des Romains.

Un barbare nommé Salomon fe fit bientôt après
roi de la Bretagne, dont une partie était encore
payenne ; mais tous ces royaumes tomberent
prefque auffi promptement qu'ils furent élevés.

857.

Louis le Germanique commence par enlever
l'Alface au nouveau roi de Lorraine. Il donne
des priviléges à Strasbourg, ville déja puiffante,
lorfqu'il n'y avait que des bourgades dans cette
partie du monde au-delà du Rhin. Les Normands
défolent la France. Louis le Germanique prend ce
tems pour venir accabler fon frere, au lieu de le
fecourir contre les barbares. Il le défait vers Or-
léans. Les évêques de France ont beau l'excommunier. Il veut s'emparer de la France : des reftes
des Saxons & d'autres barbares qui fe jettent fur
la Germanie, le contraignent de défendre fes
propres états.

Depuis 858. jufqu'à 865.

Louis fecond, fantôme d'empereur en Italie,
ne prend point de part à tous ces troubles, laiffe
les papes s'affermir, & n'ofe réfider à Rome.

Charles le Chauve de France & Louis le Germanique font la paix, parce qu'ils ne peuvent fe
faire la guerre. L'événement de ces tems-là, qui
eft le plus demeuré dans la mémoire des hommes,
concerne les amours du roi de Lorraine, Lo-

thaire : ce prince voulut imiter Charlemagne, qui répudiait ſes femmes, & épouſait ſes maîtreſ-ſes. Il fait divorce avec ſa femme nommée Thiet-berge, fille d'un ſeigneur de Bourgogne. Il l'accuſe d'adultere. Elle s'avoue coupable. Il épouſe ſa maîtreſſe nommée Valdrade qui lui avait été au-paravant promiſe pour femme. Il obtient qu'on aſſemble un concile à Aix-la-Chapelle, dans le-quel on approuve ſon divorce avec Thietberge. Le décret de ce concile eſt confirmé dans un autre à Metz en préſence des légats du pape. Le pape Nicolas I. caſſe les conciles de Metz & d'Aix-la-Chapelle, & exerce une autorité juſqu'alors inouie. Il excommunie & dépoſe quelques évê-ques, qui ont pris le parti du roi de Lorraine. Et enfin ce roi fut obligé de quitter la femme qu'il aimait, & de reprendre celle qu'il n'ai-mait pas.

Il eſt à ſouhaiter ſans doute, qu'il y ait un tribunal ſacré, qui avertiſſe les ſouverains de leurs devoirs, & les faſſe rougir de leurs violences. Mais il paraît que le ſecret du lit d'un Monarque pouvait n'être pas ſoumis à un évêque étranger ; & que les Orientaux ont toujours eu des uſages plus conformes à la nature, & plus favorables au repos intérieur des familles, en regardant tous les fruits de l'amour comme légitimes, & en rendant ces amours impénétrables aux yeux du public.

Pendant ce tems les deſcendans de Charlema-gne ſont toujours aux priſes les uns contre les autres. Leurs royaumes toujours attaqués par les barbares.

Le jeune Pepin arriere-petit-fils de Charlemagne, fils de ce Pepin roi d'Aquitaine, dépofé, & mort fans états, ayant quelque tems traîné une vie errante & malheureufe, fe joignit aux Normands, & renonça à la religion chrétienne ; il finit par être pris & enfermé dans un couvent où il mourut.

856.

C'eft principalement à cette année qu'on peut fixer le fchifme qui dure encore entre les églifes Grecque & Romaine La Germanie ni la France n'y prirent aucun intérêt. Les peuples étaient trop malheureux pour s'occuper de ces difputes, qui font fi intéreffantes dans le loifir de la paix.

Charles roi d'Arles meurt fans enfans. L'empereur Louis & Lothaire partagent fes états.

C'eft la deftinée de la maifon de Charlemagne que les enfans s'arment contre leurs peres. Louis le Germanique avait deux enfans. Louis le plus jeune, mécontent de fon appanage, veut le détrôner. Sa révolte n'aboutit qu'à demander grace.

867. 868.

Louis roi de Germanie bat les Moraves & les Bohémes par les mains de fes enfans. Ce ne font pas là des victoires qui augmentent un état, & qui le faffent fleurir. Ce n'était que repouffer des fauvages dans leurs montagnes & dans leurs forêts.

869.

L'excommunié roi de Lorraine va voir le nouveau pape Adrien à Rome, dîne avec lui, lui promet de ne plus vivre avec fa maîtreffe ; il meurt à Plaifance à fon retour.

Charles le Chauve s'empare de la Lorraine, & même de l'Alface, au mépris des droits d'un bâtard de Lothaire, à qui fon pere l'avait donnée. Louis le Germanique avait pris l'Alface à Lothaire, mais il la rendit ; Charles le Chauve la prit, & ne la rendit point.

870.

Louis de Germanie veut avoir la Lorraine. Louis d'Italie empereur veut l'avoir auffi, & met le pape Adrien dans fes intérêts. On n'a égard ni à l'empereur ni au pape. Louis de Germanie, & Charles le Chauve, partagent tous les états compris fous le nom de Lorraine en deux parts égales. L'Occident eft pour le roi de France, l'Orient pour le roi de Germanie. Le pape Adrien menace d'excommunication. On commençait déja à fe fervir de ces armes. Mais elles furent méprifées. L'empereur d'Italie n'était pas affez puiffant pour les rendre terribles.

871.

Cet empereur d'Italie pouvait à peine prévaloir contre un duc de Bénévent, qui étant à la fois vaffal des empires d'Orient & d'Occident, ne l'était en effet ni de l'un ni de l'autre, & tenait entre eux la balance égale.

L'empereur

L'empereur Louis fe hazarde d'aller à Bénévent, & le duc le fait mettre en prifon. C'eft précifément l'aventure de Louis XI. avec le duc de
Bourgogne.

872. & 873.

Le pape Jean VIII. fucceffeur d'Adrien II.
voyant la fanté de l'empereur Louis II. chance-
lante, promet en fecret la couronne impériale à
Charles le Chauve roi de France, & lui vend
cette promeffe. C'eft ce même Jean VIII. qui mé-
nagea tant le patriarche Photius, & qui fouffrit
qu'on nommât Photius avant lui, dans un concile
à Conftantinople.

Les Moraves, les Huns, les Danois continuent
d'inquiéter la Germanie, & ce vafte état ne peut
encore avoir de bonnes loix.

874.

La France n'était pas plus heureufe. Charles le
Chauve avait un fils nommé Carloman qu'il avait
fait tonfurer dans fon enfance, & qu'on avait ordonné diacre malgré lui. Il fe réfugia enfin à Metz
dans les états de Louis de Germanie fon oncle. Il
léve des troupes, mais ayant été pris, fon pere
lui fit crever les yeux, fuivant la nouvelle coutume.

875.

L'empereur Louis II. meurt à Milan. Le roi de
France Charles le Chauve fon frere paffe les Alpes, ferme les paffages à fon frere Louis de Ger-

manie, court à Rome, répand de l'argent, se fait proclamer par le peuple roi des Romains, & couronner par le pape.

Si la loi Salique avait été en vigueur dans la maison de Charlemagne, c'était à l'ainé de la maison de Louis le Germanique qu'appartenait l'empire ; mais quelques troupes, de la célérité, de la condescendance & de l'argent, firent les droits de Charles le Chauve. Il avilit sa dignité pour en jouir. Le pape Jean VIII. donna la couronne en souverain, le Chauve la reçut en vassal, confessant qu'il tenait tout du pape, laissant aux successeurs de ce pontife le pouvoir de conférer l'empire, & promettant d'avoir toujours près de lui un vicaire du saint siége pour juger toutes les grandes affaires ecclésiastiques. L'archevêque de Sens fut en cette qualité primat de Gaule & de Germanie : titre devenu inutile.

Certes les papes eurent raison de se croire en droit de donner l'empire, & même de le vendre, puisqu'on le leur demandait, & qu'on l'achetait : & puisque Charlemagne lui-même avait reçu le titre d'empereur du pape Léon III. mais aussi on avait raison de dire que Léon III. en déclarant Charlemagne empereur, l'avait déclaré son maitre : que ce prince avait pris les droits attachés à sa dignité, & que c'était à ses successeurs à confirmer les papes, non à être choisis par eux. Le tems, l'occasion, l'usage, la prescription, la force font tous les droits.

CHARLES LE CHAUVE,

CINQUIEME EMPEREUR.

Charles se fait couronner à Pavie roi de Lombardie par les évêques, les comtes & les abbés de ce pays. *Nous vous élisons*, est-il dit dans cet acte, *d'un commun consentement, puisque vous avez été élevé au thrône impérial par l'intercession des apôtres S. Pierre & S. Paul, & par leur vicaire Jean souverain Pontife*, &c.

876.

Louis de Germanie se jette sur la France pour se venger d'avoir été prévenu par son frere, dans l'achat de l'empire. La mort le surprend dans sa vengeance.

La coutume qui gouverne les hommes, était alors d'affaiblir ses états, en les partageant entre ses enfans. Trois fils de Louis le Germanique partagent ses états. Carloman a la Baviere, la Carinthie, la Pannonie, Louis la Frise, la Saxe, la Thuringe, la Franconie. Charles *le Gros*, depuis empereur, la moitié de la Lorraine, avec la Suabe & les pays circonvoisins, qu'on appellait alors l'Allemagne.

877.

Ce partage rend l'empereur Charles le Chauve plus puissant. Il veut saisir la moitié de la Lorraine

qui lui manque. Voici un grand exemple de l'ex-
trême fuperftition qu'on joignait alors à la capa-
cité & à la fourberie. Louis de Germanie & de
Lorraine envoie trente hommes au camp de
Charles le Chauve, pour lui prouver au nom de
Dieu que fa partie de la Lorraine lui appartient.
Dix de ces trente confeffeurs ramaffent dix ba-
gues & dix cailloux dans une chaudiere d'eau
bouillante fans s'échauder : dix autres portent
chacun un fer rouge l'efpace de neuf pieds fans fe
brûler, dix autres liés avec des cordes, font jettés
dans de l'eau froide, & tombent au fond, ce qui
marquait la bonne caufe, car l'eau repouffait en
haut les parjures.

L'hiftoire eft fi pleine de ces épreuves, qu'on
ne peut guères les nier toutes. L'ufage qui les
rendait communes, rendait auffi communs les fecrets qui font la peau infenfible pour quelque
tems à l'action du feu, comme l'huile de vitriol &
d'autres corrofifs. A l'égard du miracle d'aller au
fond de l'eau, quand on y eft jetté, ce ferait un
plus grand miracle de furnager.

Louis ne s'en tint pas à cette cérémonie. Il battit auprès de Cologne l'empereur fon oncle. L'empereur battu repaffe en Italie, pourfuivi par les
vainqueurs.

Rome alors était menacée par les Mufulmans
toujours cantonnés dans la Calabre. Carloman, ce
roi de Baviere, ligué avec fon frere le Lorrain,
pourfuit en Italie fon oncle le Chauve, qui fe
trouve preffé à la fois par fon neveu, par les Ma-

hométans, par les intrigues du pape, & qui meurt au mois d'octobre dans un village près du mont Cenis.

Les historiens disent qu'il fut empoisonné par son médecin un Juif nommé *Sédécias*. Il est seulement constant que l'Europe chrétienne était alors si ignorante, que les rois étaient obligés de prendre pour leurs médecins des Juifs ou des Arabes.

C'est à l'empire de Charles le Chauve que commence le grand gouvernement féodal, & la décadence de toutes choses. C'est sous lui que plusieurs possesseurs des grands offices militaires, des duchés, des marquisats, des comtés veulent les rendre héréditaires.

LOUIS III. ou LE BEGUE,

SIXIEME EMPEREUR.

878.

Le pape Jean VIII. qui se croit en droit de nommer un empereur, se soutient à peine dans Rome. Il promet l'empire à Louis le Bégue, roi de France, fils du Chauve. Il le promet à Carloman de Bavière. Il s'engage avec un Lambert duc de Spoléte, vassal de l'empire.

Ce Lambert de Spoléte, joué par le pape, se joint à un marquis de Toscane, entre dans Rome,

& se saisit du pape ; mais il est ensuite obligé de se relâcher. Un Boson duc d'Arles prétend aussi à l'empire.

Les Mahométans étaient plus près de subjuguer Rome que tous ces compétiteurs. Le pape se soumet à leur payer un tribut annuel de vingt cinq mille marcs d'argent. L'anarchie est au comble dans la Germanie, dans la France & dans l'Italie.

Louis le Bègue meurt à Compiegne le 10. avril. On ne l'a mis au rang des empereurs, que parce qu'il était fils d'un prince qui l'était.

CHARLES III. OU LE GROS,

SEPTIEME EMPEREUR.

879.

Il s'agit alors de faire un empereur ou un roi de France. Louis le Bègue laissait deux enfans de quatorze à quinze ans. Il n'était pas alors décidé si un enfant pouvait être roi. Plusieurs nouveaux seigneurs de France offrent la couronne à Louis de Germanie. Il ne prit que la partie occidentale de la Lorraine qu'avait eu Charles le Chauve en partage. Les deux enfans du Bègue, Louis & Carloman, sont reconnus rois de France, quoiqu'ils ne soient pas reconnus unanimement pour enfans légitimes ; mais Boson se fait sacrer roi

d'Arles, augmente son territoire , & demande
l'empire. Charles le Gros, roi du pais qu'on nommait encore Allemagne , presse le pape de le
couronner empereur. Le pape répond qu'il don-
nera la couronne impériale à celui qui viendra
le secourir le premier contre les Chrétiens & contre les Mahométans.

880.

Charles le Gros, roi d'Allemagne , Louis roi
de Baviére & de Lorraine , s'unissent avec le roi
de France contre ce Boson nouveau roi d'Arles ,
& lui font la guerre. Ils assiégent Vienne en Dauphiné , mais Charles le Gros va de Vienne à
Rome.

881.

Charles est couronné & sacré empereur par le
pape Jean VIII. dans l'église de saint Pierre le jour
de Noël.

Le Pape lui envoie une palme selon l'usage ;
mais ce fut la seule que Charles remporta.

882.

Son frere Louis roi de Baviere, de la Pannonie,
de ce qu'on nommait la France orientale & des
deux Lorraines , meurt le 20. Janvier de la même
année. Il ne laissait point d'enfans. L'empereur
Charles le Gros était l'héritier naturel de ses
états ; mais les Normands se présentaient pour
les partager. Ces fréquens troubles du Nord
achevaient de rendre la puissance impériale très-

problématique dans Rome, où l'ancienne liberté repouſſait toujours des racines ; on ne ſavait qui dominerait dans cette ancienne capitale de l'Europe, ſi ce ſerait ou un évêque, ou le peuple, ou un empereur étranger.

Les Normands pénétrent juſqu'à Metz, ils vont brûler Aix-la-Chapelle, & détruire tous les ouvrages de Charlemagne ; Charles le Gros ne ſe délivre d'eux qu'en prenant toute l'argenterie des égliſes, & en leur donnant quatre mille cent ſoixante marcs d'argent, avec leſquels ils allerent préparer des armemens nouveaux.

883.

L'empire était devenu ſi faible, que le pape Martin ſecond, ſucceſſeur de Jean VIII, commença par faire un décret ſolemnel, par lequel on n'attendra plus les ordres de l'empereur pour l'élection des papes. L'empereur ſe plaint en vain de ce décret. Il avait ailleurs aſſez d'affaires.

Un duc Zuentibold à la tête des payens Moraves, dévaſtait la Germanie. L'empereur s'accommoda comme lui avec les Normands. On ne ſait pas s'il avait de l'argent à lui donner ; mais il le reconnut prince & vaſſal de l'empire.

884.

Une grande partie de l'Italie eſt toujours dévaſtée par le duc de Spoléte & par les Sarraſins. Ceux-ci pillent la riche abbaye de Mont-Caſſin,

& enlevent tous fes tréfors ; mais un duc de Bénévent les avait déja prévenus.

Charles le Gros marche en Italie pour arrêter
tous ces défordres. A peine était-il arrivé, que les
deux jeunes rois de France fes neveux étant
morts , il repaffe les Alpes pour leur fuccéder.

885.

Voilà donc Charles le Gros qui réunit fur fa
tête toutes les couronnes de Charlemagne ; mais
elle ne fut pas affez forte pour les porter.

Un bâtard de Lothaire nommé Hugues , abbé
de St. Denis , s'était depuis longtems mis en tête
d'avoir la Lorraine pour fon partage. Il fe ligue
avec un Normand auquel on avait cédé la Frife ,
& qui époufa fa fœur. Il appelle d'autres Normands.

L'empereur étouffa cette confpiration. Un
comte de Saxe nommé Henri , & un archevêque
de Cologne , fe chargerent d'affaffiner ce Normand duc de Frife dans une conférence. On fe
faifit de l'abbé Hugues , fous le même prétexte en
Lorraine , & l'ufage de crever les yeux fe renouvella pour lui.

Il eût mieux valu combattre les Normands avec
de bonnes armées. Ceux-ci voyant qu'on ne les
attaquait que par des trahifons , pénétrent de la
Hollande en Flandre; ils paffent la Somme &
l'Oife fans réfiftance , prennent & brûlent Pon-
toife , & arrivent par eau & par terre à Paris.
Cette ville, aujourd'hui immenfe, n'était ni forte,

F 5

ni grande, ni peuplée. La tour du grand Châtelet n'était pas encore entiérement élevée quand les Normands parurent. Il fallut se hâter de l'achever avec du bois, de sorte que le bas de la tour était de pierre, & le haut de charpente.

Les Parisiens qui s'attendaient alors à l'irruption des Barbares, n'abandonnerent point la ville, comme autrefois. Le comte de Paris Odon ou Eudes, que sa valeur éleva depuis sur le trône de France, mit dans la ville un ordre qui anima les courages, & qui leur tint lieu de tours & de remparts. Sigefroi, chef des Normands, pressa le siége avec une fureur opiniâtre, mais non destituée d'art. Les Normands se servirent du bélier pour battre les murs. Ils firent brêche, & donnerent trois assauts. Les Parisiens les soutinrent avec un courage inébranlable. Ils avaient à leur tête non-seulement le comte Eudes, mais leur évêque Goslin, qui chaque jour, après avoir donné la bénédiction, se mettait sur la brêche le casque en tête, un carquois sur le dos ; une hache à la ceinture, & ayant planté la croix sur le rempart, combattait à sa vûe. Il paraît que cet évêque avait dans la ville autant d'autorité pour le moins que le comte Eudes, puisque ce fut à lui que Sigefroi, le chef des Normands, s'était d'abord adressé pour entrer par sa permission dans Paris. Ce prélat mourut de ses fatigues au milieu du siége, laissant une mémoire respectable & chere ; car s'il arma des mains que sa religion réservait seulement au ministere de l'autel, il les arma pour cet autel même, & pour ses citoyens, dans la cause la plus juste, & pour la défense la plus nécessaire, qui est toujours au-dessus des loix.

Ses confreres ne s'étaient armés que dans des guerres civiles, & contre des Chrétiens. Peut-être, si l'apothéose est dû à quelques hommes, eût-il mieux valu mettre dans le ciel ce prélat, qui combattit & mourut pour son pays, que beaucoup d'hommes obscurs, dont la vertu, s'ils en ont eu, a été inutile au monde.

886.

Les Normands tinrent Paris assiégé une année & demie. Les Parisiens éprouverent toutes les horreurs qu'entraînent dans un long siége la famine & la contagion, & ne furent point ébranlés. Au bout de ce tems l'empereur Charles *le Gros* roi de France parut enfin à leur secours sur le mont de Mars, qu'on appelle aujourd'hui Mont-Martre; mais il n'osa pas attaquer les Normands, il ne vint que pour acheter encore une tréve honteuse. Ces barbares quitterent Paris, pour aller assiéger Sens, & piller la Bourgogne, tandis que Charles allait en Allemagne assembler des diétes qui lui ôterent un thrône dont il était si indigne.

Les Normands continuerent leurs dévastations, mais quoiqu'ennemis du nom Chrétien, il ne leur vint jamais en pensée de forcer personne à renoncer au Christianisme. Ils étaient à-peu-près tels que les Francs, les Gots, les Alains, les Huns, les Hérules, qui en cherchant au quatrieme siecle de nouvelles terres, loin d'imposer une religion aux Romains vaincus, s'accommoderent aisément de la leur; ainsi les Turcs en pillant l'empire des Califes, se sont soumis à la religion Mahométane.

887.

Il ne manquait à Charles le Gros que d'être malheureux dans sa maison: méprisé dans l'empire, il passa pour l'être de sa femme l'impératrice Richarde. Elle fut accusée d'infidélité. Il la répudia, quoiqu'elle offrit de se justifier par le jugement de Dieu. Il l'envoya dans l'abbaye d'Andelau qu'elle avait fondée en Alsace.

On fit ensuite adopter à Charles pour son fils (ce qui était alors absolument hors d'usage) le fils de Boson, ce roi d'Arles son ennemi. On dit qu'alors son cerveau était affaibli. Il l'était sans doute, puisque possédant autant d'états que Charlemagne, il se mit au point de tout perdre sans résistance. Il est détrôné dans une diéte auprès de Mayence.

888.

La déposition de Charles *le Gros* est un spectacle qui mérite une grande attention. Fut-il déposé par ceux qui l'avaient élu? Quelques seigneurs Thuringiens, Saxons, Bavarois, pouvaient-ils dans un village appellé Tribur disposer de l'empire Romain & du royaume de France? non, mais ils pouvaient renoncer à reconnaître un chef indigne de l'être. Ils abandonnent donc le petit-fils de Charlemagne pour un bâtard de Carloman fils de Louis le Germanique : ils déclarent ce bâtard nommé Arnoud roi de Germanie. Charles le Gros meurt sans secours auprès de Constance le 8. janvier 888.

Le sort de l'Italie, de la France & de tant d'états était alors incertain.

Le droit de la succession était par-tout très-peu reconnu. Charles le Gros lui-même avait été couronné roi de France au préjudice d'un fils posthume de Louis le Bégue. Et au mépris des droits de ce même enfant les seigneurs Français élisent pour roi Eudes comte de Paris.

Un Rodolphe, fils d'un autre comte de Paris, se fait roi de la Bourgogne transjurane.

Ce fils de Boson roi d'Arles, adopté par Charles le Gros, devient roi d'Arles par les intrigues de sa mere.

L'empire n'était plus qu'un fantôme, mais on ne voulait pas moins saisir ce fantôme, que le nom de Charlemagne rendait encore vénérable. Ce prétendu empire, qui s'appellait Romain devait être donné à Rome. Un Gui duc de Spoléte, un Bérenger duc de Frioul se disputaient le nom & le rang des Césars. Gui de Spoléte se fait couronner à Rome. Bérenger prend le vain titre de roi d'Italie ; & par une singularité digne de la confusion de ces tems-là, il vient à Langres se faire couronner roi d'Italie en Champagne.

C'eſt dans ces troubles que tous les ſeigneurs
ſe cantonent, que chacun ſe fortifie dans ſon
château, que la plûpart des villes ſont ſans police, que des troupes de brigands courent d'un
bout de l'Europe à l'autre , & que la chevalerie
s'établit, pour réprimer ces brigands & pour défendre les dames ou pour les enlever.

889.

Pluſieurs évêques de France , & ſur-tout l'archevêque de Rheims, offrent le royaume de France
au bâtard Arnoud , parce qu'il deſcendait de Charlemagne , & qu'ils haiſſaient Eudes , qui n'était du
ſang de Charlemagne que par les femmes

Le roi de France Eudes va trouver Arnoud à
Worms ; lui cède une partie de la Lorraine dont
Arnoud était déja en poſſeſſion , lui promet de le
reconnaître empereur, & lui remet dans les
mains le ſceptre & la couronne de France, qu'il
avait apportés avec lui. Arnoud les lui rend & le
reconnaît roi de France. Cette ſoumiſſion prouve
que les rois ſe regardaient encore comme vaſſaux
de l'empire romain. Elle prouve encore plus combien Eudes craignait le parti qu'Arnoud avait en
France.

890. 891.

Le regne d'Arnoud en Germanie eſt marqué
par des événemens ſiniſtres. Des reſtes de Saxons
mêlés aux Slaves, nommés Abodrites, cantonnés
vers la mer Baltique, entre l'Elbe & l'Oder, ravagent le nord de la Germanie, les Bohémes, les

Moraves ; d'autres Slaves défolent le midi , & battent les troupes d'Arnoud : les Huns font des incurfions : les Normands recommencent leurs ravages, tant d'invafions n'établiffent pourtant aucune conquête. Ce font des dévaftations paffageres, mais qui laiffent la Germanie dans un état très-pauvre & très-malheureux.

A la fin il défait en perfonne les Normands auprès de Louvain ; & l'Allemagne refpire.

892.

La décadence de l'empire de Charlemagne enhardit le faible empire d'Orient. Un patrice de Conftantinople reprend le duché de Benevent avec quelques troupes , & menace Rome Mais comme les Grecs ont à fe défendre des Sarrazins , le vainqueur de Benevent ne peut aller jufqu'à l'ancienne capitale de l'empire.

On voit combien Eudes roi de France avait eu raifon de mettre fa couronne aux pieds d'Arnoud. Il avait befoin de ménager tout le monde. Les feigneurs & les évêques de France rendent la couronne à Charles le Simple ce fils pofthume de Louis le Begue , qu'on fit alors revenir d'Angleterre où il étoit réfugié.

893.

Comme dans ces divifions le roi Eudes avait imploré la protection d'Arnoud, Charles le Simple vient l'implorer à fon tour à la dierte de Worms. Arnoud ne fait rien pour lui ; il le laiffe difputer le roiaume de France , & marche en Italie , pour y difputer le nom d'Empereur à Gui de Spolete, la Lombardie à Berenger, & Rome au Pape.

894.

Il affiége Pavie où était cet empereur de Spolete, qui fuit. Il s'affure de la Lombardie. Berenger fe cache ; mais on voit dès lors combien il eft difficile aux Empereurs de fe rendre maîtres de Rome. Arnoud au lieu de marcher vers Rome, va tenir un concile auprès de Mayence.

895.

Arnoud après fon concile tenu pour s'attacher les évêques, tient une diette à Worms pour avoir de nouvelles troupes & de l'argent, & pour faire couronner fon fils Zuentibold roi de Lorraine.

896.

Alors il retourne vers Rome. Les Romains ne voulaient plus d'Empereur : mais ils ne favaient pas fe défendre. Arnoud attaque la partie de la ville appellée Leonine, du nom du célèbre pontife Leon IV. qui l'avait faite entourer de murailles. Il la force Le refte de la ville au-delà du Tibre fe rend ; & le pape Formofe facre Arnoud Empereur dans l'églife de St. Pierre. Les fénateurs (car il y avait encore un fénat) lui font le lendemain ferment de fidélité dans l'églife de St. Paul. C'eft l'ancien ferment équivoque, *Je jure que je ferai fidéle à l'Empereur, fauf ma fidélité pour le Pape.*

A R N O U D

HUITIEME EMPEREUR.

896.

Une femme d'un grand courage nommée Agil-
trude, mere de ce prétendu empereur Gui de
Spolete, laquelle avait envain armé Rome contre Arnoud, se défend encore contre lui. Arnoud
l'assiége dans la ville de Fermo. Les auteurs prétendent que cette héroïne lui envoia un breu-
vage empoisonné pour adoucir son esprit, &
disent que l'Empereur fut assez imbécile pour le
prendre. Ce qui est incontestable, c'est qu'il leva
le siége, qu'il était malade, qu'il repassa les Alpes
avec une armée délabrée, qu'il laissa l'Italie dans
une plus grande confusion que jamais, & qu'il
retourna dans la Germanie où il avait perdu toute
son autorité pendant son absence.

897. 898. 899.

La Germanie est alors dans la même anarchie
que la France. Les seigneurs s'étaient cantonnés
dans la Lorraine, dans l'Alsace, dans le pays appellé aujourd'hui la Saxe, dans la Baviere, dans
la Franconie Les évêques & les abbés s'emparent des droits régaliens : ils ont des avoués, c'est-
à dire, des capitaines qui leur prêtent serment :

auxquels ils donnent des terres, & qui tantôt combattent pour eux, & tantôt les pillent. Ces avoués étaient auparavant les avocats des mona-steres, & les couvents étant devenus des princi-pautés, les avoués devinrent des seigneurs.

Les évêques & les abbés d'Italie ne furent ja-mais sur le même pied. Premierement parce que les seigneurs Italiens étaient plus habiles, les villes plus puissantes & plus riches que les bour-gades de Germanie & de France, & enfin parce que l'église de Rome, quoique très mal conduite, ne souffrait pas que les autres églises d'Italie fussent puissantes.

La chevalerie & l'esprit de chevalerie s'étendent dans tout l'occident. On ne décide presque plus de procès que par des champions. Les prêtres bénissent leurs armes, & on leur fait toujours ju-rer avant le combat que leurs armes ne sont point enchantées, & qu'ils n'ont fait point de pacte avec le diable.

Arnoud empereur sans pouvoir, meurt en Ba-viere en 899. Des auteurs le font mourir de poison, d'autres d'une maladie pédiculaire ; mais la maladie pédiculaire est une chimere, & le poi-son en est souvent une autre.

900.

La confusion augmente. Berenger regne en Lombardie, mais au milieu des factions. Ce fils de Boson roi d'Arles par les intrigues de sa mere, est par les mêmes intrigues reconnu empereur à

Rome. Les femmes alors difpofaient de tout, elles faifaient des Empereurs & des Papes, mais qui n'en avaient que le nom.

Louis IV. eft reconnu roi de Germanie. Il y joint la Lorraine après la mort de Zuentibold fon frere, & n'en eft guères plus puiffant.

Depuis 901. jufqu'à 907.

Les Huns & les Hongrois réunis viennent ravager la Baviere de Suabe & la Franconie, où il femblait qu'il n'y eût plus rien à prendre.

Un *Moimir* qui s'était fait duc de Moravie & chrétien, va à Rome demander des évêques.

Un marquis de Tofcane Adelbert, célébre par fa femme Théodora, eft defpotique dans Rome. Berenger s'affermit dans la Lombardie, fait alliance avec les Huns, afin d'empêcher le nouveau roi Germain de venir en Italie, fait la guerre au prétendu empereur d'Arles, le prend prifonnier, & lui fait créver les yeux, entre dans Rome & force le pape Jean IX. à le couronner Empereur. Le pape après l'avoir facré, s'enfuit à Ravennes, & facre un autre empereur nommé Lambert, fils du duc de Spolete, errant & pauvre, qui prend le titre *d'invincible & toujours augufte.*

908. 909. 910. 911.

Cependant Louis IV. roi de Germanie, fils d'Arnoud, s'intitule auffi Empereur. Plufieurs auteurs lui donnent ce titre; mais Sigebert dit, *qu'à caufe des maux qui de fon tems défolerent*

l'Italie, il ne mérita pas la bénédiction impériale.
La véritable raison est qu'il ne fut pas assez puissant pour se faire reconnaître Empereur. Il n'eut aucune part aux troubles qui agiterent l'Italie de son tems.

LOUIS IV.

NEUVIEME EMPEREUR.

Sous cet étrange Empereur l'Allemagne est dans la derniere désolation. Les Huns payés par Berenger pour venir ravager la Germanie, sont ensuite payés par Louis IV. pour s'en retourner. Deux factions, celle d'un duc de Saxe & d'un duc de Franconie, s'élevent, & font plus de mal que les Huns. On pille toutes les églises; les Hongrois reviennent pour y avoir part. L'empereur Louis IV. s'enfuit à Ratisbonne, où il meurt à l'âge de vingt ans. C'est ainsi que finit la race de Charlemagne en Germanie.

CONRAD PREMIER

DIXIEME EMPEREUR.

912.

Les feigneurs Germains s'affemblent à Worms pour élire un Roi. Ces feigneurs étaient tous ceux, qui ayant le plus d'intérêt à choifir un prince felon leur goût, avaient affez de pouvoir & affez de crédit pour fe mettre au rang des électeurs. On ne reconnaiffait gueres dans ce fiécle le droit d'héredité en Europe. Les élections ou libres ou forcées prévalaient prefque par tout, témoins celles d'Arnoud en Germanie, de Gui de Spolete, & de Berenger en Italie, de Don Sanche en Arragon, d'Eudes, de Robert, de Raoul, de Hugues Capet en France, & des empereurs de Conftantinople; car tant de vaffaux, tant de princes voulaient avoir le droit de choifir un chef, & l'efpérance de pouvoir l'être.

On prétend qu'Oton duc de la nouvelle Saxe fut choifi par la diéte, mais que fe voyant trop vieux, il propofa lui-même Conrad duc de Franconie fon ennemi, parce qu'il le croyait digne du trône. Cette action n'eft gueres dans l'efprit de ces tems prefque fauvages. On y voit de l'ambition, de la fourberie, du courage comme dans tous les autres fiécles : mais à commencer par Cloyis on ne voit pas une action de magnanimité.

Conrad ne fut jamais reconnu Empereur ni en Italie ni en France. Les Germains feuls accoutumés à voir des Empereurs dans leurs Rois depuis Charlemagne, lui donnerent dit-on ce titre.

Depuis 913. jufqu'à 919.

Le régne de Conrad ne change rien à l'état où il a trouvé l'Allemagne. Il a des guerres contre fes vaffaux, & particuliérement contre le fils de ce duc de Saxe, auquel on a dit qu'il devait la couronne.

Les Hongrois font toujours la guerre à l'Allemagne, & on n'eft occupé qu'à les repouffer. Les Français pendant ce tems s'emparent de la Lorraine. Si Charles le *fimple* avait fait cette conquête, il ne méritait pas le nom de *fimple*; mais il avait des miniftres & des généraux qui ne l'étaient pas. Il crée un duc de Lorraine.

Les évêques d'Allemagne s'affermiffent dans la poffeffion de leurs fiefs. Il meurt en 919. dans la petite ville de Veilbourg. On prétend qu'avant fa mort il défigna Henri duc de Saxe pour fon fucceffeur, au préjudice de fon propre frere. Il n'eft gueres vraifemblable qu'il eût cru être en droit de fe choifir un fucceffeur, ni qu'il eût choifi fon ennemi.

Le nom de ce prétendu Empereur fut ignoré en Italie pendant fon régne. La Lombardie était en proie aux divifions, Rome aux plus horribles fcandales, & Naples & Sicile aux dévaftations des Sarrafins.

C'eſt dans ce tems que la proſtituée Theodora plaçait à Rome ſur le trône de l'égliſe Jean X. non moins proſtitué qu'elle.

HENRI L'OISELEUR,

ONZIEME EMPEREUR.

920.

Il eſt important d'obſerver que dans ces tems d'anarchie , pluſieurs bourgades d'Allemagne commencèrent à jouir des droits de la liberté naturélle , à l'exemple des villes d'Italie. Les unes acheterent ces droits de leurs ſeigneurs , les autres les avaient ſoutenu lés armes à la main. Les députés de ces villes concourent avec les évêques & les ſeigneurs , pour choiſir un Empereur , & ſont au rang des électeurs. Ainſi Henri I. dit l'Oiſeleur duc de Saxe , eſt élu par les trois états Rien n'eſt plus conforme à la nature , que tous ceux qui ont intérêt d'être bien gouvernés , concourent à établir le gouvernement.

Depuis 921. juſqu'à 930.

Un des droits des rois de Germanie comme des rois de France , fut toujours de nommer à tous les évêchés vacans.

L'empereur Henri a une courte guerre avec le duc de Baviere , & la termine en lui cédant le droit de nommer les évêques dans la Baviere.

Il y a dans ces années peu d'évenemens qui intéreffent le fort de la Germanie. Le plus important eft l'affaire de la Lorraine. Il était toujours indécis fi elle refterait à l'Allemagne ou à la France.

Henri l'Oifeleur foumet toute la haute & baffe Lorraine en 925. & l'enleve au duc Gifelbert, à qui les rois de France l'avaient donnée. Il la rend enfuite à ce duc, pour le mettre dans la dépendance de la Germanie. Cette Lorraine n'était plus qu'un démembrement du roiaume de Lotharinge. C'était le Brabant, c'était une partie du pays de Liége, difputée enfuite par l'évêque de Liége ; c'était les terres entre Metz & la Franche-Comté, difputées auffi par l'évêque de Metz. Ce pays revint après à la France, il en fut enfuite féparé.

Henri fait des loix plus intéreffantes que les évenemens & les révolutions dont fe furcharge l'hiftoire. Il tire de l'anarchie féodale ce qu'on peut en tirer. Les vaffaux, les arriere-vaffaux fe foumettent à fournir des milices, & des grains pour les faire fubfifter. Il change en villes les bourgs dépeuplés que les Huns, les Bohêmes, les Moraves, les Normands avaient dévaftés. Il bâtit Brandebourg, Mifnie, Slefwich. Il y établit des marquis pour garder les marches de l'Allemagne. Il rétablit les abbayes d'Herfort & de Corbie ruinées. Il conftruit quelques villes, comme Gotha, Herfort, Goflar.

Les anciens Saxons, les Slaves, Abodrites, les Vandales

Vandales leurs voisins sont repoussés Son prédécesseur Conrad s'était soumis à payer un tribut
aux Hongrois, & Henri l'Oiseleur le payait encore. Il affranchit l'Allemagne de cette honte.

Depuis 930. jusqu'à 936.

On dit que des députés des Hongrois étant
venus demander leur tribut, Henri leur donna
un chien galeux. C'était une punition des chevaliers Allemands quand ils avaient commis des
crimes, de porter un chien l'espace d'une lieue.
Cette grossiereté digne de ces tems-là, n'ôte rien
à la grandeur du courage. Il est vrai que les
Hongrois viennent faire plus de dégât que le tribut n'eût coûté ; mais enfin ils sont repoussés &
vaincus.

Alors il fait fortifier des villes pour tenir en
bride les Barbares. Il leve le neuvieme homme
dans quelques provinces, & les met en garnison
dans ces villes. Il exerce la noblesse par des
joûtes & des especes de tournois : il en fait un,
à ce qu'on dit, où près de mille gentilshommes
entrent en lice.

Ces tournois avaient été inventés en Italie par
les rois Lombards, & s'appellaient *batagliolé*.

Ayant pourvû à la défense de l'Allemagne, il
veut enfin passer en Italie, à l'exemple de ses
prédécesseurs, pour avoir la couronne impériale.

Les troubles & les scandales de Rome étaient
augmentés. Marosie, fille de Theodora, avait

Tome I. G

placé fur la chaire de St· Pierre le jeune Jean XI·
né de fon adultere avec le pape Sergius III. &
gouvernait l'églife fous le nom de fon fils. Quelques tirans qui accablaffent l'Italie, les Allemands étaient ce que Rome haïffait le plus.

Henri l'Oifeleur comptant fur fes forces, crut
profiter de ces troubles ; mais il mourut en chemin dans la Thuringe en 936. On ne l'a appellé
Empereur que parce qu'il avait eu envie de l'être ;
& l'ufage de le nommer ainfi a prévalu.

OTON I. *furnommé* LE GRAND.

DOUZIEME EMPEREUR.

936.

Voici enfin un Empereur véritable. Les ducs
& les comtes, les évêques, les abbés & tous les
feigneurs puiffans qui fe trouvent à Aix-la-Chapelle, élifent Oton, fils de Henri l'Oifeleur. Il
n'eft pas dit que les députés des bourgs ayent
donné leur voix. Il fe peut faire que les grands
feigneurs devenus plus puiffans fous Henri l'Oifeleur, leur euffent ravi ce droit.

L'archevêque de Mayence annonce au peuple
cette élection, le facre, & lui met la couronne
fur la tête. Ce qu'on peut remarquer, c'eft que
les prélats dînent à la table de l'Empereur, &
que les ducs de Franconie, de Suabe, de Baviere

& de Lorraine fervirent à table : le duc de Franconie par exemple en qualité de maître d'hôtel,
& le duc de Suabe en qualité d'échanfon. Cette
cérémonie fe fit dans une galerie de bois, au milieu des ruines d'Aix-la-Chapelle, brûlée par les
Huns, & non encore rétablie.

Les Huns & les Hongrois viennent encore troubler la fête. Ils s'avancent jufqu'en Weftphalie,
mais on les repouffe.

937.

La Bohême était alors entierement barbare, &
à moitié chrétienne. Heureufement pour Oton
elle eft troublée par des guerres civiles. Il en
profite auffitôt. Il rend la Bohême tributaire de
la Germanie, & y établit le chriftianifme.

938. 939. 940.

Oton tâche de fe rendre defpotique, & les
feigneurs des grands fiefs, de fe rendre indépen-
dans. Cette grande querelle, tantôt ouverte,
tantôt cachée, fubfifte dans les efprits depuis plus
de huit cent années, ainfi que la querelle de
Rome & de l'Empire.

Cette lutte du pouvoir roial qui veut toujours
croître, & de la liberté qui ne veut point céder,
a longtems agité toute l'Europe chrétienne. Elle
fubfifta en Efpagne tant que les Chrétiens y eurent les Maures à combattre, après quoi l'autorité fouveraine prit le deffus. C'eft ce qui trou-
bla la France jufqu'au milieu du regne de Louis

G 2

XI. ce qut a enfin établi en Angleterre le gouvernement mixte auquel elle doit fa grandeur ; ce qui a cimenté en Pologne la liberté du noble & l'efclavage du peuple. Ce même efprit a troublé la Suéde & le Dannemarck, a fondé les républiques de Suiffe & de Hollande. La même eaufe a produit par tout différens effets.

Le duc de Baviere refufe de faire hommage. Oton entre en Baviere avec une armée. Il réduit le duc à quelques terres allodiales. Il crée un des freres du duc, comte Palatin en Baviere, & un autre, comte Palatin vers le Rhin. Cette dignité de *comte Palatin* eft renouvellée des comtes du palais des empereurs Romains, & des comtes du palais des Francs.

Il donne la même dignité à un duc de Franconie. Ces Palatins font d'abord des juges fuprêmes. Ils jugent en dernier reffort au nom de l'Empereur Ce reffort fuprême de juftice eft, après une armée, le plus grand appui de la fouveraineté.

Oton difpofe à fon gré des dignités & des terres. Le premier marquis de Brandebourg étant mort fans enfans, il donne le marquifat à un comte Gerard, qui n'était point parent du mort.

Plus Oton affecte le pouvoir abfolu, plus les feigneurs des grands fiefs s'y oppofent ; & dès lors s'établit la coutume d'avoir recours à la France pour foutenir le gouvernement féodal en Germanie, contre l'autorité des rois Allemands.

Les ducs de Franconie, de Lorraine, le prince

de Brunfwick s'adreffent à Louis d'Outremer roi de France. Louis d'Outremer entre dans la Lorraine & dans l'Alface , & fe joint aux alliés. Oton prévient le roi de France : il défait vers le Rhin auprès de Brifach les ducs de Franconie & de Lorraine qui font tués.

_Il ôte le titre de *Palatin* à la maifon de Franconie. Il en pourvoit la maifon de Baviere : il attache à ce titre des terres & des châteaux. C'eft de là que fe forme le Palatinat du Rhin d'aujourd'hui. -

941.

· Comme les feigneurs des grands fiefs Germains avaient appellé le roi de France à leur fecours , les feigneurs de France appellent pareillement Oton. Il pourfuit Louis d'Outremer dans toute la Champagne. Mais des confpirations le rappellent en Allemagne.

942. 943. 944.

· Le defpotifme d'Oton aliénait tellement les efprits, que fon propre frere Henri, duc dans une partie de la Lorraine, s'était uni avec plufieurs feigneurs, pour lui ôter le trône & la vie. Il repaffe donc en Allemagne, étouffe la confpiration, & pardonne à fon frere, qui apparemment était affez puiffant pour fe faire pardonner.

Il augmente les priviléges des évêques & des abbés, pour les oppofer aux feigneurs. Il donne à l'évêque de Tréves le titre de Prince, & tous les droits régaliens. Il donne le duché de Baviere à son frere Henri qui avait conspiré contre lui, & l'ôte aux héritiers naturels. C'est la plus grande preuve de son autorité absolue.

945. 946.

En ce tems la race de Charlemagne, qui régnait encore en France, était dans le dernier avilissement. On avait cédé en 912. la Neustrie proprement dite aux Normands, & même la Bretagne, devenue alors arriere-fief de la France.

Hugues duc de l'Isle de France, du sang de Charlemagne par les femmes, pere de Hugues Capet, gendre en premieres nôces d'Edouard I. roi d'Angleterre, beau frere d'Oton par un second mariage, était un des plus puissans seigneurs de l'Europe, & le roi de France alors un des plus petits. Ce Hugues avait rappellé Louis d'Outremer pour le couronner & pour l'asservir, & on l'appellait Hugues le grand, parce qu'il s'était rendu puissant aux dépens de son maître.

Il s'était lié avec les Normands, qui avaient fait le malheureux Louis d'Outremer prisonnier. Ce roi délivré de prison, restait presque sans villes & sans domaine. Il était aussi beau-frere d'Oton, dont il avait épousé la sœur. Il lui demande sa protection, en cédant tous ses droits sur la Lorraine.

Oton marche jusqu'auprès de Paris. Il assiége Rouen, mais étant abandonné par le comte de Flandres, il s'en retourne dans ses états, après une expédition inutile.

947. 948.

Oton n'ayant pu battre Hugues le grand, le fait excommunier Il convoque un concile à Tréves, où un légat du Pape prononce la fentence, à la requifition de l'aumônier d'Oton, Hugues n'en eſt pas moins le maître en France.

Il y avoit, comme on a vu, un margrave à Sléeswich dans la Cherfonefe Cimbrique, pour arrêter les courfes des Danois. Ils tuent le margrave. Oton y court en perfonne, reprend la ville, affure les frontieres. Il fait la paix avec le Dannemarck, à condition qu'on y prêchera le chriſtianiſme.

949.

De là Oton va tenir un concile auprès de Mayence à Ingelheim. Louis d'Outremer qui n'avait point d'armée, avait demandé au pape Agapet ce concile; faible reſſource contre Hugues le grand.

Des évêques Germains, & Marin le légat du Pape, y parurent comme juges, Oton comme protecteur, & Louis roi de France en fuppliant. Le roi Louis y demanda juſtice, & dit : « J'ai été » reconnu roi par les fuffrages de tous les fei- » gneurs. Si on prétend que j'ai commis quelque » crime qui mérite les traitemens que je fouffre, » je fuis prêt de m'en purger au jugement du con- » cile, fuivant l'ordre d'Oton, ou par un combat » fingulier.

Ce triſte difcours prouve l'ufage des duels,

l'état déplorable du roi de France, la puissance d'Oton, & les élections des Rois. Le droit du sang semblait n'être alors qu'une recommandation pour obtenir des suffrages. Hugues le grand est cité à ce vain concile : on se doute bien qu'il n'y comparut point.

950.

Oton donne l'investiture de la Suabe, d'Augsbourg, de Constance, du Wirtemberg à son fils Ludolfe, *sauf les droits des évêques.*

951.

Oton retourne en Bohême. Bat le duc Bol qu'on appelle Boleslas. Le mot de *Slas* chez ces peuples, désignait un chef. C'est de là qu'on leur donna d'abord le nom de Slaves, & qu'ensuite on appelle esclaves ceux qui furent conquis par eux. L'Empereur confirme le vasselage de la Bohême, & y établit la religion chrétienne. Tout ce qui était au delà, était encore payen, excepté quelques marches de la Germanie. Il pensait dès lors à renouveller l'empire de Charlemagne. Une femme lui en fraya les chemins.

Adelaïde sœur d'un petit roi de la Bourgogne Trans-jurane, veuve d'un roi, ou d'un usurpateur du roiaume d'Italie, opprimée par un autre usurpateur, Berenger second, assiégée dans Canosse, appelle Oton à son secours. Il y marche, la délivre, & étant veuf alors, il l'épouse. Il entre dans Pavie en triomphe, avec Adelaïde. Mais il fallait du tems & des soins pour assujettir

le refte du roiaume, & fur tout Rome qui ne voulait point de lui.

952.

Il laiffe fon armée à un prince nommé Conrad,
qu'il a fait duc de Lorraine, & fon gendre : &
ce qui eft affez commun dans ces tems-là, il va
tenir un concile à Augsbourg, au lieu de pourfuivre fes conquêtes. Il y avait des évêques Italiens à ce concile : il eft vraifemblable qu'il ne le
tint que pour difpofer les efprits à le recevoir en
Italie.

953.

Son mariage avec Adelaïde qui femblait devoir
lui affurer l'Italie, femble bientôt la lui faire perdre.

Son fils Ludolphe auquel il avait donné tant
d'états, mais qui craignait qu'Adelaïde fa be le-
mere ne lui donnât un maître, fon gendre Conrad, à qui il avait donné la Lorraine, mais à qui
il ôte le commandement d'Italie, confpirent contre lui ; un archevêque de Mayence, un évêque
d'Augsbourg fe joignent à fon fils & à fon gendre; il marche contre fon fils, & au lieu de fe
faire Empereur à Rome, il foutient une guerre civile en Allemagne.

954.

Son fils dénaturé appelle les Hongrois à fon
fecours, & on a bien de la peine à les repouffer
dès bords du Rhin & des environs de Cologne,
où ils s'avancent.

Oton avait un frere ecclésiastique nommé Brunon, il le fait élire archevèque de Cologne, & lui donne la Lorraine.

955.

Les armes d'Oton prévalent. Ses enfans & les conjurés viennent demander pardon ; l'archevêque de Mayence rentre dans le devoir. Le fils du Roi en sort encore Il vient enfin pieds nuds se jetter aux pieds de son pere. Les Hongrois appellés par lui ne demandent point grace comme lui, ils désolent l'Alemagne. Oton leur livre bataille dans Augsbourg, & les défait. Il paraît qu'il était assez fort pour les battre, non pas assez pour les poursuivre & les détruire, quoique son armée fût compofée de légions à peu près selon le modele des anciennes légions Romaines.

Ce que craignait le fils d Oton arrive. Adelaïde accouche d'un prince, c'est Oton second.

Depuis 956. jusqu'à 960.

Les desseins sur Rome se meuriffent, mais les affaires d'Allemagne les empêchent encore d'éclore. Les Slaves & d'autres barbares inondent le nord de l'Allemagne, encore très mal affurée, malgré tous les soins d'Oton. Des petites guerres, vers le Luxembourg & le Hainaut, qui étaient de la baffe Lorraine, ne laiffent pas de l'occuper encore.

Ludolphe ce fils d'Oton envoyé en Italie contre Berenger, y meurt ou de maladie, ou de débauche, ou de poifon.

Bérenger alors eſt maître abſolu de l'ancien roiàume de Lombardie, & non de Rome. Mais il avait néceſſairement mille différends avec elle comme les anciens rois Lombards.

Un petit-fils de Marozie, nommé Octavien Sporco, fut élu Pape à l'âge de dix huit ans par le crédit de ſa famille. Il prit le nom de Jean XII. en mémoire de Jean XI. ſon oncle. C'eſt le premier Pape qui ait changé ſon nom à ſon avénement au pontificat. Il n'était point dans les ordres quand ſa famille le fit Pontife. C'était un jeune homme qui vivait en prince, aimant les armes & les plaiſirs.

On s'étonne que ſous tant de Papes ſcandaleux, l'égliſe Romaine ne perdit ni ſes prérogatives, ni ſes prétentions ; mais alors preſque toutes les autres égliſes étaient ainſi gouvernées ; les évêques ayant toujours à demander à Rome ou des ordres, ou des graces, n'abandonnaient pas leurs intérêts pour quelques ſcandales de plus ; & leurs intérêts étaient d'être toujours unis à l'égliſe Romaine, parce que cette union les rendait plus reſpectables aux peuples, & plus conſidérables aux yeux des ſouverains. Le clergé d'Italie pouvait alors mépriſer les Papes, mais il révérait la papauté, d'autant plus qu'il y aſpirait ; enfin dans l'opinion des hommes, la place était ſacrée quand la perſonne était condamnable.

Les Italiens appellent enfin Oton à leur ſe-

(G 6

cours. Ils voulaient, comme dit Luitprand contemporain, avoir deux maîtres pour n'en avoir
réellement aucun. C'est là une des principales
caufes des longs malheurs de l'Italie.

960.

Oton avant de partir pour l'Italie, a foin dé
faire élire fon fils Oton âgé de fept ans, né d'A-
delaïde, roi de Germanie : nouvelle preuve que
le droit de fucceffion n'exiftait pas. Il prend la
précaution de le faire couronner à Aix-la-Chapelle par les archevêques de Cologne, de Mayence & de Tréves à la fois. L'archevêque de Cologne fait la premiere fonction. C'était Brunon
frere d'Oton.

961.

Il paffe les Alpes du Tirol. Entre encore dans
Pavie, qui eft toujours aux premiers occupans.
Il reçoit à Monfa la couronne de Lombardie.

962.

Pendant que Berenger fuit avec fa famille,
Oton marche à Rome ; on lui ouvre les portes.
Jean XII. le couronne Empereur. Il confirme
les donations de Pepin, de Charlemagne, de
Louis le *faible*. Il fe fait prêter ferment de fidélité par le Pape fur le corps de St. Pierre. Il ordonne qu'il y aura toujours des commiffaires de
l'Empereur à Rome.

Cet acte écrit en lettres d'or, foufcrit par fept
évêques d'Allemagne, cinq comtes, deux abbés

& plusieurs prélats Italiens, est gardé encore au château St. Ange. La date est du 13. février 962. On dit que Lothaire roi de France & Hugues Capet depuis roi, assisterent à ce couronnement. Les rois de France étaient en effet si faibles qu'ils pouvaient servir d'ornement au sacre d'un Empereur ; mais les noms de Lothaire & de Hugues Capet ne se trouvent pas dans les signatures de cet acte.

Tout ce qu'on fait alors à Rome concernant les églises d'Allemagne, c'est d'ériger Magdebourg en archevêché, Mersbourg en évêché, pour convertir, dit-on, les Slaves, c'est-à-dire ces peuples qui habitaient la Moravie, une partie du **Brande-bourg**, de la Silésie, &c.

A peine le pape s'était donné un maître, qu'il s'en repentit. Il se ligue avec ce même Berenger, refugié chez des Mahométans cantonnés sur les côtes de Provence. Il sollicite les Hongrois d'entrer en Allemagne ; c'est ce qu'il fallait faire auparavant.

963.

L'Empereur Oton qui a achevé de soumettre la Lombardie, retourne à Rome. Il assemble un concile. Le pape Jean XII. se cache. On l'accuse en plein concile dans l'église de St. Pierre d'avoir joui de plusieurs femmes, & sur-tout d'une nommée *Etiennette* concubine de son pere ; d'avoir fait évêque de Lodi un enfant de dix ans, d'avoir vendu les ordinations & les bénéfices, d'avoir

crevé les yeux à son parrain , d'avoir châtré un
cardinal , & ensuite de l'avoir fait mourir ; enfin
de ne pas croire en Jesus-Christ , & d'avoir
invoqué le diable ; deux choses qui semblent se
contredire.

Ce jeune pontife qui avait alors vingt-sept ans,
parut être déposé pour ses incestes & pour ses
scandales , & le fut en effet pour avoir voulu ,
ainsi que tous les Romains , détruire la puissance
Allemande dans Rome.

On élit à sa place un nouveau pape nommé
Leon VIII. Oton ne peut se rendre maître de la
personne de Jean XII. ou s'il le put , il fit une
grande faute.

964.

Le nouveau pape Leon VIII. si l'on en croit le
discours d'Arnoud évêque d'Orleans , n'était ni
ecclésiastique, ni même chrétien.

Jean XII. pape débauché , mais prince entreprenant , souleve les Romains du fond de sa retraite , & tandis qu'Oton va faire le siége de Ca-
merino , le pontife aidé de sa maîtresse rentre
dans Rome. Il dépose son compétiteur , fait couper la main droite au cardinal Jean qui avait écrit
la déposition contre lui, oppose concile à concile,
& fait statuer *que jamais l'inférieur ne pourra ôter*
le rang au supérieur ; cela veut dire que jamais
empereur ne pourra déposer un pape. Il se promet
de chasser les Allemands d'Italie ; mais au milieu

de ce grand deffein, il eft affaffiné dans les bras d'une de fes maîtreffes.

Il avait tellement animé les Romains & relevé leur courage qu'ils oferent même après fa mort foutenir un fiége, & ne fe rendirent à Oton qu'à l'extrémité.

Oton deux fois vainqueur de Rome, fait déclarer dans un concile *qu'à l'exemple du bienheureux Adrien, qui donna à Charlemagne le droit d'élire les papes & d'inveftir tous les évêques, on donne les mêmes droits à l'empereur Oton.* Ce titre qui exifte dans le recueil de Gratien eft fufpect ; mais ce qui ne l'eft pas, c'eft le foin qu'eut l'empereur victorieux de fe faire affurer tous fes droits.

Après tant de fermens, il fallait que les empereurs réfidaffent à Rome pour les faire garder.

965

Il retourne en Allemagne. Il trouve toute la Lorraine foulevée contre fon frere Brunon archevêque de Cologne qui gouvernait la Lorraine alors. Il eft obligé d'abandonner Tréves, Metz, Toul, Verdun à leurs évêques. La haute Lorraine paffe dans la main d'un comte de Bar, & c'eft le feul païs qu'on appelle aujourd'hui toujours *Lorraine.* Brunon ne fe réferve que les provinces du Rhin, de la Meufe & de l'Efcaut. Ce Brunon était un favant auffi détaché de la grandeur, que l'empereur Oton fon frere était ambitieux.

La maison de Luxembourg prend ce nom du château de Luxembourg , dont un abbé de Saint Maximin de Tréves fait un échange avec elle.

Les Polonais commencent à devenir chrétiens.

966.

A peine l'empereur Oton était-il en Allemagne, que les Romains voulurent être libres. Ils chassent le pape Jean XIII. attaché à l'empereur. Le préfet de Rome , les tribuns, le sénat pensent faire revivre l'ancienne république. Mais ce qui dans un tems est une entreprise de héros, devient dans d'autres une révolte de séditieux. Oton revole en Italie , fait pendre une partie du sénat. Le préfet de Rome qui avait voulu être un Brutus, fut fouetté dans les carrefours , promené nud sur un âne; & jetté dans un cachot où il mourut de misere. Ces exécutions ne rendent pas la domination Allemande chere aux Italiens.

967.

L'empereur fait venir son jeune fils Oton à Rome , & l'associe à l'empire.

968.

Il négocie avec Nicephore Phocas empereur des Grecs le mariage de son fils avec la fille de cet empereur. Le Grec le trompe Oton lui prend la Pouille & la Calabre pour dot de la jeune princesse Théophanie qu'il n'a point.

969.

C'est à cette année que presque tous les chro-

nologiftes placent l'avanture d'Oton archevêque
de Mayence affiégé dans une tour au milieu du
Rhin par une armée de fouris qui paffent le Rhin
à la nage, & viennent le dévorer. Apparemment
que ceux qui chargent encore l'hiftoire de ces
inepties, veulent feulement laiffer fubfifter ces
anciens monumens d'une fuperftition imbécille ,
pour montrer de quelles ténébres l'Europe eft à
peine fortie.

970.

Jean Zimiffes qui détrône l'empereur Nicephore, envoie enfin la princeffe Theophanie à
Oton pour fon fils ; tous les auteurs ont écrit
qu'Oton avec cette princeffe eut la Pouille & la
Calabre. Le fçavant & exact Giannoné a prouvé
que cette riche dot ne fut point donnée.

971. 972. 973.

Oton retourne victorieux dans la Saxe fa patrie.

Le duc de Bohême vaffal de l'empire envahit la
Moravie, qui devient un annexe de la Bohême.

On établit un évêque de Prague. C'eft le duc
de Boheme qui le nomme, & l'Archevêque de
Mayence qui le facre.

En ce tems les archevêques de Magdebourg
fondaient leur puiffance. Le titre de métropoli-
tains du nord avec de grandes terres en devaient
faire un jour de grands princes.

Oton meurt à Minleben le 7 mai 973. avec la
gloire d'avoir rétabli l'empire de Charlemagne en

Italie. Mais Charles fut le vengeur de Rome ;
Oton en fut le vainqueur & l'oppreffeur, & fon
empire n'eut pas des fondemens auffi vaftes &
auffi fermes que celui de Charlemagne.

O T O N S E C O N D

TREIZIEME EMPEREUR.

974.

Il eft clair que les empereurs & les rois l'étaient
alors par élection. Oton fecond aïant été déja élu
empereur & roi de Germanie, fe contente de fe
faire proclamer à Magdebourg par le clergé &
la nobleffe du païs ; ce qui compofait une médiocre affemblée.

Le defpotifme du pere, la crainte du pouvoir
abfolu perpétué dans une famille, mais fur-tout
l'ambition du duc de Baviere Henri, coufin d'O-
ton, foulevent le tiers de l'Allemagne.

Henri de Baviere fe fait couronner empereur
par l'évêque de Frifingue. La Pologne, le Dannemark entrent dans fon parti, non comme membres de l'Allemagne & de l'empire, mais comme
voifins, qui ont intérêt à le troubler.

975.

Le parti d'Oton II. arme le premier, & c'eft
ce qui lui conferve l'empire. Ses troupes franchif-

fent ces retranchemens qui féparaient le Dannemark de l'Allemagne, & qui ne fervaient qu'à
montrer que le Dannemark était devenu faible.

On entre dans la Bohême qui s'était déclarée
pour Henri de Baviere. On marche au duc de
Pologne, on prétend qu'il fit ferment de fidélité
à Oton comme vaffal.

Il eft à remarquer que tous ces fermens fe faifaient à genoux, les mains jointes, & que c'eft
ainfi que les évêques prêtaient ferment aux rois.

976.

Henri de Baviere abandonné, eft mis en prifon
à Quedlimbourg; de-là envoïé en exil à Elrik
avec un évêque d'Augsbourg fon partifan. •

977.

Les limites de l'Allemagne & de la France
étaient alors fort incertains. Il n'était plus queftion de France orientale & occidentale. Les rois
d'Allemagne étendaient leur fupériorité territoriale jufqu'aux confins de la Champagne & de la
Picardie. On doit entendre par fupériorité territoriale non le domaine direct, non la poffeffion
des terres, mais la fupériorité des terres, droit
de paramont, droit de fuzeraineté, droit de re-
lief. On a enfuite uniquement par ignorance des
termes appliqué cette expreffion de fupériorité
territoriale à la poffeffion des domaines mêmes
qui relevent de l'empire, ce qui eft au contraire
une inferiorité territoriale.

Les ducs de Lorraine, de Brabant, de Hainaut

avaient fait hommage de leurs terres aux derniers
rois d'Allemagne. Lothaire roi de France fait revivre ses prétentions sur ces païs. L'autorité roïale
prenait alors un peu de vigueur en France ; &
Lothaire profitait de ces momens pour attaquer à
la fois la haute & la basse Lorraine.

978.

Oton assemble près de soixante mille hommes,
désole toute la Champagne, & va jusqu'à Paris.
On ne savait alors ni fortifier les frontieres, ni
faire la guerre dans le plat païs. Les expéditions
militaires n'étaient que des ravages.

Oton est battu à son retour au passage de la
riviere d'Aine. Geoffroi comte d'Anjou, surnommé *Grisegonelle*, le poursuit sans relâche dans la
forêt des Ardennes, & lui propose, selon les régles de la chevalerie, de vuider la querelle par un
duel. L'empereur refusa le défi, soit qu'il crût
sa dignité au-dessus d'un combat avec Grisegon-
nelle, soit qu'étant cruel, il ne fût point courageux.

979.

L'empereur & le roi de France font la paix, &
par cette paix Charles frere de Lothaire reçoit la
basse Lorraine de l'empereur, avec quelque partie de la haute. Il lui fait hommage à genoux, &
c'est, dit-on, ce qui a coûté le roïaume de France
à sa race ; du moins Hugues Capet se servit de ce
prétexte pour le rendre odieux.

980.

Pendant qu'Oton II. s'affermissait en Allemagne, les Romains avaient voulu soustraire l'Italie au joug Allemand. Un nommé *Cencius* s'était fait déclarer consul. Lui & son parti avaient fait un pape qui s'appellait Boniface VII. Un comte de Toscanelle ennemi de sa faction, avait fait un autre pape; & Boniface VII. était allé à Constantinople inviter les empereurs Grecs, Basile & Constantin, à venir reprendre Rome. Les empereurs Grecs n'étaient pas assez puissans. Le pape leur joignit les Arabes d'Afrique, aimant mieux rendre Rome Mahométane qu'Allemande. Les Chrétiens Grecs & les Musulmans Afriquains, unissent leurs flottes, & s'emparent ensemble du païs de Naples.

Oton second passe en Italie & marche à Rome.

981.

Comme Rome était divisée, il y fut reçu. Il se loge dans le palais du pape, il invite à dîner plusieurs sénateurs & des partisans de Cencius. Des soldats entrent pendant le repas, & massacrent les convives. C'était renouveller les tems de Marius, & c'était tout ce qui restait de l'ancienne Rome. Mais le fait est-il bien vrai? Geoffroi de Viterbe le rapporte deux cens ans après.

982.

Au sortir de ce repas sanglant, il faut aller combattre dans la Pouille les Grecs & les Sarrasins, qui venaient venger Rome, & l'asservir. Il avait beaucoup de troupes Italiennes dans son armée, elles ne savaient alors que trahir.

Les Allemands sont entiérement défaits. L'évêque d'Augsbourg, l'abbé de Fuld sont tués les armes à la main. L'empereur s'enfuit déguisé ; il se fait recevoir comme un passager dans un vaisseau Grec. Ce vaisseau passe près de Capoue. L'empereur se jette à la nage, **gagne le bord**, & se réfugie dans Capoue.

983.

On touchait au moment d'une grande révolution. Les Allemands étaient prêts de perdre l'Italie. Les Grecs & les Musulmans allaient se disputer Rome ; mais Capoue est toujours fatale aux vainqueurs des Romains. Les Grecs & les Arabes ne pouvaient être unis, leur armée était peu nombreuse, ils donnent le tems à Oton de rassembler les débris de la sienne, de faire déclarer empereur à Verone son fils Oton qui n'avait pas dix ans.

Un Oton duc de Baviere avait été tué dans la bataille. On donne la Baviere à son fils. L'empereur repasse par Rome avec sa nouvelle armée.

Après avoir saccagé Bénévent infidéle, il fait élire pape son chancelier d'Italie. On croirait qu'il va marcher contre les Arabes & contre les Grecs. Mais point. Il tient un concile. Tout cela fait voir évidemment que son armée était faible ;

que les vainqueurs l'étaient auffi, & les Romains davantage. Au lieu donc d'aller combattre, il fait confirmer l'érection de Hambourg & de Brême en archevéché. Il fait des réglemens pour la Saxe; & il meurt dans Rome le 7 decembre, fans gloire, mais il laiffe fon fils empereur. Les Grecs & les Sarrafins s'en retournent après avoir ruiné la Pouille & la Calabre, aïant auffi mal fait la guerre qu'Oton, & aïant foulevé contre eux tout le païs.

OTON III.

QUATORZIEME EMPEREUR.

983.

Comment reconnaître en Allemagne un empereur & un roi de Germanie, âgé de dix ans, qui n'avait été reconnu qu'à Verone, & dont le pere venait d'être vaincu par les Sarrafins? Ce même Henri de Baviere qui avait difputé la couronne au pere, fort de la prifon de Maftricht où il était renfermé, & fous prétexte de fervir de tuteur au jeune empereur Oton trois fon petit neveu, qu'on avait ramené d'Allemagne, il fe faifit de fa perfonne, & il le conduit à Magdebourg.

984.

L'Allemagne fe divife en deux factions. Henri

de Baviere a dans son parti la Bohême & la Pologne. Mais la plupart des seigneurs de grands fiefs & des évêques, espérant être plus maîtres sous un prince de dix ans, obligent Henri à mettre le jeune Oton en liberté & à le reconnaître, moiennant quoi on lui rend enfin la Baviere.

Oton trois est donc solemnellement proclamé à Weissemstadt.

Il est servi à dîner par les grands officiers de l'empire. Henri de Baviere fait les fonctions de maître d'hôtel, le comte Palatin de grand échanson, le duc de Saxe de grand écuyer, le duc de Franconie de grand chambellan. Les ducs de Bohême & de Pologne y assistent, comme grands vassaux.

L'éducation de l'empereur est confiée à l'archevêque de Mayence & à l'évêque d'Ildesheim.

Pendant ces troubles, le roi de France Lothaire essaie de reprendre la haute Lorraine. Il se rendit maître de Verdun.

986.

Après la mort de Lothaire, Verdun est rendu à l'Allemagne.

987.

Louis V. dernier roi en France de la race de Charlemagne, étant mort après un an de regne, Charles duc de Lorraine son oncle & son héritier naturel, prétend en vain à la couronne de France.

Hugues

Hugues Capet prouve par l'adreſſe & par la force
que le droit d'élire était alors en vigueur.

988.

L'abbé de Verdun obtient à Cologne la permiſſion de ne point portée l'épée, & de ne point
commander en perſonne les ſoldats qu'il doit,
quand l'empereur leve des troupes.

Oton III. confirme tous les priviléges des évêques & des abbés. Leur privilége & leur devoir
était donc de porter l'épée, puiſqu'il fallut une
diſpenſe particuliere à cet abbé de Verdun.

989.

Les Danois prennent ce tems pour entrer par
l'Elbe & par le Veſer. On commence alors à ſen-
tir en Allemagne qu'il faut négocier avec la Suéde
contre le Dannemark; & l'évêque de Sléeſwich
eſt chargé de cette négociation.

Les Suédois battent les Danois ſur mer. Le
nord de l'Allemagne reſpire.

990.

Le reſte de l'Allemagne, ainſi que la France,
eſt en proie aux guerres particulieres des ſeigneurs; & ces guerres que les ſouverains ne peuvent appaiſer, montrent qu'ils avaient plus de
droits que de puiſſance. C'était bien pis en Italie.

Le pape Jean XV. fils d'un prêtre, tenait
alors le St. Siége, & était favorable à l'empereur;
Creſcence nouveau conſul fils du conſul Creſcence, dont Jean X fut le pere, voulait maintenir l'ordre de l'ancienne république; il avait

chaffé le pape de Rome. L'impératrice Theophanie mere d'Oton III. était venue avec des troupes commandées par le marquis de Brandebourg,
foutenir dans l'Italie l'autorité impériale.

Pendant que le marquis de Brandebourg eft à
Rome, les Slaves s'emparent de fon marquifat.

Depuis 991. jufqu'à 996.

Les Slaves avec un ramas d'autres barbares af-
fiégent Magdebourg. On les repouffe avec peine.
Ils fe retirent dans la Pomeranie, & cédent quelques villages de Brandebourg qui arrondiffent le
marquifat.

L'Autriche était alors un marquifat auffi, &
non moins malheureux que le Brandebourg, étant
frontiere des Hongrois.

La mere de l'empereur était revenue d'Italie
fans avoir beaucoup remédié aux troubles de ce
païs, & était morte à Nimegue. Les villes de
Lombardie ne reconnaiffaient point l'empereur.

Oton III. leve des troupes, fait le fiége de
Milan, s'y fait couronner, fait élire pape Gregoire V fon parent, comme il aurait fait un évêque de Spire, & eft facré dans Rome par fon parent avec fa femme l'impératrice Marie fille de
Don Garcie roi d'Arragon & de Navarre.

997.

Il eft étrange que des auteurs de nos jours &
Maimbourg & tant d'autres, rapportent encor la
fable des amours de cette impératrice avec un

comte de Modene, & du fupplice de l'amant &
de la maîtreffe. On prétend que l'empereur plus
irrité contre la maîtreffe que contre l'amant, fit
brûler fa femme toute vive, & condamna feulement fon rival à perdre-la tête, que la veuve du
comte aïant prouvé l'innocence de fon mari, eut
quatre beaux châteaux en dédommagement.
Cette fable avait été déja imaginée fur une An-
daberte femme de l'empereur Louis II. Ce font
des romans dont le fage & favant Muratori prouve
la fauffeté.

L'empereur reconnu à Rome retourne en Allemagne; il trouve les Slaves maîtres de Bern-
bourg, & on ôte à l'archevêque de Magdebourg
le gouvernement de ce païs pour s'être laiffé
battre par les Slaves.

998.

Tandis qu'Oton III. eft occupé contre les barbares du nord, le conful Crefcence chaffe de
Rome Gregoire V. qui va l'excommunier à Pavie. Et Oton repaffe en Italie pour le punir.

Crefcence foutient un fiége dans Rome, il
rend la ville au bout de quelques jours, & fe retire dans le mole d'Adrien appellé alors le mole
de Crefcence, & depuis le château St. Ange. Il y
meurt en combattant, fans qu'on fache le genre
de fa mort; mais il femblait mériter le nom de
conful qu'il portait. L'empereur prend fa veuve
pour maîtreffe, & fait couper la langue & arra-
cher les yeux au pape de la nomination de Cref-

cence. Mais auffi on dit qu'Oton & fa maîtreffe firent pénitence, qu'ils allerent en pelerinage à un monaftere, qu'ils coucherent même fur une natte de jonc.

999.

Il fait un décret par lequel les Allemands feuls auront le droit d'élire l'empereur romain, & les papes feront obligés de le couronner. Gregoire V fon parent ne manqua pas de figner le décret, & les papes fuivans de le réprouver.

1000.

Oton retourne en Saxe, & paffe en Pologne. Il donne au duc le titre de roi, mais non à fes defcendans. On verra dans la fuite que les empereurs créaient des ducs & des rois à brevet. Boleflas reçoit de lui la couronne, fait hommage à l'empire, & s'oblige à une legere redevance annuelle.

Le pape Silveftre II. quelques années après, lui conféra auffi le titre de roi, prétendant qu'il n'appartenait qu'au pape de le donner. Il eft étrange que des fouverains demandent des titres à d'autres fouverains, mais l'ufage eft le maître de tout. Les hiftoriens difent qu'Oton allant enfuite à Aix-la-Chapelle, fit ouvrir le tombeau de Charlemagne, & qu'on trouva cet empereur encor tout frais, affis fur un trône d'or, une couronne de pierreries fur fa tête, & un grand fceptre d'or à la main. Si on avait enterré ainfi Charlemagne, les Nor-

mands qui détruisirent Aix-la-Chapelle ne l'auraient pas laissé sur son trône d'or.

1001.

Les Grecs alors abandonnaient le païs de Naples, mais les Sarrasins y revenaient souvent.
L'empereur repasse les Alpes pour arrêter leurs
progrès, & ceux des défenseurs de la liberté Italique, plus dangéreux que les Sarrasins.

1002.

Les Romains assiégent son palais dans Rome, &
tout ce qu'il peut faire, c'est de s'enfuir [avec le
pape, & avec sa maîtresse la veuve de Crescence.
Il meurt à Paterno petite ville de la campagne de
Rome à l'âge de près de 30 ans. Plusieurs auteurs
disent que sa maîtresse l'empoisonna, parce qu'il
n'avait pas voulu la faire impératrice. D'autres
qu'il fut empoisonné par les Romains, qui ne voulaient point d'empereur. Ce fait est peut-être vraisemblable, mais il n'est nullement prouvé. Sa
mort laissa plus indécis que jamais ce long combat de la papauté contre l'empire, des Romains
contre l'un & l'autre, & de la liberté Italienne
contre la puissance Allemande. C'est ce qui tient
l'Europe toujours attentive; c'est là le fil qui conduit dans le labirinthe de l'histoire de l'Allemagne.

Ces trois Otons qui ont rétabli l'empire, ont
tous trois assiégé Rome, & y ont fait couler le
sang, & Arnoud avant eux l'avait saccagée.

1003.

Oton III. ne laiſſait point d'enfans. Vingt ſeigneurs prétendirent à l'empire ; un des plus puiſſans était Henri duc de Baviere ; le plus opiniâtre de ſes rivaux était Ekard marquis de Turinge. On aſſaſſine le marquis pour favoriſer l'élection du Bavarois, qui à la tête d'une armée ſe fait ſacrer à Mayence le 19 Juillet.

HENRI SECOND

QÚINZIEME EMPEREUR.

1003.

A peine Henri de Baviere eſt-il couronné, qu'il fait déclarer Ermand duc de Suabe & d'Alſace ſon compétiteur, ennemi de l'empire. Il met Straſbourg dans ſes intérêts : c'était déja une ville puiſſante. Il ravage la Suabe. Il marche en Saxe ; il ſe fait prêter ſerment par le duc de Saxe, par les archevêques de Magdebourg & de Brême, par les comtes Palatins, & même par Boleſlas roi de Pologne. Les Slaves habitans de la Pomeranie le reconnurent.

Il épouſe Cunegonde fille du premier comte de Luxembourg. Il parcourt des provinces : il reçoit les hommages des évêques de Liege & de Cambrai, qui lui font ſerment à genoux. Enfin le duc de Saxe le reconnaît, & lui prête ferment comme les autres.

Les efforts de la faibleffe Italienne contre la domination Allemande, fe renouvellent fans ceffe. Un marquis d'Ivrée, nommé Ardouin, entreprend de fe faire roi d'Italie. Il fe fait élire par les Seigneurs, & prend le titre de *Céfar*. Alors les archevêques de Milan commençaient à prétendre qu'on ne pourrait faire un roi de Lombardie fans leur confentement, comme les papes prétendaient qu'on ne pouvait faire un empereur fans eux. Arnolphe archevêque de Milan s'adreffe au roi Henri; car ce font toujours les Italiens qui appellent les Allemands dont ils ne peuvent fe paffer, & qu'ils ne peuvent fouffrir.

Henri envoie des troupes en Italie fous un Othon duc de Carinthie. Le roi Ardouin bat ces troupes vers le Tirol. L'empereur Henri ne pouvait quitter l'Allemagne, où d'autres troubles l'arrêtaient.

1004.

Le nouveau roi de Pologne chrétien profite de la faibleffe d'un Boleflas duc de Bohême, fe rend maître de fes états, & lui fait crever les yeux, en fe conformant à la méthode des empereurs chrétiens d'Orient & d'Occident. Il prend toute la Bohême, la Mifnie & la Luzace. Henri II. fe contente de le prier, de lui faire hommage des états qu'il a envahis. Le roi de Pologne rit de la demande, & fe ligue contre Henri avec plufieurs princes de l'Allemagne. Henri II. fonge donc à conferver l'Allemagne, avant d'aller s'oppofer au nouveau Céfar d'Italie.

1005.

Il regagne des évêques ; il négocie avec des feigneurs, il leve des milices, il déconcerte la ligue.

Les Hongrois commencent à embraffer le chriftianifme par les foins des miffionnaires, qui ne cherchent qu'à étendre leur religion, pendant que les princes ne veulent étendre que leur état.

Etienne chef des Hongrois, qui avait époufé la fœur de l'empereur Henri, fe fait chrétien en ce tems-là ; & heureufement pour l'Allemagne il fait la guerre avec fes Hongrois chrétiens contre les Hongrois idolâtres.

L'églife de Rome qui s'était laiffé prévenir par les empereurs dans la nomination d'un roi de Pologne, prend les devants pour la Hongrie. Le pape Jean XIX. donne à Etienne de Hongrie le titre de roi & d'apôtre, avec le droit de faire porter la croix devant lui, comme les archevêques ; & la Hongrie eft divifée en dix évêchés ; beaucoup plus remplis alors d'idolâtres que de chrétiens.

L'archevêque de Milan preffe Henri II. de venir en Italie contre fon roi Ardouin. Henri part pour l'Italie, il paffe par la Baviere. Les états ou le parlement de Baviere y élifent un duc ; Henri de Luxembourg beau-frere de l'empereur a tous les fuffrages. Fait important qui montre que les droits des peuples étaient comptés pour quelque chofe.

Henri avant de paffer les Alpes, laiffe Cune-gonde fon époufe entre les mains de l'archevêque de Magdebourg. On prétend qu'il avait fait vœu de chafteté avec elle : Vœu d'imbécillité dans un empereur.

A peine eft-il vers Verone, que le *Céfar* Ardouin s'enfuit. On voit toujours des rois d'Italie, quand les Allemands n'y font pas ; & dès qu'ils y mettent les pieds, on n'en voit plus.

Henri eft couronné à Pavie. On y confpire contre fa vie. Il étouffe la confpiration, & après beaucoup de fang répandu, il pardonne.

Il ne va point à Rome, & felon l'ufage de fes prédéceffeurs, il quitte l'Italie le plutôt qu'il peut.

1006.

C'eft toujours le fort des princes Allemands, que des troubles les rappellent chez eux, quand ils pourraient affermir en Italie leur domination. Il va défendre les Bohémiens contre les Polonais. Reçu dans Prague, il donne l'inveftiture du duché de Bohéme à Jaromire. Il paffe l'Oder, pourfuit les Polonais jufques dans leur païs, & fait la paix avec eux.

Il bâtit Bamberg, & y fonde un évêché ; mais il donne au pape la feigneurie féodale ; on dit

qu'il fe réferva feulement le droit d'habiter dans
le château:

Il affemble un concile à Francfort fur le Mein,
uniquement à l'occafion de ce nouvel évêché de
Bamberg, auquel s'oppofait l'évêque de Vurtz-
bourg, comme à un démembrement de fon évêché. L'empereur fe profterne devant les évêques.
On difcute les droits de Bamberg & de Vurtz-
bourg fans s'accorder.

1007.

On commence à entendre parler des Pruffiens,
ou des Boruffiens. C'étaient des barbares qui fe
nourriffaient de fang de cheval. Ils habitaient depuis peu des déferts entre la Pologne & la mer
Baltique. On dit qu'ils adoraient des ferpens. Ils
pillaient fouvent les terres de la Pologne. Il faut
bien qu'il y eût enfin quelque chofe à gagner
chez eux, puifque les Polonais y allaient auffi
faire des incurfions.

1008. 1009.

Oton duc de la baffe Lorraine, le dernier qu'on
connaiffe de la race de Charlemagne, étant mort,
Henri fecond donne ce duché à Godefroi comte
des Ardennes. Cette donation caufe des troubles.
Le duc de Baviere en profite pour inquiéter Henri, mais il eft chaffé de la Baviere.

1010.

Herman fils d'E'ar de Turinge, reçoit de
Henri fecond le marquifat de Mifnie.

1011.

Encore des guerres contre la Pologne. Ce n'eſt
que depuis qu'elle eſt feudataire de l'Allemagne ,
que l'Allemagne a des guerres avec elle.

Glogau exiſtait déja en Siléſie. On l'aſſiége.
Les Siléſiens étaient joints aux Polonais.

1012.

Henri fatigué de tous ces troubles, veut ſe faire
chanoine de Strasbourg. Il en fait vœu , & pour
accomplir ce vœu, il fonde un canonicat , dont
le poſſeſſeur eſt appellé *le roi du Chœur.* Ayant
renoncé à être chanoine, il va combattre les Polonais , & calmer des troubles en Bohême.

On place dans ce tems-là l'avanture de Cunegonde , qui accuſée d'adultere, après avoir fait
vœu de chaſteté, montre ſon innocence en ma-
niant un fer ardent. Il faut mettre ce conte avec
le bucher de l'impératrice Marie d'Arragon.

1013.

Depuis que l'Empereur avait quitté l'Italie , Ardouin s'en était réſaiſi, & l'archevêque de Milan
ne ceſſait de prier Henri II. de venir régner.

Henri repaſſe les Alpes du Tirol une ſeconde
fois ; & les Slaves prennent juſtement ce tems-là
pour renoncer au peu de chriſtianiſme qu'ils con-
naiſſaient, & pour ravager tout le territoire de
Hambourg.

H 6

1014.

Dès que l'Empereur est dans le Veronnais, Ardouin prend la fuite. Les Romains sont prêts à recevoir Henri. Il vient à Rome se faire couronner avec Cunegonde. Le pape Benoît VIII. change la formule. Il lui demande d'abord sur les dégrés de St. Pierre : *Voulez-vous garder à moi & à mes successeurs la fidélité en toute chose ?* C'était une espece d'hommage que l'adresse du Pape extorquait de la simplicité de l'Empereur.

L'Empereur va soumettre la Lombardie. Il passe par la Bourgogne, va voir l'abbaye de Cluni, & se fait associer à la communauté. Il passe ensuite à Verdun, & veut se faire moine dans l'abbaye de St. Vall. On prétend que l'abbé, plus sage que Henri, lui dit : *Les moines doivent obéissance à leur abbé : je vous ordonne de rester Empereur.*

1015. 1016. 1017. 1018.

Ces années ne sont remplies que de petites guerres en Bohême & sur les frontieres de la Pologne. Toute cette partie de l'Allemagne depuis l'Elbe, est plus barbare & plus malheureuse que jamais. Tout seigneur qui pouvait armer quelques paysans *serfs*, faisait la guerre à son voisin : & quand les possesseurs des grands fiefs avaient eux-mêmes des guerres à soutenir, ils obligeaient leurs vassaux de laisser là leur querelle, pour revenir les servir ; cela s'appellait le *droit de tréve*.

Comment les Empereurs reſtaient-ils au milieu de cette barbarie, au lieu d'aller réſider à Rome ? c'eſt qu'ils avaient beſoin d'être puiſſans chez les Allemands, pour être reconnus des Romains.

1019. 1020. 1021.

L'autorité de l'Empereur était affermie dans la Lombardie par ſes lieutenans. Mais les Sarrazins venaient toujours dans la Sicile, dans la Pouille, dans la Calabre, & ſe jetterent cette année ſur la Toſcane. Mais leurs incurſions en Italie étaient ſemblables à celles des Slaves & des Hongrois en Allemagne. Ils ne pouvaient plus faire de grandes conquêtes, parce qu'en Eſpagne ils étaient diviſés & affaiblis. Les Grecs poſſédaient toujours une grande partie de la Pouille & de la Calabre, gouvernées par un Catapan. Un Mello prince de Barri, & un prince de Salerne s'éleverent contre ce Catapan.

C'eſt alors que parurent pour la premiere fois ces avanturiers de Normandie, qui fonderent depuis le roiaume de Naples. Ils ſervirent Mello contre les Grecs. Le pape Benoît VIII. & Mello craignant également les Grecs & les Sarrazins, vont à Bamberg demander du ſecours à l'Empereur.

Henri ſecond confirme les donations de ſes prédéceſſeurs au ſiége de Rome, ſe réſervant le pouvoir ſouverain. Il confirme un décret fait à Pavie, par lequel les clercs ne doivent avoir ni femmes ni concubines.

1022.

Il fallait en Italie s'oppofer aux Grecs , & aux Mahométans ; il y va au printems. Son armée eft principalement compofée d'évêques , qui font à la tête de leurs troupes. Ce faint Empereur qui ne permettait pas qu'un foûdiacre eût une femme , permettait que les évêques verfaffent le fang humain. Contradictions trop ordinaires chez les hommes.

Il envoie des troupes vers Capoue & vers la Pouille, mais il ne fe rend point maître du pays ; & c'eft une médiocre conquête que de fe faifir d'un abbé du Mont-Caffin déclaré contre lui, & d'en faire élire un autre.

1023.

Il repaffe bien vite les Alpes, felon la maxime de fes prédéceffeurs, de ne fe pas éloigner longtems de l'Allemagne. Il convient avec Robert roi de France d'avoir une entrevue avec lui dans un bâteau fur la Meufe entre Sedan & Moufon. L'Empereur prévient le roi de France, & va le trouver dans fon camp avec franchife. C'était plutôt une vifite d'amis qu'une conférence de Rois ; exemple peu imité.

1024.

L'Empereur fait enfuite le tour d'une grande partie de l'Allemagne dans une profonde paix, laiffant par tout des marques de générofité & de juftice.

Il fentait que fa fin approchait, quoiqu'il n'eût que cinquante-deux ans. On a écrit qu'avant fa mort il dit aux parens de fa femme : *Vous me l'avez donnée vierge, je vous la rends vierge* ; difcours étrange dans un mari, encore plus dans un mari couronné. Il meurt le 14. juillet ; fon corps eft porté à Bamberg, fa ville favorite. Les chanoines de Bamberg le firent canonifer cent ans après.

CONRAD II. DIT LE SALIQUE

SEIZIEME EMPEREUR.

1024.

On ne peut affez s'étonner du nombre prodigieux de differtations fur les prétendus fept électeurs qu'on a cru inftitués dans ce tems-là. Jamais pourtant il n'y eut de plus grande affemblée que celle où Conrad fecond fut élu. On fut obligé de la tenir en plein champ entre Worms & Mayence. Les ducs de Saxe, de Bohême, de Baviere, de Carintie, de la Suabe, de la Franconie, de la haute & de la baffe Lorraine ; un nombre prodigieux de comtes, d'évêques, d'abbés; tous donnerent leurs voix. Il faut remarquer que les magiftrats des villes y affifterent, mais qu'ils ne donnerent point leurs fuffrages. On fut campé fix femaines dans le champ d'élection avant de fe déterminer.

Enfin le choix tomba fur Conrad furnommé le *Salique* , parce qu'il était né fur la riviere de la Sal. C'était un feigneur de Franconie qu'on fait def-cendre d'Oton le grand par les femmes. Il y a grande apparence qu'il fut choifi comme le moins dangereux de tous les prétendans. Enfin on ne voit point de grandes villes qui lui appartiennent; & il n'eft que le chef de puiffans vaffaux , dont chacun eft auffi fort que lui.

1025. 1026.

L'Allemagne fe regardait toujours comme le centre de l'empire ; & le nom d'Empereur paraif-fait confondu avec celui de roi de Germanie. Les Italiens faififfaient toutes les occafions de féparer ces deux titres.

Les députés des grands fiefs d'Italie vont offrir l'empire à Robert roi de France ; c'était offrir alors un titre fort vain , & des guerres réelles. Robert le refufe fagement. On s'adreffe à un duc de Guienne pair de France. Il l'accepte ayant moins à rifquer. Mais le pape Jean XX. & l'ar-chevêque de Milan font venir Conrad le *Salique* en Italie. Il fait auparavant élire & couronner fon fils Henri roi de Germanie. C'était la cou-tume alors en France , & par tout ailleurs.

Il eft obligé d'affiéger Pavie. Il effuie des fédi-tions à Ravenne. Tout Empereur Allemand ap-pellé en Italie y eft toujours mal reçu.

1027.

A peine Conrad eft couronné à Rome, qu'il

n'y eſt plus en ſûreté. Il repaſſe en Allemagne, &
il y trouve un parti contre lui. Ce ſont-là les cauſes
de ces fréquens voyages des Empereurs.

1028. 1029. 1030.

Henri duc de Baviere étant mort, le roi de
Hongrie Etienne, parent par ſa mere, demande
la Baviere, au préjudice du fils du dernier duc ;
preuve que les droits du ſang n'étaient pas encore
bien établis. Et en effet rien ne l'était. L'Empereur donne la Baviere au fils. Le Hongrois veut
l'avoir les armes à la main. On ſe bat, & on l'ap-
paiſe. Et après la mort de cet Etienné, l'Empereur a le crédit de faire placer ſur le trône de
Hongrie un parent d'Etienne nommé Pierre. Il a
de plus le pouvoir de ſe faire rendre hommage &
de ſe faire payer un tribut par ce roi Pierre, que
les Hongrois irrités appellerent Pierre *l'Allemand*, les Papes qui croyaient toujours avoir
érigé la Hongrie en roiaume auraient voulu qu'on
l'appellât par Pierre le Romain.

Erneſt duc de Suabe, qui avait armé contre
l'Empereur, eſt mis au ban de l'empire. *Ban*
ſignifiait d'abord banniere ; enſuite édit, publi-
cation; il ſignifia auſſi depuis *banniſſement*. C'eſt
un des premiers exemples de cette proſcription.
La formule était : *Nous déclarons ta femme veuve,
tes enfans orphelins, & nous t'envoyons au nom
du diable aux quatre coins du monde.*

1031. 1032.

On commence alors à connaître des ſouverains

dé Siléfie , qui ne font fous le joug ni de la Bohême , ni de la Pologne ; la Pologne fe détache infenfiblement de l'empire , & ne veut plus le reconnaître.

1032. 1033. 1034.

Si l'empire perd un vaffal dans la Pologne, il en acquiert cent dans le roiaume de Bourgogne.

Le dernier roi Rodolphe qui n'avait point d'enfans , laiffe en mourant fes états à Conrad le *Salique*. C'était très-peu de domaine avec la fupériorité territoriale , ou du moins des prétentions de fupériorité , c'eft-à-dire de fuzeraineté, de domaine fuprême , fur les Suiffes, les Grifons , la Provence , la Franche-Comté , la Savoie , Genêve , le Dauphiné. C'eft de là que les terres audelà du Rhône font encore appellées terres d'empire. Tous les feigneurs de ces cantons qui relevaient auparavant de Rodolphe , relevent de l'Empereur.

Quelques évêques s'étaient érigés auffi en princes feudataires. Conrad leur donna à tous les mêmes droits. Les Empereurs éleverent toujours les évêques pour les oppofer aux feigneurs , ils s'en trouverent bien quand ces deux corps étaient divifés , & mal quand ils s'uniffaient.

Les fiéges de Lyon, de Befançon, d'Ambrun, de Vienne, de Lauzanne, de Genéve, de Bâle, de Grenoble, de Valence, de Gap, de Die furent des fiefs impériaux.

De tous les feudataires de la Bourgogne, un

feul jette les fondemens d'une puiſſance durable.
C'eſt Humbert *aux blanches mains* , tige des ducs
de Savoie. Il n'avait que la Morienne , l'Empereur
lui donne le Chablais , le Valais , & Saint-Mau-
rice : ainſi de la Pologne juſqu'à l'Eſcaut , & de la
Saone au Garillan les Empereurs faiſaient par tout
des princes , & ſe regardaient comme les ſeigneurs
ſuzerains de preſque toute l'Europe.

Depuis 1035. juſqu'à 1039.

L'Italie encore troublée rappelle encore Conrad. Ce même archevêque de Milan qui avait
couronné l'Empereur , était par cette raiſon-là
même contre lui. Ses droits & ſes prétentions en
avaient augmenté. Conrad le fait arrêter avec
trois autres évêques. Il eſt enſuite obligé d'aſſié-
ger Milan , & il ne peut le prendre. Il y perd une
partie de ſon armée , & il perd par conſéquent
tout ſon crédit dans Rome.

Il va faire des loix à Benevent & à Capoue ,
mais pendant ce tems les avanturiers Normands
y font des conquêtes.

Enfin il rentre dans Milan par des négociations,
& il s'en retourne ſelon l'uſage ordinaire.

Une maladie le fait mourir à Utrecht le 4. juin
1039.

HENRI III.

DIX-SEPTIÈME EMPEREUR.

Depuis 1039. jusqu'à 1042.

Henri III. surnommé *le Noir* fils de Conrad, déja couronné du vivant de son pere, est reconnu sans difficulté. Il est couronné & sacré une seconde fois par l'archevêque de Cologne. Les premieres années de son regne sont signalées par des guerres contre la Bohême, la Pologne, la Hongrie, mais qui n'operent aucun grand évenement.

Il donne l'archevêché de Lyon, & investit l'archevêque par la crosse & par l'anneau sans aucune contradiction ; deux choses très remarquables. Elles prouvent que Lyon était ville impériale, & que les Rois étaient en possession d'investir les Evêques.

Depuis 1042. jusqu'à 1046.

La confusion ordinaire bouleversait Rome & l'Italie.

La maison de Toscanelle avait toujours dans Rome la principale autorité. Elle avait acheté le pontificat pour un enfant de douze ans de cette maison. Deux autres l'ayant acheté aussi, ces trois pontifes partagerent en trois les revenus,

& s'accorderent à vivre paifiblement, abandonnant les affaires politiques au chef de la maifon de
Tofcanelle.

Ce triumvirat fingulier dura tant qu'ils eurent
de l'argent pour fournir à leurs plaifirs; & quand
ils n'en eurent plus, chacun vendit fa part de la
papauté au diacre Gratien, que le pere Maimbourg
appelle *un faint Prêtre*, homme de qualité, fort
riche. Mais comme le jeune Benoît IX. avait
été élu long-tems avant les deux autres, on lui
laiffa par un accord folemnel la jouiffance du
tribut que l'Angleterre payait alors à Rome, &
qu'on appellait le *Denier de St. Pierre*, à quoi
les rois d'Angleterre s'étaient foumis depuis long-
tems.

Ce Gratien qui prit le nom de Gregoire VI.
& qui paffe pour s'être conduit fagement, jouiffait
paifiblement du pontificat, lorfque l'empereur
Henri III. vint à Rome.

Jamais Empereur n'y exerça plus d'autorité. Il
dépofa Gregoire VI. comme fimoniaque, & nomma pape Suidger fon chancelier évêque de Bamberg, fans qu'on osât murmurer.

Le chancelier devenu Pape, facre l'Empereur
& fa femme, & promet tout ce que les Papes
ont promis aux Empereurs, quand ceux-ci ont
été les plus forts.

1047.

Henri III. donne l'inveftiture de la Pouille, de
la Calabre, & de prefque tout le Beneventin,

excepté la ville de Benevent & fon territoire,
aux princes Normands qui avaient conquis ces
pays fur les Grecs & fur les Sarrazins. Les Papes
ne prétendaient pas alors donner ces états. La
ville de Benevent appartenait encore aux Pandolfes de Tofcanelle.

L'Empereur repaffe en Allemagne, & conf ére
tous les évêchés vacans.

1048.

Le duché de la Lorraine mofellanique eft donné à Gerard d'Alface, & la baffe Lorraine à la
maifon de Luxembourg. La maifon d'Alface depuis ce tems n'eft connue que fous le titre de
marquis & ducs de Lorraine.

Le Pape étant mort, on voit encore l'Empereur donner un Pape à Rome, comme on don-
niait un autre bénéfice. Henri III. envoie un Bavarois nommé Popon, qui fur le champ eft reconnu Pape fous le nom de Damafe fecond.

1049.

Damafe mort, l'Empereur dans l'affemblée de
Worms, nomme l'évêque de Toul Brunon, pape;
& l'envoie prendre poffeffion. C'eft le pape Leon
IX. il eft le premier Pape qui ait gardé fon évêché avec celui de Rome. Il n'eft pas furprenant
que les Empereurs difpofent ainfi du faint Siége,
Theodora & Marofie y avaient accoutumé les
Romains, & fans Nicolas II. & Gregoire VII. le
pontificat eût toujours été dépendant. On leur eût
baifé les pieds & ils euffent été efclaves.

1050. 1051. 1052.

Les Hongrois tuent leur roi Pierre ; renoncent à la religion chrétienne & à l'hommage qu'ils avaient fait à l'empire. Henri III. leur fait une guerre malheureufe : il ne peut la finir qu'en donnant fa fille au nouveau roi de Hongrie André qui était chrétien, quoique fes peuples ne le fuffent pas.

1053.

Le pape Leon IX. vient dans Worms fe plaindre à l'Empereur que les princes Normands deviennent trop puiffans.

Henri III. reprend les droits féodaux de Bamberg, & donne au Pape la ville de Benevent en échange. On ne pouvait donner au Pape que la ville, les princes Normands ayant fait hommage à l'empire pour le refte du duché : mais l'Empereur donna au Pape une armée avec laquelle il pourrait chaffer ces nouveaux conquérans devenus trop voifins de Rome.

Leon IX. mene contre eux cette armée, dont la moitié eft commandée par des eccléfiaftiques.

Humfroid, Richard, & Robert Guifcard ou Guichard, ces Normands fi fameux dans l'hiftoire, taillent en piéces l'armée du Pape, trois fois plus forte que la leur. Ils prennent le Pape prifonnier, fe jettent à fes pieds, & le menent prifonnier dans la ville de Benevent.

1054.

L'Empereur affecte la puissance absolue. Le duc
de Baviere ayant la guerre avec l'évêque de Ratisbonne, Henri III. prend le parti de l'évêque,
cite le duc de Baviere devant son conseil privé,
dépouille le duc, & donne la Baviere à son propre fils Henri âgé de trois ans. C'est le célébre
empereur Henri IV.

Le duc de Baviere se réfugie chez les Hongrois,
& veut en vain les intéresser à sa vengeance.

L'Empereur propose aux seigneurs qui lui sont
le plus attachés, d'assurer l'empire à son fils presque au berceau. Il le fait déclarer roi des Romains dans le château de Tribur près de Mayence.
Ce titre n'était pas nouveau. Il avait été pris par
Ludolphe fils d'Oton I.

1055.

Il fait un traité d'alliance avec Contarini duc
de Venise. Cette république était déja puissante
& riche, quoiqu'elle ne battit monnoie que depuis l'an 950. & qu'elle ne fût affranchie que depuis 998. d'une redevance d'un manteau de drap
d'or, seul tribut qu'elle avait payé aux Empereurs.

Gênes était la rivale de sa puissance & de son
commerce. Elle avait déja la Corse qu'elle avait
prise sur les Arabes; mais son négoce valait plus
que la Corse, que les Pisans lui disputerent.

Il n'y avait point de telles villes en Allemagne;
& tout ce qui était au-delà du Rhin, était pauvre
& grossier. Les peuples du Nord & de l'Est plus

pauvres

pauvres encore ravageaient tous ces pays.

1056.

Les Slaves font encore une irruption & défolent le duché de Saxe.

Henri III. meurt auprès de Paderborn entre
les bras du pape Victor fecond, qui avant fa mort
facre empereur fon fils Henri IV. âgé de près de
fix ans.

HENRI IV.

DIX-HUITIEME EMPEREUR.

1056.

Une femme gouverne l'Empire. C'était une
Françaife, fille d'un duc de Guienne pair de France,
nommée Agnès, mere du jeune Henri IV. &
Agnès qui avait de droit la tutelle des biens patri-
moniaux de fon fils, n'eut celle de l'Empire que
parce qu'elle fut habile & courageufe.

Depuis 1057. jufqu'à 1069.

Les premieres années du regne de Henri IV.
font des tems de trouble obfcurs.

Des feigneurs particuliers fe font la guerre en
Allemagne. Le duc de Bohême toujours vaffal de
l'Empire, eft attaqué par la Pologne, qui n'en
veut plus être membre.

Les Hongrois fi longtems redoutables à l'Alle-

magne, font obligés de demander enfin du fecours
aux Allemands contre les Polonais devenus dangereux, & malgré ce fecours ils font battus. Le
roi André & fa femme fe réfugient à Ratifbonne.

Il paraît qu'aucune politique, aucun grand deffein n'entrent dans ces guerres. Les fujets les
plus légers les produifent : quelquefois elles ont
leur fource dans l'efprit de chevalerie introduit
alors en Allemagne. Un comte de Hollande par
exemple, fait la guerre contre les évêques de Cologne & de Liége, pour une querelle dans un
tournoi.

Le refte de l'Europe ne prend nulle part aux
affaires de l'Allemagne. Point de guerre avec la
France, nulle influence en Angleterre ni dans le
Nord, & alors même très-peu en Italie, quoique
Henri IV. en fût Roi & Empereur.

L'impératrice Agnès maintient fa régence avec
beaucoup de peine.

Enfin en 1061. les ducs de Saxe & de Baviere
oncles de Henri IV. un archevêque de Cologne,
& d'autres princes enlevent l'Empereur à fa mere,
qu'on accufait de tout facrifier à l'évêque d'Augf-
bourg fon miniftre & fon amant. Elle fuit à
Rome, & y prend le voile. Les feigneurs reftent
maîtres de l'empereur & de l'Allemagne jufqu'à fa majorité.

Cependant en Italie après bien des troubles,
toujours excités au fujet du pontificat, le pape
Nicolas fecond en 1059. avait ftatué dans un

concile de cent treize évêques, que déformais les cardinaux feuls éliraient le pape, qu'il ferait enfuite préfenté au peuple pour faire confirmer l'élection, *fauf*, ajoute-t-il, *l'honneur & le refpect dû à notre cher fils Henri, maintenant Roi; qui, s'il plait à Dieu, fera Empereur felon le droit que nous lui en avons déja donné.*

On fe prévalait ainfi de la minorité de Henri IV. pour accréditer des droits & des prétentions que les pontifes de Rome foutinrent toujours quand ils le purent.

Il s'établiffait alors une coutume, que la crainte des rapacités de mille petits tirans d'italie avait introduite. On donnait fes biens à l'églife fous le titre d'*oblata*, & on en reftait poffeffeur feudataire avec une légere redevance. Voilà l'origine de la fuzeraineté de Rome fur le roiaume de Naples.

Ce même pape Nicolas II. après avoir inutilement excommunié les conquérans Normands, s'en fait des protecteurs, & des vaffaux; & ceux-ci qui étaient feudataires de l'Empire, & qui craignaient bien moins les Papes que les Empereurs, font hommage de leurs terres au pape Nicolas dans le concile de Melphi en 1059. Les Papes dans ces commencemens de leur puiffance étaient comme les califes dans la décadence de la leur, ils donnaient l'inveftiture au plus fort qu la demandait.

Robert reçoit du Pape la couronne ducale de

la Pouille & de la Calabre, & est investi par l'étendart. Richard est confirmé prince de Capoue, & le Pape leur donne encore la Sicile, *en cas qu'ils en chaffent les Sarrazins.*

En effet Robert & ses freres s'emparerent de la Sicile en 1651. & par-là rendirent le plus grand service à l'Italie.

Les Papes n'eurent que longtems après Bénévent, laissé par les princes Normands aux Pandolfes de la maison de Toscanelle.

1069.

Henri IV. devenu majeur, sort de la captivité où le retenaient les ducs de Saxe & de Baviere.

Tout était alors dans la plus horrible confusion. Qu'on en juge par le droit de rançonner les voiageurs ; droit que tous les seigneurs, depuis le Mein & le Weser jusqu'au pays des Slaves, comptaient parmi les prérogatives féodales.

Le droit de dépouiller l'Empereur paraissait aussi fort naturel aux ducs de Baviere, de Saxe, au marquis de Turinge. Ils forment une ligue contre lui.

1070.

Henri IV. aidé du reste de l'Empire dissipe la ligue.

Oton de Baviere est mis au ban de l'Empire. C'est le second souverain de ce duché qui essuie cette disgrace. L'Empereur donne la Baviere à Guelfe fils d'Azon, marquis d'Italie.

1071. 1072.

L'Empereur quoique jeune & livré aux plaifirs, parcourt l'Allemagne pour y mettre quelque ordre.

L'année 1072. eft la premiere époque des fameufes querelles pour les inveftitures.

Alexandre II. avait été élu Pape fans confulter la cour impériale, & était refté Pape malgré elle. Hildebrand né à Soanne en Tofcane de parens inconnus, moine de Cluni fous l'abbé Odilon, & depuis cardinal, gouvernait le pontificat. Il eft affez connu fous le nom de Gregoire VII. efprit vafte, inquiet, ardent, mais artificieux jufques dans l'impétuofité : le plus fier des hommes, le plus zélé des prêtres. Il avait déja par fes confeils raffermi l'autorité du facerdoce.

Il engage le pape Alexandre à citer l'Empereur à fon tribunal. Cette témérité paraît ridicule; mais fi on fonge à l'état où fe trouvait alors l'Empereur, elle ne l'eft point. La Saxe, la Turinge, une partie de l'Allemagne étaient alors déclarées contre Henri IV.

1073.

Alexandre II. étant mort, Hildebrand a le crédit de fe faire élire par le peuple fans demander les voix des cardinaux, & fans attendre le confentement de l'Empereur. Il écrit à ce prince qu'il a été élu malgré lui, & qu'il eft prêt à fe démet-

I 3

tre. Henri IV. envoie son chancelier confirmer l'élection du Pape, qui alors n'ayant plus rien à craindre, leve le masque.

1074.

Henri continue à faire la guerre aux Saxons, & à la ligue établie contre lui. Henri IV. est vainqueur.

1075.

Les Russes commençaient alors à être chrétiens, & connus dans l'Occident.

Un Demetrius (car les noms grecs étaient parvenus jusques dans cette partie du monde) chassé de ses états par son frere, vient à Mayence implorer l'assistance de l'Empereur; & ce qui est plus remarquable, il envoie son fils à Rome aux pieds de Gregoire VII. comme au juge des chrétiens. L'Empereur passait pour le chef temporel, & le Pape pour le chef spirituel de l'Europe.

Henri acheve de dissiper la ligue, & rend la paix à l'Empire.

Il paraît qu'il redoutait de nouvelles révolutions; car il écrivit une lettre très-soumise au Pape, dans laquelle il s'accuse de débauche & de simonie; il faut l'en croire sur sa parole. Son aveu donnait à Gregoire VII. le droit de le reprendre. C'est le plus beau des droits. Mais il ne donne pas celui de disposer des couronnes.

Gregoire VII. écrit aux évêques de Brême, de Constance, à l'archevêque de Mayence, & à

d'autres, & leur ordonne de venir à Rome.
Vous avez permis aux clercs, dit-il, de garder leurs concubines, & même d'en prendre de nouvelles, nous vous ordonnons de venir à Rome au premier concile.

Il s'agiffait auffi de dimes eccléfiaftiques, que les évêques & les abbés d'Allemagne fe difputaient.

Grégoire VII. propofe le premier une croifade il en écrit à Henri IV. Il prétend qu'il ira délivrer le faint fepulcre à la tête de cinquante mille hommes, & veut que l'Empereur vienne fervir fous lui. L'efprit qui régnait alors, ôte à cette idée du Pape l'air de la démence, & n'y laiffe que celui de la grandeur.

Le deffein de commander à l'Empereur & à tous les Rois ne paraiffait pas moins chimérique; c'eft cependant ce qu'il entreprit, & non fans quelques fuccès.

Salomon, roi de Hongrie, chaffé d'une partie de fes Etats, & n'étant plus maître que de Prefbourg jufqu'à l'Autriche, vient à Worms renouveller l'hommage de la Hongrie à l'Empire.

Grégoire VII. lui écrit : *Vous devez favoir que le royaume de Hongrie appartient à l'Eglife Romaine. Apprenez que vous éprouverez l'indignation du Saint Siége, fi vous ne reconnaiffez que vous tenez vos Etats de lui & non du royaume.*

Le Pape exige du duc de Bohême cent marcs d'argent en tribut annuel, & lui donne en récompenfe le droit de porter la mitre.

I 4

1076.

Henri IV. jouiſſait toujours du droit de nommer les évêques & les abbés , & de donner l'inveſtiture par la croſſe & par l'anneau ; ce droit lui était commun avec preſque tous les princes. Il appartient naturellement aux peuples de choiſir ſes pontifes & ſes magiſtrats. Il eſt juſte que l'autorité royale y concoure. Mais cette autorité avait tout envahi. Les Empereurs nommaient aux évêchés , & Henri IV. les vendait. Grégoire en s'oppoſant à l'abus , ſoutenait la liberté naturelle des hommes ; mais en s'oppoſant au concours de l'autorité impériale , il introduiſait un abus plus grand encore. C'eſt alors qu'éclaterent les diviſions entre l'empire & le ſacerdoce.

Les prédéceſſeurs de Grégoire VII. n'avaient envoyé des légats aux empereurs que pour les prier de venir les ſecourir , & de ſe faire couronner dans Rome. Gregoire envoie deux légats à Henri pour le citer à venir comparaître devant lui comme un accuſé.

Les légats arrivés à Goſlar ſont abandonnés aux inſultes des valets. On aſſemble pour réponſe une diéte dans Worms , où ſe trouvent preſque tous les ſeigneurs , les évêques & les abbés d'Allemagne.

Un cardinal nommé Hugues y demande juſtice de tous les crimes qu'il impute au Pape. Grégoire y eſt dépoſé à la pluralité des voix ; mais il fallait avoir une armée pour aller à Rome soutenir ce jugement.

Le Pape de son côté dépose l'Empereur par une Bulle : *Je lui défends*, dit-il, *de gouverner le royaume Teutonique & l'Italie , & je délivre ses Sujets du serment de fidélité.*

Grégoire plus habile que l'Empereur savait bien que ces excommunications seraient secondées par des guerres civiles. Il met des évêques Allemands dans son parti. Ces évêques gagnent des seigneurs. Les Saxons anciens ennemis de Henri se joignent à eux. L'excommunication de Henri IV leur sert de prétexte.

Ce même Guelfe à qui l'Empereur avait donné la Baviere , s'arme contre lui de ses bienfaits & soutient les mécontens.

Enfin la plûpart des mêmes évêques & des mêmes princes qui avaient déposé Grégoire VII. soumettent leur Empereur au jugement de ce pape. Ils décretent que le pape viendra juger définitivement l'empereur dans Augsbourg.

1077.

L'Empereur veut prévenir ce jugement fatal d'Augsbourg , & par une résolution inouie il va , suivi de peu de domestiques , demander au pape l'absolution.

Le Pape était alors dans la forteresse de Canosse sur l'Apennin avec la comtesse Mathilde , propre cousine de l'Empereur.

I ij.

Cette comtesse Mathilde est la véritable cause de toutes les guerres entre les Empereurs & les Papes, qui ont si longtems désolé l'Italie. Elle possédait de son chef une grande partie de la Toscane, Mantoue, Parme, Reggio, Plaisance, Ferrare, Modéne, Vérone, presque tout ce qu'on appelle aujourd'hui le patrimoine de saint Pierre de Viterbe jusqu'à Orviette, une partie de l'Ombrie, de Spoléte, de la marche d'Ancone. On l'appellait la grande comtesse, quelquefois duchesse, il n'y avait alors aucune formule de titres, usitée en Europe ; on disait aux rois votre excellence, votre sérénité, votre grandeur, votre grace indifféremment. Le titre de majesté était rarement donné aux Empereurs, & c'était plutôt une épithéte qu'un nom d'honneur affecté à la dignité impériale. Il y a encore un diplôme d'une donation de Mathilde à l'évêque de Modéne qui commence ainsi : *En présence de Mathilde par la grace de Dieu duchesse & comtesse.* Sa mere sœur de Henri III. & très-maltraitée par son frere, avait nourri cette puissante princesse dans une haine implacable contre la maison de Henri. Elle était soumise au pape, qui était son directeur, & que ses ennemis accusaient d'étre son amant. Son attachement à Grégoire & sa haine contre les Allemands allerent au point qu'elle fit une donation de toutes ses terres au Pape.

C'est en présence de cette comtesse Mathilde, qu'au mois de Janvier 1677. l'empereur, pieds nuds & couvert d'un cilice, se prosterne aux pieds

du pape, en lui jurant qu'il lui fera en tout par-
faitement foumis, & qu'il ira attendre fon arrêt à
Augsbourg.

Tous les feigneurs Lombards commençaient
alors à être beaucoup plus mécontens du Pape
que de l'empereur. La donation de Mathilde leur
donnait des allarmes. Ils promettent à Henri IV.
de le fecourir, s'il caffe le traité honteux qu'il
vient de faire. Alors on voit ce qu'on n'avait point
vû encore, un empereur allemand fecouru par
l'Italie, & abandonné par l'Allemagne.

Les feigneurs & les évêques affemblés à For-
cheim en Franconie, animés par les légats du
pape, dépofent l'empereur, & réuniffent leurs
fuffrages en faveur de Rodolphe de Reinfeld, duc
de Suabe.

1078.

Grégoire fe conduit alors en juge fuprême des
rois. Il a dépofé Henri IV. mais il peut lui pardonner. Il trouve mauvais qu'on n'ait pas attendu
fon ordre précis pour facrer le nouvel élû à
Mayence. Il déclare de la forterefle de Canoffe
où les feigneurs Lombards le tiennent bloqué,
qu'il reconnaîtra pour empereur & pour roi
d'Allemagne celui des concurrens qui lui obéira
le mieux.

Henri IV. repaffe en Allemagne, ranime fon
parti, leve une armée. Prefque toute l'Allemagne
eft mife par les deux partis à feu & à fang.

I 6

1079.

On voit tous les évêques en armes dans cette guerre. Un évêque de Strasbourg partisan de Henri va piller tous les couvens déclarés pour le Pape.

1080.

Pendant qu'on se bat en Allemagne, Grégoire VII. échappé aux Lombards, excommunie de nouveau Henri, & par sa bulle du 7 Mars, *Nous donnons*, dit il, *le royaume Teutonique à Rodolphe, & nous condamnons Henri à être vaincu.*

Il envoie à Rodolphe une couronne d'or avec ce mauvais vers si connu.

Petra dedit Petro, Petrus diadema Rodolpho.

Henri IV. de son côté assemble trente évêques & quelques seigneurs Allemands & Lombards à Prixen, & dépose le pape pour la seconde fois aussi inutilement que la premiere.

Bertrand, comte de Provence, se soustrait à l'obéissance des deux Empereurs, & fait hommage au Pape. La ville d'Arles reste fidéle à Henri.

Grégoire VII. se fortifie de la protection des princes Normans, & leur donne une nouvelle investiture, à condition qu'ils défendront toujours les Papes.

Grégoire encourage Rodolphe & son parti, & leur promet que Henri mourra cette année. Mais

dans la fameufe bataille de Mersbourg Henri IV.
affifté de Godefroi de Bouillon fait retomber la
prédiction du Pape fur Rodolphe fon compétiteur
bleffé à mort par Godefroi même.

1081.

Henri fe venge fur la Saxe, qui devient alors le
pays le plus malheureux.

Avant de partir pour l'Italie, il donne fa fille
Agnès au baron Fréderic de Stauffen qui l'avait
aidé, ainfi que Godefroi de Bouillon, à gagner la
bataille décifive de Mersbourg. Le duché de Suabe
eft fa dot. C'eft l'origine de l'illuftre & malheureufe maifon de Suabe.

Henri vainqueur paffe en Italie. Les places de
la comteffe Mathilde lui réfiftent. Il amenait avec
lui un Pape de fa façon, nommé Guibert : mais
cela même l'empêche d'abord d'être reçu à Rome.

1082.

Les Saxons fe font un fantôme d'Empereur : c'eft
un comte Herman à peine connu.

1083.

Henri affiége Rome. Grégoire lui propofe de
venir encore lui demander l'abfolution, & lui
promet de le couronner à ce prix. Henri pour
réponfe prend la ville ; le Pape s'enferme dans
le château Saint-Ange.

Robert Guifchard vient à fon fecours, quoiqu'il eût eu auffi quelques années auparavant fa
part des excommunications que Grégoire avait

prodiguées. On négocie ; on fait promettre au Pape de couronner Henri.

Grégoire pour tenir fa promeffe, propofe de defcendre la couronne du haut du château faint-Ange avec une corde , & de couronner ainfi l'Empereur.

1084.

Henri ne s'accommode point de cette plaifante cérémonie. Il fait inthronifer fon antipape Gui-bert , & eft couronné folemnellement par lui.

Cependant Robert Guichard ayant reçu de nouvelles troupes, cet avanturier Normand force l'empereur à s'éloigner, tire le pape du château Saint-Ange, devient à la fois fon protecteur & fon maître , & l'emmene à Salerne où Grégoire demeura jufqu'à fa mort prifonnier de fes libéra-teurs, mais toujours parlant en maître des rois , & en martyr de l'églife.

1085.

L'Empereur retourne à Rome, s'y fait recon-naître lui & fon Pape, & fe hâte de retourner en Allemagne, comme tous fes prédéceffeurs qui pa-raiffaient n'être venus prendre Rome que par cé-rémonie. Les divifions de l'Allemagne le rappel-laient : il fallait écrafer l'anti-empereur, & domp-ter les Saxons. Mais il ne peut jamais avoir de grandes armées, ni par conféquent de fuccès en-tiers.

1086.

Il foumet la Thuringe ; mais la Baviere foule-vée par l'ingratitude de Guelfe , la moitié de la Suabe , qui ne veut point reconnaître fon gendre, fe déclare contre lui ; & la guerre civile eft dans toute l'Allemagne.

1087.

Grégoire VII. étant mort, Didier, abbé du Mont-Caffin , eft pape fous le nom de Victor III. La comteffe Mathilde fidéle à fa haine contre Henri IV. fournit des troupes à ce Victor , pour chaffer de Rome la garnifon de l'Empereur, & fon pape Guibert. Victor meurt , & Rome n'eft pas moins fouftraite à l'autorité impériale.

1088.

L'anti-empereur Herman n'ayant plus ni argent ni troupes , vient fe jetter aux genoux de Henri IV. & meurt enfuite ignoré.

1089.

Henri IV. époufe une princeffe Ruffe , veuve d'un marquis de Brandebourg de la maifon de Stade. Ce n'était pas un mariage de politique.

Il donne le marquifat de Mifnie au comte de Lantzberg, l'un des plus anciens feigneurs Saxons. C'eft de ce marquis de Mifnie que defcend toute la maifon de Saxe.

Ayant pacifié l'Allemagne, il repaffe en Italie. Le plus grand obftacle qu'il y trouve , eft toujours cette comtesse Mathilde , remariée depuis peu avec le jeune Guelfe , fils de cet ingrat Guelfe , à qui Henri IV. avait donné la Baviere.

La Comtesse soutient la guerre dans ses Etats contre l'Empereur , qui retourne en Allemagne , sans avoir rien perdu.

Ce Guelfe , mari de la comtesse Mathilde , est , dit-on , la premiere origine de la faction des *Guelfes* , par laquelle on désigna depuis en Italie le parti des Papes. Le mot de *Gibelin* fut long-tems depuis appliqué à la faction des Empereurs , parce que Henri , fils de Conrad III. naquit à Ghibeling. Cette origine de ces deux mots de guerre est aussi probable & aussi incertaine que les autres.

1090.

Le nouveau pape Urbain II. auteur des Croisades , poursuit Henri IV. avec non moins de vivacité que Grégoire VII.

Les évêques de Constance & de Passau soulévent le peuple. Sa nouvelle femme , Adelaïde de Russie , & son fils Conrad, né de Berthe, se révoltent contre lui Jamais Empereur , ni mari , ni pere , ne fut plus malheureux que Henri IV.

1091.

L'Impératrice Adelaïde , & Conrad son beau-fils , passent en Italie. La comtesse Mathilde leur donne des troupes & de l'argent. Roger , duc de Calabre , marie sa fille à Conrad.

Le Pape Urbain ayant fait cette puiffante ligue contre l'Empereur, ne manque pas de l'excommunier.

1092.

L'empereur, en partant d'Italie, avait laiffé une garnifon dans Rome. Il était encore maître du palais de Latran, qui était affez fort, & où fon Pape Guibert était revenu.

Le Commandant de la garnifon vend au Pape la garnifon & le palais. Geoffroi, abbé de Vendôme, qui était alors à Rome, prête à Urbain fecond l'argent qu'il faut pour ce marché, & Urbain fecond le rembourfe par le titre de Cardinal qu'il lui donne, à lui & à fes fuccefleurs. Le Pape Guibert s'enfuit.

1093. 1094. 1095.

Les efprits s'occupent pendant ces années en Europe de l'idée des croifades, que le fameux hermite Pierre prêchait par-tout, avec un enthoufiafme qu'il communiquait de ville en ville.

Grand Concile, ou plutôt affemblée prodigieufe à Plaifance en 1095. Il y avait plus de quarante mille hommes; & le Concile fe tenait en plein champ. Le Pape y propofe la croifade.

L'Impératrice Adelaïde & la comteffe Mathilde y demandent folemnellement juftice de l'Empereur Henri IV.

Conrad vient baifer les pieds d'Urbain fecond, lui prête ferment de fidélité, & conduit fon che-

val par la bride. Urbain lui promet de le couronner Empereur , à condition qu'il renoncera aux
inveftitures. Enfuite il le baife à la bouche , &
mange avec lui dans Crémone.

1096.

La croifade ayant été préchée en France avec
plus de fuccès qu'à Plaifance, Gautier *fans avoir*,
l'hermite Pierre, & un moine Allemand, nommé
Godefcald, prennent leur chemin par l'Allemagne , fuivis d'une armée de vagabonds.

1097.

Comme ces vagabonds portaient la croix, &
n'avaient point d'argent, & que les Juifs , qui
faifaient tout le commerce d'Allemagne , en
avaient beaucoup , les croifés commencerènt
leurs expéditions par eux à Worms, à Cologne,
à Mayence, à Tréves, & dans plufieurs autres
villes. On les égorge, on les brûle. Prefque toute
la ville de Mayence eft réduite en cendres par ces
défordres.

L'empereur Henri réprime ces excès autant
qu'il le peut, & laiffe les croifés prendre leur
chemin par la Hongrie , où ils font prefque tous
maffacrés.

Le jeune Guelfe fe brouille avec fa femme Mathilde, Il fe fépare d'elle ; & cette brouillerie rétablit un peu les affaires de l'Empereur.

1098.

Henri tient une diéte à Aix-la-Chapelle , où il

fait déclarer fon fils Conrad indigne de jamais régner.

1099.

Il fait élire & couronner fon fecond fils Henri ; ne fe doutant pas qu'il aurait plus à fe plaindre du cadet que de l'aîné.

1100.

L'autorité de l'Empereur eft abfolument détruite en Italie, mais rétablie en Allemagne.

1101.

Conrad le rebelle meurt fubitement à Florence. Le Pape Pafcal fecond, auquel les faibles Lieutenans de l'Empereur en Italie, oppofaient en vain des antipapes, excommunie Henri IV. à l'exemple de fes prédéceffeurs.

1102.

La comteffe Mathilde, brouillée avec fon mari, renouvelle fa donation à l'Eglife Romaine.

Brunon, archevêque de Tréves, Primat des Gaules de Germanie, invefti par l'Empereur, va à Rome, où il eft obligé de demander pardon d'avoir reçû l'inveftiture.

1104.

Henri IV. promet d'aller à la Terre-fainte. C'était le feul moyen alors de gagner tous les efprits.

1105.

Mais dans ce même tems, l'archevêque de

Mayence & l'évêque de Conftance, legats du Pape, voyant que la croifade de l'Empereur n'eft qu'une feinte, excitent fon fils Henri contre lui. Ils le relevent de l'excommunication qu'il a, difent-ils encourue, *pour avoir eté fidéle à fon pere.* Le pape l'encourage ; on gagne plufieurs Seigneurs Saxons & Bavarois.

Les partifans du jeune Henri affemblent un Concile & une armée. On ne laiffe pas de faire dans ce Concile des loix fages. On y confirme ce qu'on appelle la *tréve de Dieu* ; monument de l'horrible barbarie de ces tems-là. Cette tréve était une défenfe aux Seigneurs & aux Barons, tous en guerre les uns contre les autres, de fe tuer les Dimanches & les Fêtes.

Le jeune Henri protefte dans le Concile, qu'il eft prêt de fe foumettre à fon pere, fi fon pere fe foumet au Pape. Tout le Concile cria *Kyrie eleifon.* C'était la priere des armées & des Conciles.

Cependant ce fils révolté met dans fon parti le marquis d'Autriche & le duc de Bohême. Les ducs de Bohême prenaient alors quelquefois le titre de roi, depuis que le Pape leur avait donné la mitre.

Son parti fe fortifie. L'empereur écrit en vain au pape Pafcal, qui ne l'écoute pas. On indique une diéte à Mayence pour appaifer tant de troubles.

Le jeune Henri feint de fe réconcilier avec fon

pere. Il lui demande pardon les larmes aux yeux , & l'ayant attiré près de Mayence , dans le château de Bingenheim ; il l'y fait arrêter , & le retient en prifon.

1106.

La diéte de Mayence fe déclare pour le fils perfide contre le pere malheureux. On fignifie a l'empereur qu'il faut qu'il envoie les ornemens Impériaux au jeune Henri. On les lui prend de force ; on les porte à Mayence. L'ufurpateur dénaturé y eft couronné. Mais il affure en foupirant que c'eft malgré lui, & qu'il rendra la couronne à fon pere , dès que Henri IV. fera obéiffant au Pape.

On trouve dans les conftitutions de Goldaft une lettre de l'empereur à fon fils , par laquelle il le conjure de fouffrir au moins que l'évêque de Liége lui donne un afyle. *Laiffez-moi* , dit-il , *refter à Liége , finon en Empereur , du moins en réfugié. Qu'il ne foit pas dit à ma honte , ou plutôt à la vôtre , que je fois forcé de mandier de nouveaux afyles dans le tems de Pâques. Si vous m'accordez ce que je vous demande , je vous en aurai une grande obligation : fi vous me refufez , j'irai plutôt vivre en villageois dans des pays étrangers que de marcher ainfi d'opprobre en opprobre dans un Empire qui autrefois fut le mien.*

Quelle lettre d'un Empereur à fon fils ! l'hypocrite & inflexible dureté de ce jeune prince rendit quelques partifans à Henri IV. Le nouvel élû vou.

lant violer à Liége l'asyle de son pere, fut re-
poussé. Il alla demander en Alsace le serment de
fidélité, & les Alsaciens, pour tout hommage,
battirent les troupes qui l'accompagnaient, & le
contraignirent de prendre la fuite. Mais ce léger
échec ne fit que l'irriter, & qu'aggraver les malheurs du pere.

L'évêque de Liége, le duc de Limbourg, le duc
de la basse Lorraine protégeaient l'Empereur. Le
comte de Hainaut était contre lui. Le Pape Pascal
écrit au comte de Hainaut : *Pourfuivez par tout
Henri, chef des hérétiques, & ses fauteurs ; vous
ne pouvez offrir à Dieu de sacrifices plus agréables.*

Henri IV. enfin, presque sans secours, prêt
d'être forcé dans Liége, écrit à l'abbé de Cluni.
Il semble qu'il méditât une retraite dans ce couvent. Il meurt à Liége le 7 Août, accablé de
douleurs, & en s'écriant : *Dieu des vengeances,
vous vengerez ce parricide.* C'était une opinion
aussi ancienne que vaine, que Dieu exauçait les
malédictions des mourans, & sur-tout des peres ;
erreur utile, si elle eût pû effrayer ceux qui mé-
ritent ces malédictions.

Le fils dénaturé de Henri IV. vient à Liége, fait
déterrer de l'Eglise le corps de son pere, comme
celui d'un excommunié, & le fait porter à Spire
dans une cave.

HENRI V.

DIX-NEUVIEME EMPEREUR.

Les feigneurs des grands Fiefs commençaient alors à s'affermir dans le droit de fouveraineté. Ils s'appellaient *coimperantes*, fe regardant comme des Souverains dans leurs Fiefs, & vaffaux de l'Empire, non de l'Empereur. Ils recevaient à la vérité de lui les Fiefs vacans ; mais la même autorité qui les leur donnait, ne pouvait les leur ôter. C'eft ainfi qu'en Pologne le roi confere les Palatinats, & la République feule a le droit de deftitution. En effet, on peut recevoir par grace ; mais on ne doit être dépoffédé que par juftice. Plufieurs vaffaux de l'Empire s'intitulaient déja Ducs & Comtes *par la grace de Dieu*.

Cette indépendance que les Seigneurs s'affuraient, & que les Empereurs voulaient réduire, contribua pour le moins autant que les Papes aux troubles de l'Empire, & à la révolte des enfans contre leurs peres.

La force des grands s'accroiffait de la faibleffe du Trône. Ce gouvernement féodal était à peu près le même en France & en Arragon. Il n'y avait plus de royaume en Italie. Tous les Seigneurs s'y cantonnaient. L'Europe était toute hériffée de châteaux, & couverte de brigands. La barbarie & l'ignorance régnaient. Les habitans des campagnes étaient dans la servitude ; les bourgeois des villes méprisés & rançonnés , & à quelques villes commerçantes près en Italie , l'Europe n'était , d'un bout à l'autre , qu'un théâtre de miseres.

La premiere chose que fait Henri V. dès qu'il s'est fait couronner , est de maintenir ce même droit des investitures , contre lequel il s'était élevé pour détrôner son pere.

Le Pape Pascal étant venu en France , va jusqu'à Châalons en Champagne, pour conférer avec les princes & les évêques Allemands qui y viennent au nom de l'Empereur.

Cette nombreuse ambassade refuse d'abord de faire la premiere visite au Pape. Ils se rendent pourtant chez lui à la fin. Brunon , archevêque de Tréves , soutient le droit de l Empereur. Il était bien plus naturel qu'un archevêque reclamât contre ces investitures & ces hommages , dont les évêques se plaignaient tant ; mais l'intérêt particulier combat dans toutes les occasions l'intérêt général.

1107. 1108. 1109. 1110.

Ces quatre années ne sont guère employées qu'à des guerres contre la Hongrie & contre une partie de la Pologne ; guerres sans sujet, sans grands succès de part ni d'autre , qui finissent par la lassitude de tous les partis , & qui laissent les choses comme elles étaient.

1111.

IIII.

L'Empereur à la fin de cette guerre é; ufe la fille de Henri I. roi d'Angleterre , fils & fecond fucceffeur de Guillaume le Conquérant. On prétend que fa femme eut pour dot une fomme qui revient à environ neuf-cens mille livres fterling. Cela compoferait plus de cinq millions d'écus d'Allemagne d'aujourd'hui , & de vingt millions de France Les Hiftoriens manquent tous d'exactitude fur ces faits , & l'hiftoire de ces tems-là n'eft que trop fouvent un ramas d'exagérations.

Enfin l'Empereur penfe à l'Italie & à la couronne impériale ; & le pape Pafcal fecond, pour l'inquiéter , renouvelle la querelle des invefti-tures.

Henri V. envoie à Rome des Ambaffadeurs , fuivis d'une armée. Cependant il promet par un écrit confervé encore au Vatican , de renoncer aux inveftitures , de laiffer aux Papes tout ce que les Empereurs leur ont donné ; & ce qui eft affez étrange, après de telles foumiffions , il promet de ne tuer , ni de mutiler le fouverain Pontife.

Pafcal fecond, par le même acte , promet d'ordonner aux évêques d'abandonner à l'Empereur tous leurs fiefs relevans de l'Empire : par cet accord , les évêques perdaient beaucoup : le Pape & l'Empereur gagnaient.

Tous les évêques d'Italie & d'Allemagne , qui étaient à Rome , proteftant contre cet accord , Henri V. pour les appaifer , leur propofe d'être

Tome I.   K

fermiers des terres, dont ils étaient auparavant en possession. Les évêques ne veulent point du tout être fermiers.

Henri V. lassé de toutes ces contestations, dit qu'il veut être couronné & sacré sans aucune condition. Tout cela se passait dans l'église de saint Pierre pendant la messe; & à la fin de la messe l'Empereur fait arrêter le Pape par ses gardes.

Il se fait un soulévement dans Rome en faveur du Pape. L'Empereur est obligé de se sauver; il revient sur le champ avec des troupes, donne dans Rome un sanglant combat, tue beaucoup de Romains, & sur-tout de Prêtres, & emmene le Pape prisonnier, avec quelques Cardinaux.

Pascal fut plus doux en prison qu'à l'Autel Il fit tout ce que l'Empereur voulut. Henri V. au bout de deux mois reconduit à Rome le St. Pere à la tête de ses troupes. Le Pape le couronne Empereur le 13 Avril, & lui donne en même-tems la Bulle par laquelle il lui confirme le droit des investitures. Il est remarquable qu'il ne lui donne dans cette bulle que le titre de *dilection*. Il l'est encore plus, que l'Empereur & le Pape communierent de la même hostie, & que le Pape dit, en donnant la moitié de l'hostie à l'Empereur : *Comme cette partie du Sacrement est divisée de l'autre, que le premier de nous deux qui rompra la paix, soit séparé du royaume de Jesus-Christ.*

Henri V. acheve cette comédie, en demandant au Pape la permission de faire enterrer son pere

en terre-sainte, lui assurant qu'il est mort pénitent, & il retourne en Allemagne faire les obsé-
ques de Henri IV. sans avoir affermi son pouvoir
en Italie.

1112.

Pascal second ne trouva pas mauvais que les
Cardinaux & ses Légats, dans tous les royaumes,
désavouassent sa condescendance pour Henri V.

Il assemble un Concile dans la Basilique de saint
Jean de Latran. Là, en présence de trois cens
prélats, il demande pardon de sa faiblesse, offre
de se démettre du Pontificat, casse, annulle tout
ce qu'il a fait, & s'avilit lui-même pour relever
l'Eglise.

1113.

Il se peut que Pascal second, & son Concile,
n'eussent pas fait cette démarche, s'ils n'eussent
compté sur quelqu'une de ces révolutions, qui
ont toujours suivi le sacre des Empereurs. En effet
il y avait des troubles en Allemagne, au sujet
du fisc Impérial; autre source des guerres civiles.

1114.

Lothaire, duc de Saxe, depuis Empereur, est
à la tête de la faction contre Henri V. Cet Empereur ayant à combattre les Saxons comme son
pere, est défendu comme lui par la maison de
Suabe. Frédéric de Stauffen, duc de Suabe, pere

de l'Empereur Barberouffe , empéche Henri V de fuccomber.

1115.

Les ennemis les plus dangereux de Henri **V.** font trois Prétres ; le Pape en Italie , l'archevêque de Mayence , qui bat quelquefois fes troupes , & l'évêque de Virtzbourg Erlang , qui envoyé par lui aux ligueurs , le trahit , & fe range de leur côté.

1116.

Henri V vainqueur met l'évêque de Virtzbourg Erlang au ban de l'Empire. Les évêques de Virtzbourg fe prétendaient Seigneurs directs de toute la Franconie , quoiqu'il y eût des ducs , & que ce duché même appartînt à la maifon Impériale.

Le duché de Franconie eft donné à Conrad , neveu de Henri V. Il n'y a plus aujourd'hui de ducs de cette grande province , non plus que de Suabe.

L'évêque Erlang fe défend long-tems dans Virtzbourg , difpute les remparts l'épée à la main, & s'échappe quand la vil.e eft prife.

La fameufe Comteffe Mathilde meurt , après avoir renouvellé la donation de tous fes biens à l'églife Romaine.

1117.

L'Empereur Henri V deshérité par fa coufine , & excommunié par le Pape , va en Italie fe mettre en poſſeſſion des terres de Mathilde , & ſe venger du Pape. Il entre dans Rome , & le Pape s'enfuit chez les nouveaux vaſſaux & les nouveaux protecteurs de l'Egliſe , les princes Normands.

Le premier couronnement de l'Empereur paraiſſait équivoque ; on en fait un ſecond qui l'eſt bien davantage. Un archevêque de Brague en Portugal , Limouſin de naiſſance , nommé Bourdin , s'aviſe de ſacrer l'Empereur.

1118.

Henri , après cette cérémonie , va s'aſſurer de la Toſcane. Paſcal ſecond revient à Rome avec une petite armée des Princes Normands. Il meurt, & l'armée s'en retourne , après s'être fait payer.

Les Cardinaux ſeuls éliſent Caietan , Gélaſe II. Cincio , conſul de Rome , marquis de Frangipani , dévoué à l'Empereur , entre dans le conclave l'épée à la main , ſaiſit le Pape à la gorge, l'accable de coups , le fait priſonnier. Cette férocité brutale met Rome en combuſtion. Henri V va à Rome ; Gélaſe ſe retire en France ; l'Empereur donne le Pontificat à ſon Limouſin Bourdin.

1119.

Gélaſe étant mort au Concile de Vienne en Dauphiné , les Cardinaux qui étaient à ce Concile éliſent , conjointement avec les évêques , & même avec les laïcs Romains qui s'y trouvaient , Gui de Bourgogne , archevêque de Vienne , fils d'un duc de Bourgogne & du ſang royal de France. Ce n'eſt pas le premier Prince élû Pape. Il prend le nom de Calixte iI.

Louis le *gros*, roi de France, ſe rend média- teur dans cette grande affaire des inveſtitures en- tre l'Empire & l'Egliſe. On aſſemble un Concile à Rheims. L'archevêque de Mayence y arrive avec cinq cens gens d'armes à cheval, & le comte de Troyes va le recevoir à une demi-lieue avec un pareil nombre.

L'Empereur & le Pape ſe rendent à Mouzon. On eſt prêt de s'accommoder, & ſur une diſpute de mots tout eſt plus brouillé que jamais. L'Em- pereur quitte Mouzon, & le Concile l'excom- munie.

1120. 1 21.

Comme il y avait dans ce concile pluſieurs évêques Allemands qui avaient excommunié l'Em- pereur, les autres évêques d'Allemagne ne veu- lent plus que l'Empereur donne les inveſtitures.

1122.

Enfin dans une diéte de Worms, la paix de l'empire & de l'égliſe eſt faite. Il ſe trouve que dans cette longue querelle on ne s'était jamais entendu. Il ne s'agiſſait pas de ſavoir ſi les Empe- reurs conféraient l'épiſcopat, mais s'ils pouvaient inveſtir de leurs fiefs impériaux des évêques ca- noniquement élus à leur recommandation. Il fut décidé que les inveſtitures ſeraient dorénavant données par le ſceptre, & non par un bâton recourbé , & par un anneau. Mais ce qui fut bien plus important , l'Empereur renonça en termes exprès à nommer aux bénéfices ceux qu'il devait investir. *Ego Henricus Dei gratia Romanorum imperator concedo in omnibus ecclesiis fieri electionem & liberam consecrationem*. Ce fut une brêche irréparable à l'autorité impériale.

1123.

Troubles civils en Bohême , en Hongrie , en Alsace , en Hollande. Il n'y a dans ce tems malheureux que de la discorde dans l'église, des guerres particulieres entre tous les grands , & de la servitude dans les peuples.

1124.

Voici la premiere fois que les affaires d'Angleterre se trouvent mêlées avec celles de l'Empire. Le roi d'Angleterre Henri premier , frere du duc de Normandie , a déja des guerres avec la France au sujet de ce duché.

L'Empereur leve des troupes , & s'avance vers le Rhin. On voit aussi que dès ce tems-là même tous les seigneurs Allemands ne secondaient pas l'Empereur dans de telles guerres. Plusieurs refusent de l'assister contre une puissance , qui par sa position devait être naturellement la protectrice des seigneurs des grands fiefs Allemands contre le dominateur souverain , ainsi que les rois d'Angleterre s'unirent depuis avec les grands vassaux de la France.

K 4

1125.

Les malheurs de l'Europe étaient au comble
par une maladie contagieufe. Henri V. en eft attaqué, & meurt à Utrecht le 22. mais avec la réputation d'un fils dénaturé, d'un hipocrite fans
religion, d'un voifin inquiet, & d'un mauvais
maître.

LOTHAIRE II.
VINGTIEME EMPEREUR.

1125. 1126. 1127.

Voici une époque finguliere. La France pour
la première fois depuis la décadence de la maifon
de Charlemagne, fe mêle en Allemagne de l'élection d'un Empereur. Le célebre moine Suger abbé de St. Denis & miniftre d'état fous Louis le
Gros, va à la diéte de Mayence avec le cortége
d'un fouverain, pour s'oppofer au moins à l'é-
lection de Frederic duc de Suabe. Il y réuffit,
foit par bonheur, foit par intrigue. La diéte partagée choifit dix électeurs. On ne nomme point
ces dix princes. Ils élifent le duc de Saxe Lothaire;
& les feigneurs qui étaient préfens l'éleverent fur
leurs épaules.

Conrad duc de Franconie, de la maifon de
Stauffen-Suabe & Frederic duc de Suabe, pre-

testent contre l'élection. L'abbé Suger fut parmi les ministres de France, le premier qui excita des guerres civiles en Allemagne. Conrad se fait proclamer roi à Spire; mais au lieu de soutenir sa faction, il va se faire roi de Lombardie à Milan. On lui prend ses villes en Allemagne, mais il gagne en Lombardie.

1128. 1129.

Sept ou huit guerres à la fois dans le Dannemarck & dans le Holstein, dans l'Allemagne & dans la Flandre.

1130.

A Rome le peuple prétendait toujours élire les Papes malgré les cardinaux qui s'étaient réservé ce droit, & persistaient à ne reconnaître l'élu que comme son évêque & non comme son souverain. Rome entiere se partage en deux factions. L'une élit Innocent II. l'autre élit le fils ou petit-fils d'un juif nommé *Leon*, qui prend le nom d'Anaclet. Le fils du juif comme plus riche chasse son compétiteur de Rome. Innocent II. se réfugie en France, devenu l'asyle des Papes opprimés. Ce Pape va à Liege, met Lothaire II. dans ses intérêts, le couronne Empereur avec son épouse, & excommunie ses compétiteurs.

1131. 1132. 1133.

L'anti-empereur Conrad de Franconie & l'antipape Anaclet ont un grand parti en Italie. L'empereur Lothaire & le pape Innocent vont à Rome.

K 5

Les deux Papes se soumettent au jugement de Lothaire : il décide pour Innocent. L'anti-pape se retire dans le château S. Ange, dont il était encore maître. Lothaire se fait sacrer par Innocent II. selon les usages alors établis. L'un de ces usages était, que l'Empereur faisait d'abord serment de conserver au Pape la vie & les membres. Mais on en promettait autant à l'Empereur.

Le Pape cede l'usufruit des terres de la comtesse Mathilde à Lothaire & à son gendre le duc de Baviere, seulement leur vie durant, moiennant une redevance annuelle au St. Siége. C'était une semence de guerres pour leurs successeurs.

Pour faciliter la donation de cet usufruit, Lothaire II. baisa les pieds du Pape, & conduisit sa mule quelques pas. On croit que Lothaire est le premier Empereur qui ait fait cette double cérémonie.

1134. 1135.

Les deux rivaux de Lothaire, Conrad de Franconie & Frederic de Suabe, abandonnés de leurs partis, se reconcilient avec l'Empereur & le reconnaissent.

On tient à Magdebourg une diéte célébre. L'empereur Grec, les Vénitiens y envoient des ambassadeurs pour demander justice contre Roger roi de Sicile ; des ambassadeurs du duc de Pologne y prêtent à l'Empire serment de fidélité, pour conserver apparemment la Poméranie, dont ils s'étaient emparés.

1136.

Police établie en Allemagne. Hérédités & coutume des fiefs & des arriere-fiefs confirmées. Magiftratures des bourg-meftres, des maires, des prevôts, foumifes aux feigneurs féodaux. Priviléges des églifes, des évêchés, & des abbayes confirmés.

1137.

Voïage de l'Empereur en Italie. Roger duc de la Pouille, & nouveau roi de Sicile, tenait le parti de l'anti-pape Anaclet, & menaçait Rome. On fait la guerre à Roger.

La ville de Pife avait alors une grande confidération dans l'Europe, & l'emportait même fur Venife & fur Génes. Ces trois villes commerçantes fourniffaient à prefque tout l'Occident toutes les délicateffes de l'Afie. Elles s'étaient fourdement enrichies par le commerce & par la liberté, tandis que les défolations du gouvernement féodal répandaient prefque partout ailleurs la fervitude & la mifere. Les Pifans feuls arment une flote de quarante galeres au fecours de l'Empereur; & fans eux l'Empereur n'aurait pu réfifter. On dit qu'alors on trouva dans la Pouille le premier exemplaire du Digefte, & que l'Empereur en fit préfent à la ville de Pife.

Lothaire II. meurt en paffant les Alpes du Tyrol vers Trente.

CONRAD III.

VINGT-UNIEME EMPEREUR.

1138.

Henri duc de Baviere, furnommé le Superbe, qui poffédait la Saxe, la Mifnie, la Turinge, en Italie Verone & Spolete, & prefque tous les biens de la comteffe Mathilde, fe faifit des ornemens impériaux; & crut que fa grande puiffance le ferait reconnaître Empereur : mais ce fut précifément ce qui lui ôta la couronne.

Tous les feigneurs fe réuniffent en faveur de Conrad, le même qui avait difputé l'Empire à Lothaire fecond. Henri de Baviere qui paraiffait fi puiffant, eft le troifieme de ce nom qui eft mis au ban de l'Empire. Il faut qu'il ait été plus imprudent encore que fuperbe, puifqu'étant fi puiffant, il put à peine fe défendre.

Comme le nom de la maifon de ce prince était Guelfe, ceux qui tinrent fon parti furent appellés les *Guelfes*, & on s'accoutuma à nommer ainfi les ennemis des Empereurs.

1139.

On donne à Albert d'Anhalt, furnommé l'Ours, marquis de Brandebourg, la Saxe qui appartenait aux Guelfes; on donne la Baviere au marquis

d'Autriche. Mais enfin Albert l'Ours ne pouvant
se mettre en possession de la Saxe, on s'accommode. La Saxe reste à la maison des Guelfes, la
Baviere à celle d'Autriche ; tout a changé depuis.

1140.

Henri le Superbe meurt, & laisse au berceau
Henri le *Lion*. Son frere Guelfe soutient la guerre.
Roger roi de Sicile lui donnait mille marcs d'argent pour la faire. On voit, qu'à peine les princes
Normands sont puissans en Italie, qu'ils songent
à fermer le chemin de Rome aux Empereurs par
toutes sortes de moyens. Frederic Barberousse,
neveu de Conrad, & si célébre depuis, se signale
dans cette guerre.

Depuis 1140. jusqu'à 1146.

Jamais tems ne parut plus favorable aux Empereurs pour venir établir dans Rome cette puissance qu'ils ambitionnerent toujours, & qui fut
toujours contestée.

Arnaud de Brescia disciple d'Abélard, homme
d'enthousiasme, préchait dans toute l'Italie contre la puissance temporelle des Papes & du clergé.
Il persuadait tous ceux qui avaient intérêt d'être
persuadés, & surtout les Romains.

En 1144. sous le court pontificat de Lucius II.
les Romains veulent encore rétablir l'ancienne
république ; ils augmentent le sénat, ils élisent
patrice un fils de l'antipape Pierre de Leon nommé Jourdain, & donnent au patrice le pouvoir

tribunitial Le pape Lucius marche contre eux,
& est tué au pied du capitole.

Cependant Conrad 1 . ne va point en Italie,
soit qu'une guerre des Hongrois contre le marquis d'Autriche le retienne, soit que la passion
épidémique des croisades ait déja passé jusqu'à
lui.

1146.

Saint Bernard abbé de Clervaux ayant prêché
la croisade en France, la prêche en Allemagne.
Mais en quelle langue prêchait-il donc? il n'entendait point le tudesque, il ne pouvait parler
latin au peuple. Il y fit beaucoup de miracles.
Cela peut être. Mais il ne joignit pas à ces miracles le don de prophétie. Car il annonça de la
part de Dieu les plus grands succès.

L'Empereur se croise à Spire avec beaucoup de
seigneurs.

1147.

Conrad III. fait les préparatifs de sa croisade
dans la diéte de Francfort. Il fait avant son départ
couronner son fils Henri roi des Romains. On
établit le conseil impérial de Rotwel, pour juger les causes en dernier ressort. Ce conseil était
composé de douze barons. La présidence fut donnée comme un fief à la maison de Schults, c'est-
à-dire, à condition de foi & hommage, & d'une
redevance. Ces especes de fiefs commençaient à
s'introduire.

L'Empereur s'embarque sur le Danube avec le

célébre évêque de Frisingue, qui a écrit l'histoire
de ce tems, avec ceux de Ratisbonne, de Passau,
de Bâle, de Metz, de Toul. Frederic Barberousse,
le marquis d'Autriche, Henri duc de Baviere, le
marquis de Montferrat sont les principaux princes
qui l'accompagnent.

Les Allemands étaient les derniers qui venaient
à ces expéditions d'abord si brillantes, & bientôt
après si malheureuses. Déja était érigé le petit
roiaume de Jerusalem : les états d'Antioche, d'É-
desse, de Tripoli, de Sirie s'étaient formés. Il
s'était élevé des comtes de Joppé, des marquis de
Galilée & de Sidon ; mais la plûpart de ces conquêtes étaient perdues.

1148.

L'intempérance fait périr une partie de l'armée
Allemande. De-là tous ces bruits que l'empereur
Grec a empoisonné les fontaines pour faire périr
les croisés.

Conrad & Louis le jeune roi de France joignent
leurs armées affaiblies vers Laodicée. Après quelques combats contre les Musulmans, il va en
pélérinage à Jerusalem, au lieu de se rendre maître de Damas, qu'il assiége ensuite inutilement.
Il s'en retourne presque sans armée sur les vaisseaux de son beaufrere Manuel Comnene, il
aborde dans le golfe de Venise, n'osant aller en
Italie, encore moins se présenter à Rome pour y
être couronné.

1148. 1149.

La perte de toutes ces prodigieuses armées de croisés dans les pays où Alexandre avait subjugué avec quarante mille hommes un empire beaucoup plus puissant que celui des Arabes & des Turcs, démontre que dans ces entreprises des chrétiens il y avait un vice radical qui devait nécessairement les détruire : c'était le gouvernement féodal, l'indépendance des chefs, & par conséquent la désunion, le désordre & l'imprudence.

La seule croisade raisonnable qu'on fit alors, fut celle de quelques seigneurs Flamands & Anglais, mais principalement de plusieurs Allemands des bords du Rhin, du Mein & du Vezer, qui s'embarquerent pour aller secourir l'Espagne toujours envahie par les Maures. C'était là un danger véritable qui demandait des secours. Et il valait mieux assister l'Espagne contre les usurpateurs, que d'aller à Jerusalem sur laquelle on n'avait aucun droit à prétendre, & où il n'y avait rien à gagner. Les croisés prirent Lisbonne & la donnerent au roi Alphonse.

On en faisait une autre contre les payens du Nord ; car l'esprit du tems chez les chrétiens était d'aller combattre ceux qui n'étaient pas de leur religion. Les évêques de Magdebourg, de Halberstad, de Munster, de Mersbourg, de Brandebourg, plusieurs abbés animent cette croisade. On marche avec une armée de soixante mille hommes pour aller convertir les Slaves, les habitans de la Poméranie, de la Pruſſe, & des bords de la mer Baltique. Cette croiſade ſe fait ſans conſulter l'Empereur, & elle tourne même contre lui.

Henri le Lion duc de Saxe, à qui Conrad avait ôté la Baviere, était à la tête de la croiſade contre les payens; il les laiſſa bientôt en repos pour attaquer les chrétiens, & pour reprendre la Baviere.

1150. 1151.

L'Empereur pour tout fruit de ſon voiage en Paleſtine, ne retrouve donc en Allemagne qu'une guerre civile ſous le nom de *guerre ſainte*. Il a bien de la peine avec le ſecours des Bavarois & du reſte de l'Allemagne, à contenir Henri le Lion & les Guelfes.

1152.

Conrad III. meurt à Bamberg le 15. février, ſans avoir pu être couronné en Italie, ni laiſſer le roiaume d'Allemagne à ſon fils.

FREDERIC I. DIT BARBEROUSSE

VINGT-DEUXIEME EMPEREUR.

1152.

Frederic I. eſt élu à Francfort par le conſentement de tous les princes. Son ſécrétaire Amandus rapporte dans ſes annales, dont on a conſervé des extraits, que plusieurs seigneurs de Lombardie y donnerent leur suffrage en ces termes, *O vous officiez*, (officiati) *si vous y consentez, Frederic aura la force de son Empire.*

Ces *officiati* étaient alors au nombre de six. Les archevêques de Mayence, de Tréves, de Cologne étaient trois chanceliers. Il y avait le grand écuier, le grand maître d'hôtel, le grand chambellan; on y ajouta depuis le grand échanson. Il paraît indubitable que ces *officiati* étaient les premiers qui reconnaissaient l'Empereur élu, qui l'annonçaient au peuple, qui se chargeaient de la cérémonie.

Les seigneurs italiens assisterent à cette élection de Frederic. Rien n'est plus naturel. On croiait à Francfort donner l'empire Romain en donnant la couronne d'Allemagne, quoique le Roi ne fût nommé Empereur qu'après avoir été couronné à Rome. Le prédécesseur de Frederic Barberousse n'avait eu aucune autorité ni à Rome, ni dans l'Italie : & il était de l'intérêt de l'élu que les grands vassaux de l'empire Romain joignissent leur suffrage aux voix des Allemands.

L'archevêque de Cologne le couronne à Aix-la-Chapelle; & tous les évêques l'avertissent qu'il n'a point l'Empire par droit d'hérédité. L'avertissement était inutile; le fils du dernier Empereur abandonné en était une assez bonne preuve.

Son regne commence par l'action la plus importante. Deux concurrens Svenon & Canut disputent

taient depuis long-tems le Dannemarck : Frederic se fait arbitre ; il force Canut à céder ses
droits. Svenon soumet le Dannemarck à l'Empire dans la ville de Mersbourg. Il prête serment
de fidélité, il est investi par l'épée. Ainsi au milieu de tant de troubles on voit des rois de Pologne, de Hongrie, de Dannemarck aux pieds
du trône impérial.

1153.

Le marquisat d'Autriche est érigé en duché en
faveur de Henri Jasamergott qu'on ne connaît
guéres, & dont la postérité s'éteignit environ un
siécle après.

Henri le Lion, ce duc de Saxe de la maison de
Guelfe, obtient l'investiture de la Baviere, parce
qu'il l'avait presque toute reconquise ; & il devient partisan de Frederic Barberousse autant
qu'il avait été ennemi de Conrad III.

Le pape Eugene III. envoie deux légats faire le
procès à l'archevêque de Mayence, accusé d'a-
voir dissipé les biens de son église, & l'Empereur
le permet.

1154.

En récompense Frederic Barberousse répudie sa
femme Marie de Vocbourg ou Vohenbourg sans
que le pape Adrien IV. alors siégeant à Rome, le
trouve mauvais.

1155.

Frederic reprend sur l'Italie les desseins de ses

prédécesseurs. Il réduit plusieurs villes de Lombardie qui voulaient se mettre en république, mais Milan lui résiste.

Il se saisit au nom de Henri son pupille, fils de Conrad III. des terres de la comtesse Mathilde, est couronné à Pavie, & députe vers Adrien IV. pour le prier de le couronner Empereur à Rome.

Ce Pape est un des grands exemples de ce que peuvent le mérite personnel & la fortune. Né Anglais, fils d'un mendiant, long-tems mendiant lui-même, errant de pays en pays avant de pouvoir être reçu valet chez des moines en Dauphiné, enfin porté au comble de la grandeur, il avait d'autant plus d'élévation dans l'esprit qu'il était parvenu d'un état plus abject. Il voulait couronner un vassal, & craignait de se donner un maître. Les troubles précédens avaient introduit la coutume que quand l'Empereur venait se faire sacrer, le Pape se fortifiait, le peuple se cantonnait, & l'Empereur commençait par jurer que le Pape ne serait ni tué, ni mutilé, ni dépouillé.

Le saint Siége était protégé, comme on l'a vû, par le roi de Sicile & de Naples, devenu voisin & vassal dangereux.

L'Empereur & le Pape se ménagent l'un l'autre. Adrien enfermé dans la forteresse de Citta di castello s'accorde pour le couronnement, comme on capitule avec son ennemi. Un chevalier armé de toutes parts vient lui jurer sur l'Evangile que ses membres & sa vie seront en sureté ; &

l'Empereur lui livre ce fameux Arnaud de Brescia qui avait soulevé le peuple Romain contre le pontificat, & qui avait été sur le point de rétablir la république Romaine. Arnaud est brûlé à Rome comme un hérétique, & comme un républicain que deux souverains prétendans au despotisme s'immolaient.

Le Pape va au devant de l'Empereur qui devait, selon le nouveau cérémonial, lui baiser les pieds, lui tenir l'étrier & conduire sa haquenée blanche l'espace de neuf pas Romains. L'Empereur ne faisait point de difficulté de baiser les pieds; mais il ne voulait point de la bride. Mais les cardinaux s'enfuient dans Citta di castello, comme si Frederic Barberousse avait donné le signal d'une guerre civile. On lui fit voir que Lothaire second avait accepté ce cérémonial d'humilité chrétienne, il s'y soumit enfin ; & comme il se trompait d'étrier, il dit qu'il n'avait pas appris le métier de palfrenier.

Les députés du peuple Romain devenus aussi plus hardis depuis que tant de villes d'Italie avaient sonné le tocsin de la liberté, viennent dire à Frederic : *Nous vous avons fait notre citoyen & notre prince, d'étranger que vous étiez*, &c Frederic leur impose silence, & leur dit : *Charlemagne & Oton vous ont conquis, je suis votre maître*, &c.

Frederic est sacré Empereur le 18. juin dans St. Pierre.

On favait fi peu ce que c'était que l'Empire, toutes les prétentions étaient fi contradictoires, que d'un côté le peuple Romain fe fouleva, & il y eut beaucoup de fang verfé, parce que le Pape avait couronné l'Empereur fans l'ordre du fénat & du peuple; & de l'autre côté le pape Adrien écrivait dans toutes fes lettres, qu'il avait conféré à Frederic le bénéfice de l'empire Romain. *Beneficium imperii Romani.* Ce mot de *beneficium* fignifiait un fief alors.

Il fit de plus expofer en public un tableau qui repréfentait Lothaire fecond aux genoux du pape Alexandre fecond, tenant les mains jointes entre celles du pontife; ce qui était la marque diftinctive de la vaffalité. L'infcription du tableau était:

Rex venit ante fores jurans prius urbis honores.
Poft homo fit Papa, fumit quo dante coronam.

« Le Roi jure à la porte le maintien des hon-
» neurs de Rome, devient vaffal du Pape, qui
» lui donne la couronne.

1156.

On voit déja Frederic fort puiffant en Allemagne; car il fait condamner le comte Palatin du Rhin à fon retour dans une diéte pour des malverfations. La peine était, felon l'ancienne loi de Suabe, de porter un chien fur les épaules un mille d'Allemagne. L'archevêque de Mayence eft condamné à la même peine ridicule. On la leur épargne. L'Empereur fait détruire plusieurs petits châteaux de brigands. Il épouse à Virtzboug la fille d'un comte de Bourgogne, c'est-à-dire de la Franche-comté, & devient par-là seigneur direct de cette Comté relevant de l'Empire.

1157.

Les Polonais refusent de payer le tribut qui était alors fixé à cinq cens marcs d'argent. Frederic marche vers la Pologne. Le duc de Pologne donne son frere en ôtage, & se soumet au tribut dont il paye les arrérages.

Frederic passe à Besançon devenu son domaine, il y reçoit des légats du Pape avec les ambassadeurs de presque tous les princes. Il se plaint avec hauteur à ces légats du terme de *bénéfice* dont la cour de Rome usait en parlant de l'Empire, & du tableau où Lothaire second était représenté comme vassal du saint Siége. Sa gloire & sa puissance ainsi que son droit justifient cette hauteur. Un légat ayant dit: *Si l'Empereur ne tient pas l'empire du Pape, de qui le tient-il donc?* Le comte palatin pour réponse veut tuer les légats. L'Empereur les renvoie à Rome.

Les droits régaliens sont confirmés à l'archevêque de Lyon, reconnu par l'Empereur, pour primat des Gaules. La jurisdiction de l'archevêque est par cet acte mémorable étendue sur tous les fiefs de la Savoie. L'original de ce diplome subsiste encore. Le sceau est dans une petite bulle

ou boëte d'or C'est de cette maniere de scéler
que le nom de bulle a été donné aux constitu-
tions.

1158.

L'Empereur accorde le titre de Roi au duc de
Bohéme Uladiflas fa vie durant. Les Empereurs
donnaient alors des titres à vie, même celui de
monarque; & on était Roi par la grace de l'Empereur, fans que la province dont on devenait
Roi fût un roiaume; de forte que l'on voit dans
les commencemens tantôt des rois, tantôt des
ducs de Hongrie, de Pologne, de Bohéme.

Il paffe en Italie; d'abord le comte palatin, &
le chancelier de l'Empereur, qu'il ne faut pas
confondre avec le chancelier de l'Empire, vont
recevoir les fermens de plufieurs villes; ces fermens étaient conçus en ces termes : *Je jure d'être*
toujours fidéle à monfeigneur l'empereur Frederic
contre tous fes ennemis, &c. Comme il était brouillé alors avec le Pape à caufe de l'avanture des légats à Befançon, il femblait que ces fermens fuffent exigés contre le faint Siége.

Il ne paraît pas que les Papes fuffent alors fouverains des terres données par Pepin, par Charlemagne, & par Oton I. Les commiffaires de l'Empereur exercent tous les droits de la fouveraineté
dans la marche d'Ancone.

Adrien IV. envoie de nouveaux légats à l'Empereur dans Aufbourg où il affemble fon armée.
Frederic marche à Milan. Cette ville était déja la
plus

plus puiffante de la Lombardie ; & Pavie & Ravenne étaient peu de chofe en comparaifon : elle
s'étaic rendue libre dès le tems de l'empereur
Henri V. la fertilité de fon territoire, & fur tout
fa liberté, l'avaient enrichie.

A l'approche de l'Empereur, elle envoie offrir
de l'argent pour garder fa liberté. Mais Frederic
veut l'argent & la fujétion. La ville eft affiégée
& fe défend. Bientôt fes confuls capitulent, on
leur ôte le droit de battre monnoie & tous les
droits régaliens. On condamne les Milanais à bâtir un palais pour l'Empereur, à payer 9000 marcs
d'argent. Tous les habitans font ferment de fidélité. Milan fans duc & fans comte, fut gouvernée
en ville fujette.

Frederic fait commencer à bâtir le nouveau Lodi fur la riviere d'Adda. Il donne de nouvelles
loix en Italie, & commence par ordonner que
toute ville qui tranfgreffera ces loix payera 100
marcs d'or, un marquis 50, un comte 40, & un
feigneur châtelain 20. Il ordonne qu'aucun fief
ne pourra fe partager. Et comme les vaffaux en
prêtant hommage aux feigneurs des grands fiefs
leur juraient de les fervir indiftinctement envers
& contre tous, il ordonne que dans ces fermens
on excepte toujours l'Empereur ; loi fagement
contraire aux coutumes féodales de France, par
lefquelles un vaffal était obligé de fervir fon feigneur en guerre contre le Roi.

Les Génois & les Pifans avaient depuis long-

Tome I.   L

tems enlevé la Corse & la Sardaigne aux Sarrazins,
& s'en disputaient encore la possession. C'est une
preuve qu'ils étaient très-puissans. Mais Frederic
plus puissant qu'eux envoie des commissaires dans
ces deux villes, & parce que les Génois le tra-
versent, il leur fait payer une amende de mille
marcs d'argent, & les empêche de continuer à
fortifier Genes.

Il remet l'ordre dans les fiefs de la comtesse
Mathilde, dont les Papes ne possédaient rien. Il
les donne à un Guelfe cousin du duc de Saxe &
de Baviere. On oublie son neveu fils de l'empereur Conrad. En ce tems l'université de Boulogne, la première de toutes les universités de l'Europe, commençait à s'établir, & l'Empereur lui
donne des priviléges.

1159.

Frederic I. commençait à être plus maître en
Italie que Charlemagne & Oton; il affaiblit le
Pape en soutenant les prérogatives des sénateurs
de Rome, & encore plus en mettant des troupes
en quartier d'hiver dans ses terres.

Adrien IV. pour mieux conserver le temporel,
attaque Frederic Barberousse sur le spirituel. Il ne
s'agit plus des investitures par un bâton courbé
ou droit, mais du serment que les évêques prêtent à l'Empereur. Il traite cette cérémonie de
sacrilége, & cependant sous main il excite les
peuples.

Les Milanais prennent cette occasion de recouvrer un peu de liberté. Frederic les fait déclarer *déserteurs & ennemis de l'empire* ; & par l'arrêt leurs biens font livrés au pillage, & leurs perfonnes à l'efclavage : arrêt qui reffemble plutôt à un ordre d'Attila, qu'à une conftitution d'un empereur chrétien.

Adrien IV. faifit ce tems de trouble pour redemander tous les fiefs de la comteffe Mathilde, le duché de Spolete, la Sardaigne & la Corfe. L'empereur ne lui donne rien. Il affiége Creme qui avait pris le parti de Milan : prend Creme & la pille. Milan refpire & jouit quelque tems du bonheur de devoir fa liberté à fon courage.

1160.

Après la mort du pape Adrien IV. les cardinaux fe partagent. La moitié élit le cardinal Roland, qui prend le nom d'Alexandre III. ennemi déclaré de l'Empereur, l'autre choifit Octavien fon partifan qui s'appelle Victor. Frederic Barberouffe ufant de fes droits d'Empereur, indique un concile à Pavie pour juger entre les deux compétiteurs. Alexandre refufe de reconnaître ce concile. Victor s'y préfente. Le concile juge en fa faveur. L'Empereur lui baife les pieds, & conduit fon cheval comme celui d'Adrien.

Alexandre III. retiré dans Anagni excommunie l'Empereur, & abfout fes fujets du ferment de fidélité. On voit bien que le Pape comptait fur le fecours des rois de Naples & de Sicile.

L 2

1161.

Les Milanais profitent de ces divisions. Ils osent attaquer l'armée impériale à Carentia à quelques milles de Lodi, & remportent une grande victoire. Si les autres villes d'Italie avaient secondé Milan, c'était le moment pour délivrer à jamais ce beau païs du joug étranger.

1162.

L'Empereur rétablit son armée & ses affaires : les Milanais bloqués manquent de vivres, ils capitulent. Les consuls & huit chevaliers, chacun l'épée nue à la main, viennent mettre leurs épées aux pieds de l'empereur à Lodi. L'empereur révoque l'arrêt qui condamnait les citoyens à la servitude, & qui livrait leur ville au pillage. Mais à-peine est-il entré le 27 de mars, qu'il fait démolir les portes, les remparts, tous les édifices publics, & on seme du sel sur leurs ruines. Les Huns, les Goths, les Lombards, n'avaient pas ainsi traité l'Italie.

Les Génois qui se prétendaient libres, viennent prêter serment de fidélité, & en protestant qu'ils ne donneront point de tribut annuel, ils donnent 1200 marcs d'argent. Ils promettent d'équiper une flotte pour aider l'empereur à conquérir la Sicile & la Pouille ; & Frédéric leur donne en fief ce qu'on appelle la riviere de Gènes, depuis Monaco jusqu'à Porto-venere.

Il marche à Boulogne qui était confédérée avec

Milan; il y protége les colléges, & fait démante-
ler les murailles. Tout se soumet à sa puissance.

Pendant ce tems l'Empire fait des conquêtes
dans le nord. Le duc de Saxe s'empare du Meklenbourg, païs de Vandales, & y transplante des
colonies d'Allemands.

Pour rendre le triomphe de Frédéric Barberousse complet, le Pape Alexandre III. son ennemi fuit de l'Italie, & se retire en France. Frédéric va à Besançon pour intimider le roi de France
& le détacher du parti d'Alexandre.

C'est dans ce tems de sa puissance qu'il somme
les rois de Dannemarck, de Bohême & de Hongrie de venir à ses ordres donner leur voix dans
une diéte contre un Pape. Le roi de Dannemarck
Valdemar I. obéit; il se rendit à Besançon. On
dit qu'il n'y fit serment de fidélité que pour le
reste de la Vandalie qu'on abandonnait à ses conquêtes. D'autres disent qu'il renouvella l'hommage pour le Dannemarck. S'il est ainsi, c'est le
dernier roi de Dannemarck qui ait fait hommage
de son royaume à l'Empire. Et cette année 1162,
devient par-là une grande époque.

1163.

L'empereur va à Mayence, dont le peuple ex-
cité par des moines avait massacré l'archevêque. Il
fait raser les murailles de la ville, elles ne furent
rétablies que long-tems après.

1164.

Erfort, capitale de la Thuringe, ville dont les

L 3

archevêques de Mayence ont prétendu la feigneurie depuis Oton premier, eft ceinte de murailles, dans le tems qu'on détruit celles de Mayence.

Etabliffement de la fociété des villes anféatiques. Cette union avait commencé par Hambourg & Lubec, qui faifaient quelque négoce à l'exemple des villes maritimes de l'Italie. Elles fe rendirent bientôt utiles & puiffantes, en fourniffant du moins le néceffaire au nord de l'Allemagne. Et depuis lorfque Lubec qui appartenait au fameux Henri le Lion & qu'il fortifia, fut déclarée ville impériale par Fréderic Barberouffe, & la premiere des villes maritimes, lorfqu'elle eut le droit de battre monnoie, cette monnoie fut la meilleure de toutes, dans ces païs où l'on n'en avait frappé jufqu'alors qu'à un très-bas titre. De-là vient, à ce qu'on a cru, l'argent *Efterling*. De-là vient que Londres compta par livres Efterling, quand elle fe fut affociée aux villes anféatiques.

Il arrive à l'empereur ce qui était arrivé à tous fes prédéceffeurs : on fait contre lui des ligues en Italie, tandis qu'il eft en Allemagne. Rome fe ligue avec Venife par les foins du Pape Alexandre III. Venife imprenable par fa fituation était redoutable par fon opulence ; elle avait acquis de grandes richeffes dans les croifades auxquelles les Vénitiens n'avaient jufqu'alors pris part qu'en négocians habiles.

Fréderic retourne en Italie, & ravage le Véronais qui était de la ligue. Son Pape Victor meurt.

il en fait facrer un autre au mépris de toutes les loix par un évêque de Liége. Cet ufurpateur prend le nom de Pafcal.

La Sardaigne était alors gouvernée par quatre baillifs. Un d'eux qui s'était enrichi, vient demander à Fréderic le titre de roi, & l'empereur le lui donne. Il triple par-tout les impôts, & retourne en Allemagne avec affez d'argent pour fe faire craindre.

1165.

Diéte de Wirtzbourg contre le Pape Alexandre III. L'Empereur exige un ferment de tous les princes & de tous les évêques de ne point reconnaître Alexandre. Cette diéte eft célébre par les députés d'Angleterre qui viennent rendre compte des droits du roi & du peuple contre les prétentions de l'églife de Rome.

Fréderic pour donner de la confidération à fon Pape Pafcal, lui fait canonifer Charlemagne. Aix-la-Chapelle prend le titre de la capitale de l'Empire, quoiqu'il n'y ait point en effet de capitale. Elle obtient le droit de battre monnoie.

1166.

Henri le Lion, duc de Saxe & de Baviere, ayant augmenté prodigieufement fes domaines, l'empereur n'eft pas fâché de voir une ligue en Allemagne contre ce prince. Un archevêque de Cologne hardi & entreprenant s'unit avec plufieurs autres évêques, avec le comte Palatin, le comte de Thuringe & le marquis de Brandebourg. On fait à

L 4

Henri le Lion une guerre fanglante. L'empereur les laiffe fe battre, & paffe en Italie.

1167.

Les Pifans & les Génois plaident à Lodi devant l'empereur pour la poffeffion de la Sardaigne, & ne l'obtiennent ni les uns ni les autres.

Fréderic va mettre à contribution la Pentapole fi folemnellement cédée aux Papes par tant d'empereurs, & patrimoine inconteftable de l'églife.

La ligue de Venife & de Rome, & la haine que le pouvoir defpotique de Fréderic infpire, engagent Crémone, Bergame, Brefcia, Mantoue, Ferrare & d'autres villes à s'unir avec les Milanais. Toutes ces villes & les Romains prennent en même tems les armes.

Les Romains attaquent vers Tufculum une partie de l'armée impériale. Elle était commandée par un archevêque de Mayence très-célébre alors, nommé Chriftiern, & par un archevêque de Cologne. C'était un fpectacle rare de voir ces deux prêtres entonner une chanfon Allemande pour animer leurs troupes au combat.

Mais ce qui marquait bien la décadence de Rome, c'eft que les Allemands dix fois moins nombreux, défirent entiérement les Romains. Fréderic marche alors d'Ancone à Rome; il l'attaque; il brûle la vigne Léonine; & l'églife de S. Pierre eft prefque confumée.

Le Pape Alexandre s'enfuit à Bénévent. L'empereur se fait couronner avec l'impératrice Béatrix par son antipape Pascal dans les ruines de Saint Pierre.

.. De-là Frédéric revole contre les villes confédérées. La contagion qui désole son armée, les met pour quelque.tems en sûreté. Les troupes allemandes victorieuses des Romains étaient souvent vaincues par l'intempérance & par la chaleur du climat.

1168.

Alexandre III. trouve le secret de mettre à la fois dans son parti Emmanuel, empereur des Grecs, & Guillaume roi de Sicile, ennemi naturel des Grecs, tant on croyait de l'intérêt commun de se réunir contre Barberousse.

En effet, ces deux puissances envoient au Pape de l'argent & quelques troupes. L'empereur à la tête d'une armée très.diminuée, voit les Milanais relever leurs murailles sous ses yeux, & presque toute la Lombardie conjurée contre lui. Il se retire vers le comté de Morienne. Les Milanais enhardis le poursuivent dans les montagnes. Il échappe à grand peine, & se retire en Alsace, tandis que le Pape l'excommunie.

L'Italie respire par sa retraite. Les Milanais se fortifient. Ils bâtissent aux pieds des Alpes la ville d'Alexandrie à l'honneur du Pape.

En cette année Lunebourg commence à devenir une ville.

L'évêque de Wirtzbourg obtient la jurisdiction

L 5.

civile dans le duché de Franconie. C'eſt ce qui fait que ſes ſucceſſeurs ont eu la direction du cercle de ce nom.

Guelfe ; couſin germain du fameux Henri le Lion duc de Saxe & de Baviere, légue en mourant à l'empereur le duché de Spoléte, le marquiſat de Toſcane, avec ſes droits ſur la Sardaigne, païs reclamé par tant de compétiteurs, abandonné à lui-même & à ſes baillis, dont l'un ſe diſait roi.

1169.

Fréderic fait élire Henri ſon fils aîné roi des Romains, tandis qu'il eſt prêt à perdre pour jamais Rome & l'Italie.

Quelques mois après il fait élire ſon ſecond fils Fréderic duc d'Allemagne, & lui aſſure le duché de Suabe : les auteurs étrangers ont crû que Fréderic avait donné l'Allemagne entiere à ſon fils, mais ce n'était que l'ancienne Allemagne proprement dite. Il n'y avait d'autre roi de la Germanie nommée Allemagne que l'Empereur.

1170.

Fréderic n'eſt plus reconnoiſſable. Il négocie avec le Pape, au lieu d'aller combattre. Ses armées & ſon tréſor étaient donc diminués.

Les Danois prennent Stettin. Henri le Lion, au lieu d'aider l'Empereur à recouvrer l'Italie, ſe croiſe avec ſes chevaliers Saxons pour aller ſe battre dans la Paleſtine.

1171.

Henri le Lion trouvant une tréve établie en Asie, s'en retourne par l'Egypte. Le Soudan voulut étonner l'Europe par sa magnificence & sa générosité : il accabla de présens le duc de Saxe & de Baviere ; & entr'autres, il lui donna quinze cens chevaux Arabes.

1172.

L'empereur assemble enfin une diéte à Worms, & demande du secours à l'Allemagne pour ranger l'Italie sous sa puissance.

Il commence par envoyer une petite armée commandée par ce même archevêque de Mayence qui avait battu les Romains.

Les villes de Lombardie étaient confédérées, mais jalouses les unes des autres. Lucques était ennemie mortelle de Pise ; Gènes l'était de Pise & de Florence, & ce font ces divisions qui ont perdu à la fin l'Italie.

1173.

L'archevêque de Mayence Christiern réussit habilement à détacher les Vénitiens de la ligue. Mais Milan, Pavie, Florence, Crémone, Parme, Boulogne sont inébranlables, & Rome les soutient.

Pendant ce tems Fréderic est obligé d'aller appaiser des troubles dans la Bohême. Il y dépossède le roi Ladiflas, & donne la régence au fils

L 6

de ce roi. On ne peut être plus abſolu, qu'il l'était en Allemagne, & plus faible alors au-delà des Alpes.

1174.

Il paſſe enfin le mont Cénis. Il aſſiége cette Alexandrie bâtie pendant ſon abſence, & dont le nom lui était odieux, & commence par faire dire aux habitans que s'ils oſent ſe défendre, on ne pardonnera ni au ſexe, ni à l'enfance.

1175.

Les Alexandrins ſecourus par les villes confédérées ſortent ſur les Impériaux, & les battent à l'exemple des Milanais. L'empereur, pour comble de diſgrace, eſt abandonné par Henri le Lion qui ſe retire avec les Saxons, très-indiſpoſé contre Barberouſſe qui gardait pour lui les terres de Mathilde.

Il ſemblait que l'Italie allait être libre pour jamais.

1176.

Fréderic reçoit des renforts d'Allemagne. L'archevêque de Mayence eſt à l'autre bout de l'Italie dans la marche d'Ancone avec ſes troupes.

La guerre eſt pouſſée vivement des deux côtés. L'infanterie Milanaiſe toute armée de piques défait toute la gendarmerie impériale. Fréderic échappe à peine, pourſuivi par les vainqueurs. Il ſe cache & ſe ſauve enfin dans Pavie.

Cette victoire fut le ſignal de la liberté des Italiens pendant plufieurs années : eux feuls alors purent fe nuire.

Le fuperbe Fréderic prévient enfin , & follicite le Pape Alexandre , retiré dès long-tems dans Anagnia , craignant également les Romains qui ne voulaient point de maître , & l'Empereur qui voulait l'être.

Fréderic lui offre de l'aider à dominer dans Rome, de lui reftituer le patrimoine de St. Pierre & de lui donner une partie des terres de la comteffe Mathilde. On affemble un congrès à Boulogne.

1177.

Le Pape fait transférer le congrès à Venife ; où il fe rend fur les vaiffeaux du roi de Sicile. Les ambaffadeurs de Sicile , & les députés des villes Lombardes y arrivent les premiers. L'archevêque de Mayence Chriftiern y vient conclure la paix.

Il eft difficile de démêler comment cette paix , qui devait affurer le repos des Papes & la liberté des Italiens , ne fut qu'une trève de fix ans avec les villes Lombardes , & de 15 ans avec la Sicile. Il n'y fut pas queftion des terres de la comteffe Mathilde , qui avaient été la bafe du Traité.

Tout étant conclu , l'empereur fe rend à Venife. Le duc le conduit dans fa gondole à faint Marc. Le Pape l'attendait à la porte , la tiare fur la tête. L'empereur fans manteau le conduit au chœur, une baguette de bedeau à la main. Le Pape prêcha en Latin que Fréderic n'entendait pas. Après le sermon, l'Empereur vient baiser les pieds du Pape, communie de sa main, conduit sa mule dans la place de St. Marc au sortir de l'église, & Alexandre III. s'écriait : *Dieu a voulu qu'un vieillard & un prêtre triomphât d'un Empereur puissant & terrible.* Toute l'Italie regarda Innocent III. comme son libérateur & son pere.

La paix fut jurée sur les évangiles par douze princes de l'Empire. On n'écrivait guères alors ces Traités. Il y avait peu de clauses ; les sermens suffisaient. Peu de princes Allemands savaient lire & signer. Et on ne se servait de la plume qu'à Rome. Cela ressemble aux tems sauvages qu'on appelle héroïques.

Cependant on exigea de l'empereur un acte particulier scellé de son sceau, par lequel il promit de n'inquiéter de six ans les villes d'Italie.

1178.

Comment Fréderic Barberousse osait-il après cela passer par Milan, dont le peuple traité par lui en esclave, l'avait vaincu ? il y alla pourtant en retournant én Allemagne.

D'autres troubles agitaient ce vaste païs, guerrier, puissant & malheureux, dans lequel il n'y avait pas encore une seule ville comparable aux médiocres de l'Italie.

Henri le Lion maître de la Saxe & de la Baviere faisait toujours la guerre à plusieurs évêques, comme l'empereur l'avait faite au Pape. Il succomba comme lui, & par l'empereur même.

L'archevêque de Cologne aidé de la moitié de la Westphalie, l'archevêque de Magdebourg, un évêque d'Halberstadt, étaient opprimés par Henri le Lion, & lui faisaient tout le mal qu'ils pouvaient. Presque toute l'Allemagne embrasse leur parti.

1179.

Henri le Lion est le quatriéme duc de Baviere mis au ban de l'empire dans la diéte de l'empire. Il fallait une puissante armée pour mettre l'arrêt à exécution. Ce prince était plus puissant que l'empereur. Il commandait alors depuis Lubec jusqu'au milieu de la Westphalie. Il avait, outre la Baviere, la Stirie & la Carinthie. L'archevêque de Cologne son ennemi est chargé de l'exécution du ban.

Parmi les vassaux de l'empire qui aménent des troupes à l'archevêque de Cologne, on voit un Philippe comte dé Flandres, ainsi qu'un comte de Hainaut & un duc de Brabant, &c. Cela pourrait faire croire que la Flandre proprement dite se regardait toujours comme membre de l'Empire, quoique pairie de la France ; tant le droit féodal traînait après lui d'incertitudes.

Le duc Henri se défend dans la Saxe ; il prend

la Thuringe, il prend la Hesse, il bat l'armée de l'archevêque de Cologne.

La plus grande partie de l'Allemagne est ravagée par cette guerre civile, effet naturel du gouvernement féodal. Il est même étrange que cet effet n'arrivât pas plus souvent.

1180.

Après quelques succès divers, l'empereur tient une diéte dans le château de Gelnhausen vers le Rhin. On y renouvelle, on y confirme la proscription de Henri le Lion. Fréderic y donne la Saxe à Bernard d'Anhalt, fils d'Albert l'Ours marquis de Brandebourg. On lui donne aussi une partie de la Westphalie. La maison d'Anhalt parut alors devoir être la plus puissante de l'Allemagne.

La Baviere est accordée au comte Oton de Vitelsbach, chef de la cour de justice de l'Empereur. C'est de cet Oton Vitelsbach que descendent les deux maisons électorales de Baviere qui regnent de nos jours après tant de malheurs. Elles doivent leur grandeur à Fréderic Barberousse.

Dès que ces seigneurs furent investis, chacun tombe sur Henri le Lion ; & l'Empereur se met lui-même à la tête de l'armée.

1181.

On prend au duc Henri Lunebourg dont il était maître ; on attaque Lubec dont il était le protecteur ; & le roi de Dannemarck Valdemar aide l'Empereur dans ce siége de Lubec.

Lubec déja riche, & qui craignait de tomber au pouvoir du Dannemarck se donne à l'Empereur qui la déclare ville impériale, capitale des villes de la mer Baltique, avec la permission de battre monnoie.

Le duc Henri ne pouvant plus résister, va se jetter aux pieds de l'Empereur, qui lui promet de lui conserver Brunswick & Lunebourg : reste de tant d'états qu'on lui enleve.

Henri le Lion passe à Londres avec sa femme, chez le roi Henri II. son beau-pere. Elle lui donne un fils nommé Oton; c'est le même qui fut depuis Empereur sous le nom d'Oton IV. & c'est d'un frere de cet Oton IV. que descendent les princes qui regnent aujourd'hui en Angleterre. De sorte que les ducs de Brunswick, les rois d'Angleterre, les ducs de Modene ont tous une origine commune, & cette origine est Italienne.

1182.

L'Allemagne est alors tranquille. Fréderic y abolit plusieurs coutumes barbares; entr'autres celle de piller le mobilier des morts; droit horrible que tous les bourgeois des villes exerçaient au décès d'un bourgeois, aux dépens des héritiers, & qui causait toujours des querelles sanglantes, quoique le mobilier fût alors bien peu de chose.

Toutes les villes de la Lombardie jouissent d'une profonde paix & reprennent la vie.

Les Romains persistent toujours dans l'idée de

se souftraire au pouvoir des Papes, comme à celui des empereurs. Ils chaffent de Rome le Pape Lucius III. succeffeur d'Alexandre.

Ce même Chriftiern archevêque de Mayence, toujours général de l'Empereur, marche avec une armée au secours du Pape; mais il meurt à Tufculum.

Le sénat eft le maître dans Rome. Quelques clercs qu'on prend pour des efpions du Pape Lucius III. lui font renvoyés avec les yeux crevés; inhumanité trop indigne du nom Romain.

1183.

Fréderic I. déclare Ratisbonne ville Impériale. Il détache le Tirol de la Baviere; il en détache auffi la Stirie, qu'il érige en duché.

Célébre congrès à Plaifance le 30 avril, entre les commiffaires de l'empereur, & les députés de toutes les villes de Lombardie. Ceux de Venife même s'y trouvent. Ils conviennent que l'Empereur peut exiger de fes vaffaux d'Italie le ferment de fidélité; & qu'ils font obligés de marcher à son secours, en cas qu'on l'attaque dans son voyage à Rome, qu'on appelle l'expédition Romaine.

Ils ftipulent que les villes & les vaffaux ne fourniront à l'Empereur dans son paffage, que le fourage ordinaire, & les provifions de bouche, pour tout fubfide.

L'Empereur leur accorde le droit d'avoir des troupes, des fortifications, des tribunaux qui jugent en dernier reſſort , juſqu'à concurrence de cinquante marcs d'argent ; & nulle cauſe ne doit être jamais évoquée en Allemagne.

Si dans ces villes l'évêque a le titre de comte , il y conſervera le droit de créer les conſuls de ſa ville épiſcopale ; & ſi l'évêque n'eſt pas en poſſeſſion de ce droit , il eſt réſervé à l'Empereur.

Ce traité qui rendait l'Italie libre ſous un chef, a été regardé long-tems par le Italiens comme le fondement de leur droit public.

Les marquis de Malaſpina , & les comtes de Créme y ſont ſpécialement nommés , & l'Empereur tranſige avec eux comme avec les autres villes. Tous les ſeigneurs des fiefs y ſont compris en général.

Apparemment que les députés de Veniſe ne ſignerent à ce traité que pour les fiefs qu'ils avaient dans le continent ; car pour la ville de Veniſe , elle ne mettait pas ſa liberté & ſon indépendance en compromis.

1184.

Grande diéte à Mayence. L'empereur y fait encore reconnaître ſon fils Henri roi des Romains.

Il arme chevaliers ſes deux fils , Henri & Fréderic. C'eſt le premier Empereur qui ait fait ainſi ſes fils chevaliers , avec les cérémonies alors en uſage. Le nouveau chevalier faiſait la veille des armes, enſuite on le mettait au bain ; il venait recevoir l'accolade & le baiſer en tunique ; des chevaliers lui attachaient ſes éperons ; il offrait ſon épée à Dieu & aux ſaints ; on le revêtait d'un épitoge ; mais ce qu'il y avait de plus bizarre, c'eſt qu'on lui ſervait à dîner, ſans qu'il lui fût permis de manger & de boire.

L'empereur va à Vérone, où le Pape Lucius III. toujours chaſſé de Rome était retiré. On y tenait un petit concile Il ne fut pas queſtion de rétablir Lucius à Rome. On y traita la grande querelle des terres de la comteſſe Mathilde , & on ne convint de rien ; auſſi le Pape refuſa-t-il de couronner empereur Henri , fils de Frédéric.

L'empereur alla le faire couronner roi d'Italie à Milan , & on y apporta la couronne de fer de Monza.

1185.

Le Pape brouillé avec les Romains eſt aſſez imprudent pour ſe brouiller avec l'Empereur , au ſujet de ce dangereux héritage de Mathilde.

Un roi de Sardaigne commande les troupes de Frédéric. Ce roi de Sardaigne eſt le fils de ce Bailli qui avait acheté le titre de roi. Il ſe ſaiſit de quelques villes , dont les Papes étaient encore en poſſeſſion. Lucius III. preſque dépouillé de tout meurt à Vérone ; & Frédéric , vainqueur du Pape , ne peut pourtant être ſouverain dans Rome.

1186.

L'Empereur marie à Milan le 6 février ſon fils le roi Henri , avec Conſtance de Sicile , fille de

Roger II. roi de Sicile & de Naples, & petite-fille de Roger I. du nom. Elle était héritiere présomptive de ce beau royaume ; ce mariage fut la source des plus grands & des plus longs malheurs.

Frédéric Barberouffe laiffe le roi Henri en Italie, & repaffe en Allemagne.

Cette année doit être célébre en Allemagne par l'ufage qu'introduifit un évêque de Metz, nommé Bertrand, d'avoir des archives dans les villes, & d'y conferver les actes dont dépendent les fortunes des particuliers. Avant ce tems-là tout fe faifait par témoins feulement, & prefque toutes les conteftations fe décidaient par des combats.

1187.

La Poméranie, qui après avoir appartenu aux Polonais, était vaffale de l'empire, & qui lui payait un léger tribut, eft fubjuguée par Canut roi de Dannemarck, & devient vaffale des Danois. Sleefwick, auparavant relevant de l'Empire, devient un duché de Dannemarck. Ainfi ce royaume, qui auparavant relevait lui-même de l'Allemagne, lui ôte tout d'un coup deux provinces.

Frédéric Barberouffe, auparavant fi grand & fi puiffant, n'avait plus qu'une ombre d'autorité en Italie, & voyait la puiffance de l'Allemagne diminuée.

Il rétablit fa réputation, en confervant la cou-

ronne de Bohême à un duc ou à un roi, que fes
fujets venaient de dépofer.

Les Génois bâtiffent un fort à Monaco , & font
l'acquifition de Gavi.

Grands troubles dans la Savoye. L'Empereur
Fréderic fe déclare contre le comte de Savoye , &
détache plufieurs fiefs de ce comté , & entr'autres
les évêchés de Turin & de Genéve. Les évêques de
ces villes deviennent feigneurs de l'Empire. De-là
les querelles perpétuelles entre les évêques & les
comtes de Genéve.

1188.

Saladin , le plus grand homme de fon tems,
ayant repris Jerufalem fur les Chrétiens le Pape
Clément III. fait prêcher une nouvelle croifade
dans toute l'Europe.

Le zèle des Allemands s'alluma ; on a peine à
concevoir les motifs qui déterminerent l'empereur
Fréderic à marcher vers la Paleftine , & à renouveller à l'âge de foixante-huit ans des entreprifes
dont un prince fage devait être défabufé. Ce qui
caractérife ce tems là , c'eft qu'il envoie un comte
de l'Empire à Saladin , pour lui demander en cérémonie Jerufalem & la vraie croix.

On voit ici un fingulier exemple de l'efprit du
tems. Il était à craindre que Henri le Lion , pendant l'abfence de l'empereur , ne tentât de rentrer
dans les grands états dont il était dépouillé. On
lui fit jurer qu'il ne ferait aucune tentative pen-

dant la guerre fainte. Il jura, & on fe fia à fon ferment.

1189.

Fréderic Barberouffe avec fon fils Fréderic duc de Suabe paffe par l'Autriche & par la Hongrie avec plus de cent mille croifés. S'il eût pu con-duire à Rome cette armée de volontaires, il était empereur en effet. Les premiers ennemis qu'il trouve, font les Chrétiens Grecs de l'Empire de Conftantinople. Les empereurs Grecs & les croi-fés avaient eu à fe plaindre en tout tems les uns des autres.

L'empereur de Conftantinople était Ifaac l'Ange. Il refufe de donner le titre d'empereur à Fréderic, qu'il ne regarde que comme un roi d'Allemagne, & lui fait dire que s'il veut obtenir le paffage, il faut qu'il donne des ôtages. On voit dans les conftitutions de Goldaft les lettres de ces empereurs. Ifaac l'Ange n'y donne d'autre titre à Fréderic que celui d'avocat de l'églife Romaine. Fréderic répond à l'Ange qu'il eft un chien. Et après cela on s'étonne des épithétes que fe don-nent les héros d'Homere dans des tems encore plus héroïques.

1190.

Fréderic s'étant frayé le paffage à main armée, bat le fultan d'Iconium ; il prend fa ville, il paffe le mont Taurus, & meurt de maladie après fa victoire, laiffant une réputation célébre d'inégalité & de grandeur, & une mémoire chere à l'Allemagne plus qu'à l'Italie.

On dit qu'il fut enterré à Tyr. On ignore où est la cendre d'un empereur qui fit tant de bruit pendant sa vie. Il faut que ses succès dans l'Asie ayent été beaucoup moins solides qu'éclatans : car il ne restait à son fils Fréderic de Suabe qu'une armée d'environ sept à huit mille combattans, de plus de cent mille qu'elle était en arrivant.

Le fils mourut bientôt de maladie comme le pere ; & il ne demeura en Asie que Léopold duc d'Autriche avec quelques chevaliers. C'est ainsi que se terminait chaque croisade.

HENRI VI.

VINGT-TROISIEME EMPEREUR.

1190.

Henri VI. déja deux fois reconnu & couronné du vivant de son pere, ne renouvelle point cet appareil, & régne de plein droit.

Cet ancien duc de Saxe & de Baviere, ce possesseur de tant de villes, Henri le Lion avait peu respecté son serment de ne pas chercher à reprendre son bien. Il était déja entré dans le Holstein ; il avait des évêques, & sur-tout celui de Brême dans son parti.

Henri

Henri VI. lui livre bataille auprès de Verden, &
est vainqueur. Enfin on fait la paix avec ce prince
toujours proscrit , & toujours armé. On lui
laisse Brunswick démantelé. Il partage avec le
comte de Holstein le titre de seigneur de Lubec
qui demeure toujours ville libre sous ses Seigneurs.

L'empereur Henri VI. par cette victoire , & par
cette paix étant affermi en Allemagne , tourne
ses pensées vers l'Italie. Il pouvait y être plus
puissant que Charlemagne & les Othons : possesseur direct des terres de Mathilde , roi de Naples
& de Sicile par sa femme, & suzerain de tout le
reste.

1191.

Il fallait recueillir cet héritage de Naples & Sicile. Les Seigneurs du Païs ne voulaient pas que
ce Royaume devenu florissant en si peu de tems ,
devînt une province soumise à l'Allemagne. Le
sang de ces gentilshommes français devenus par
leur courage leurs rois & leurs compatriotes , leur
était cher. Ils élisent Tancréde , fils du Prince
Roger , & petit-fils de leur bon roi Roger. Ce
prince Tancrede n'était pas né d'un mariage reconnu pour légitime. Mais combien de bâtards
avaient hérité avant lui de plus grands royaumes !
La volonté des peuples & l'élection paraissaient
d'ailleurs le premier de tous les droits.

L'Empereur traite avec les Génois pour avoir
une flotte avec laquelle il aille disputer la Pouille

& la Sicile. Des marchands pouvaient ce que l'empereur ne pouvait pas lui-même. Il confirme les priviléges des villes de Lombardie pour les mettre dans son parti. Il ménage le pape Célestin III. c'était un vieillard de quatre-vingt-cinq ans, qui n'était pas prêtre. Il venait d'être élu.

Les cérémonies de l'inthronisation des papes étaient alors de les revêtir d'une chappe rouge, dès qu'ils étaient nommés. On les conduisait dans une chaire de pierre qui était percée, & qu'on appellait *stercorarium* : ensuite dans une chaire de porphire, sur laquelle on leur donnait deux clefs, celle de l'église de Latran, & celle du palais, origine des armes du pape : de-là dans une troisieme chaire, où on lui donnait une ceinture de soie, & une bourse dans laquelle il y avait douze pierres semblables à celles de l'éphod du grand prêtre des Juifs. On ne sait pas quand tous ces usages ont commencé. Ce fut ainsi que Célestin fut inthronisé avant d'être prêtre.

L'empereur étant venu à Rome, le pape se fait ordonner prêtre la veille de Pâques, le lendemain se fait sacrer évêque, le surlendemain sacre l'empereur Henri VI. avec l'impératrice Constance.

Roger Hoved, anglais, est le seul qui rapporte que le pape poussa d'un coup de pied la couronne dont on devait orner l'empereur, & que

les Cardinaux la releverent. Il prend cet acci-
dent pour une cérémonie. On a cru auſſi que
c'était une marque d'un orgueil auſſi brutal que
ridicule. Ou le Pape était en enfance ; ou l'aventure n'eſt pas vraie.

L'Empereur, pour ſe rendre le Pape favorable
dans ſon expédition de Naples & de Sicile, lui
rend l'ancienne ville de Tuſculum. Le Pape la
rend au peuple romain, dont le gouvernement
municipal ſubſiſtait toujours. Les romains la détruiſent de fond en comble. Il ſemble qu'en
cela les romains euſſent pris l'eſprit deſtructeur
des Goths & des Hérules habitués chez eux.

Cependant le vieux Céleſtin III. comme ſuze-
rain de Naples & de Sicile, craignant un vaſſal
puiſſant qui ne voudrait pas être vaſſal, défend
à l'Empereur cette conquête ; défenſe non moins
ridicule que le coup de pied à la Couronne,
puiſqu'il ne pouvait empêcher l'Empereur de
marcher à Naples.

Les maladies détruiſent toujours les troupes
allemandes dans les païs chauds & abondants.
La moitié de l'armée impériale périt ſur le chemin
de Naples.

Conſtance, femme de l'Empereur eſt livrée
dans Salerne au roi Tancrede, qui la renvoie
généreuſement à ſon époux.

1192.

L'Empereur diffère ſon entrepriſe ſur Naple

& Sicile, & va à Worms. Il fait un de ses
freres Conrad duc de Suabe. Il donne à Philippe son autre frere depuis Empereur le duché
de Spolete, qu'il ôte à la maison des Guelfes.

Etablissement des Chevaliers de l'ordre Teutonique, destinés auparavant à servir les malades
dans la Palestine, devenus depuis conquérants.
La premiere maison qu'ils ont en Allemagne est
bâtie à Coblentz.

Henri le Lion renouvelle ses prétentions & ses
guerres. Il ne poursuit rien sur la Saxe, rien sur la
Baviere, il se jette encore sur le Holstein, & perd
tout ce qui lui restait d'ailleurs.

1193.

En ce tems le grand Saladin chassait tous les
chrétiens de la Syrie. Richard *cœur de lion*, roi
d'Angleterre après des exploits admirables & inutiles, s'en retourne comme les autres. Il était
mal avec l'Empereur, il était plus mal avec
Leopold duc d'Autriche, pour une vaine querelle
sur un prétendu point d'honneur qu'il avait eu
avec Léopold dans les malheureuses guerres d'O-
rient. Il passe par les terres du duc d'Autriche.
Ce prince le fait mettre aux fers, contre les sermens de tous les croisés, contre les égards dûs
à un roi, contre les loix de l'honneur & des
nations.

Le duc d'Autriche livre son prisonnier à l'Empereur. La reine Eleonore, femme de Richard

cœur de lion, ne pouvant venger fon mari, offre
fa rançon On prétend que fa rançon fut de
cent cinquante mille marcs d'argent. Cela ferait
environ deux millions d'écus d'Allemagne ; & attendu la rareté de l'argent, & le prix des denrées
cette fomme équivaudroit à quarante millions d'é-
cus de ce tems-ci. Les hiftoriens peut-être ont
pris cent cinquante mille marques, *marcas*, pour
cent cinquante mille marcs, demi-livres. Ces
méprifes font trop ordinaires. Quelle que fût la
rançon, l'empereur Henri VI. qui n'avait fur Richard que le droit des brigands, la reçut avec
autant de lâcheté, qu'il retenait Richard avec injuftice. On dit encore qu'il le força à lui faire
hommage du royaume d'Angleterre, hommage
très-vain. Richard eut été bien loin de mériter fon
furnom de *cœur de lion*, s'il eût confenti à cette
baffeffe.

Un Evêque de Prague eft fait duc ou roi de
Bohême. Il achete fon inveftiture de Henri VI.
à prix d'argent.

Henri le Lion âgé de foixante & dix ans, marie
fon fils qui porte le titre de comte de Brunswick
avec Agnès fille de Conrad comte Palatin oncle
de l'Empereur. Agnès aimait le comte de Brunswick : ce mariage auquel l'Empereur confent, le
réconcilie avec le vieux duc qui meurt bientôt
après en laiffant du moins le Brunswick à fes def
cendans.

1194.

Il eſt à croire que l'empereur Henri VI. ne ran-çonnait les rois Richard & l'évêque roi de Bohê-me, que pour avoir de quoi conquérir Naples & Sicile. Tancrede ſon compétiteur meurt. Les peu-ples mettent à ſa place ſon fils Guillaume quoi-qu'enfant : marque évidente que c'était moins Tancrede que la nation qui diſputait le trône de Naples à l'Empereur.

Les Génois fourniſſent à Henri la flotte qu'ils lui ont promiſe ; les Piſans y ajoutent douze ga-leres. L'Empereur avec ces forces fournies par des Italiens pour aſſervir l'Italie, ſe montre de-vant Naples qui ſe rend, & tandis qu'il fait aſſié-ger en Sicile Palerme & Catane, la veuve de Tan-crede enfermée dans Salerne capitule & céde les deux royaumes, à condition que ſon fils Guillau-me aura du moins la principauté de Tarente. Ainſi après cent ans que Robet & Roger avaient conquis la Sicile, ce fruit de tant de travaux des Cheva-liers français tombe dans les mains de la maiſon de Suabe.

Les Génois demandent à l'Empereur l'éxécu-tion du traité qu'ils ont fait avec lui, la reſtitution ſtipulée de quelques terres, la confirmation de leurs priviléges en Sicile accordés par le roi Roger. Henri VI. leur répond : *Quand vous m'aurez fait voir que vous êtes libres & que vous ne me deviez pas une flotte en qualité de vaſſaux, je vous tiendrai*

ce que je vous ai promis. Alors joignant l'atrocité
de la cruauté à l'ingratitude & à la perfidie, il
fait exhumer le corps de Tancrede & lui fait couper la tête par le bourreau. Il fait eunuque le
jeune Guillaume fils de Tancrede, l'envoie prifonnier à Coire, où il lui fait crever les yeux. La
reine fa mere & fes filles font conduites en Allemagne & enfermées dans un couvent en Alface.
Henri fait emporter une partie des tréfors amaffés
par les rois Et les hommes fouffrent à leur tête de
tels hommes !

1195.

Henri de Brunswik fils du Lion, obtient le Palatinat après la mort de fon beau-pere le Palatin
Conrad.

On publie une nouvelle croifade à Worms ;
Henri VI. promet d'aller combattre pour Jefus-
Chrift.

1196.

Le zéle des voyages d'Outremer croiffait par les
malheurs, comme les religions s'affermiffent par
les martyres. Une fœur du roi de France Philippe
Augufte, veuve de Béla, roi de Hongrie, fe met
à la tête d'une partie de l'armée croifée allemande, & va en Paleftine effuyer le fort de tous ceux
qui l'ont précédée. Henri VI. fait marcher une
autre partie des croifés en Italie, où elle lui devait
être plus utile qu'à Jerufalem.

M 4.

§ 97.

C'eſt ici un des points les plus curieux & les plus intéreſſants de l'hiſtoire. La grande chronique belgique rapporte que non ſeulement Henri fit élire ſon fils (Fréderic II.) encore au berceau par cinquante-deux ſeigneurs ou évêques; mais qu'il fit déclarer l'Empire héréditaire, & qu'il ſtatua que Naples & Sicile feraient incorporés pour jamais à l'Empire. Si Henri VI. put faire ces loix, il les fit ſans doute, & il était aſſez redouté pour ne pas trouver de contradiction. Il eſt certain que ſon Epithaphe à Panorme porte qu'il reunit la Sicile à l'Empire. Mais les Papes rendirent bien-tôt cette réunion inutile. Et à ſa mort il parut bien que le droit d'élection était toujours cher aux Seigneurs d'Allemagne.

Cependant Henri VI. paſſe à Naples par terre : tous les Seigneurs y étaient animés contre lui ; un ſoulevement général était à craindre, il les dépouille de leurs fiefs & les donne aux Allemands ou aux Italiens de ſon parti. Le déſeſpoir forme la conjuration que l'Empereur voulait prévenir. Un comte Jourdan, de la maiſon des princes Normands, ſe met à la tête des peuples. Il eſt livré à l'Empereur, qui le fait périr par un ſupplice qu'on croirait imité des tyrans fabuleux de l'antiquité : on l'attache nud ſur une chaiſe de fer brûlante, on le couronne d'un cercle de fer enflammé qu'on lui attache avec des cloux.

1197.

Alors l'Empereur laiffe partir le refte de fes Allemands croifés, ils abordent en Chypre. L'évêque de Wirtzbourg qui les conduit, donne la couronne de Chypre à Emeri de Lufignan qui aimait mieux être vaffal de l'Empire allemand que de l'Empire grec.

Ce même Emeri de Lufignan roi de Chypre époufe Ifabelle, fille du dernier roi de Jérufalem, & de-là vient le titre du roi de Chypre & de Jérufalem, que plufieurs Souverains fe font difputés en Europe.

Les Allemands croifés éprouvent des fortunes diverfes en Afie. Pendant ce tems Henri VI. refte en Sicile avec peu de troupes. Sa fécurité le perd; on confpire à Naples & en Sicile contre le tyran. Sa propre femme Conftance eft l'ame de la conjuration. On prend les armes de tous côtés; Conftance abandonne fon cruel mari, & fe met à la tête des conjurés. On tue tout ce qu'on trouve d'Allemands en Sicile. C'eft le premier coup des vêpres Siciliennes qui fonnerent depuis fous Charles de France. Henri eft obligé de capituler avec fa femme, il meurt: & on prétend que c'eft d'un poifon que cette Princeffe lui donna; crime peut-être excufable dans une femme qui vengeait fa famille & fa patrie, fi l'empoifonnement & fur-tout l'empoifonnement d'un mari pouvait jamais être juftifié.

M 5

PHIPIPPE I.

VINGT QUATRIEME EMPEREUR.

1198.

D'abord les Seigneurs & les Evêques affemblés dans Arnsberg en Turinge accordent l'adminiftration de l'Allemagne à Philippe duc de Suabe oncle de Fréderic II. mineur, reconnu déja roi des Romains. Ainfi le véritable Empereur était Fréderic II. Mais d'autres Seigneurs indignés de voir un Empire électif devenu héréditaire, choififfent à Cologne un autre roi, & ils élifent le moins puiffant, pour être puiffants fous fon nom. Ce prétendu roi on empereur nommé Bertold duc d'une petite partie de la Suiffe, renonce bientôt à un vain honneur qu'il ne peut foutenir. Alors l'affemblée de Cologne élit le duc de Brunswick Othon fils de Henri le Lion. Les Electeurs étaient le duc de Lorraine, un comte de Kuxe, l'archevêque de Cologne, les évêques de Minden, de Paderborn, l'abbé de Corbie, & deux autres abbés moines Bénédictins.

Philippe veut être auffi nommé empereur; il eft élu à Erfort; voilà quatre Empereurs en une année, & aucun ne l'eft véritablement.

Othon de Brunswick était en Angleterre : & le

roi d'Angleterre Richard, fi indignement traité
par Henri VI. & jufte ennemi de la maifon de
Suabe, prenait le parti de Brunswick. Par conféquent le roi de France Philippe Augufte eft pour
l'autre empereur Philippe.

C'était encoré une occafion pour les villes
d'Italie, de fecouer le joug allemand. Elles devenaient tous les jours plus puiffantes. Mais cette
puiffance même les divifait. Les unes tenaient
pour Othon de Brunswick, les autres pour Philippe de Suabe. Le pape Innocent III. reftait neutre
entre les compétiteurs. L'Allemagne fouffre tous
les fleaux d'une guerre civile.

1199. 1200.

Dans ces troubles inteftins de l'Allemagne, on
ne voit que changemens de parti, accords faits
& rompus faibleffe de tous les côtés. Et cependant l'Allemagne s'appelle toujours l'Empire
Romain.

L'Impératrice Conftance reftait en Sicile avec
le Prince Fréderic fon fils: elle y était paifible,
elle y était régente : & rien ne prouvait mieux
que c'était elle qui avait confpiré contre fon mari Henri VI. Elle retenait fous l'obéiffance du
fils ceux qu'elle avait foulevés contre le pere. Naples & Sicile aimaient dans le jeune Fréderic le
fils de Conftance & le fang de leurs rois. Ils ne
regardoient pas même ce Fréderic II. comme le
fils de Henri VI. & il y a très-grande apparence

M 6

qu'il ne l'était pas ; puisque sa mere en demandant pour lui l'investiture de Naples & de Sicile au pape Célestin III, avait été obligée de jurer que Henri VI. était son pere.

Le fameux pape Innocent III. fils d'un comté de Segni étant monté sur le siége de Rome, il faut une nouvelle investiture. Ici commence une querelle singuliere qui dure encore, depuis plus de cinq cents années.

On a vu ces Chevaliers de Normandie devenus princes & rois dans Naples & Sicile, relevant d'abord des Empereurs ; faire ensuite hommage aux Papes. Lorsque Roger, encore comte de Sicile, donnait de nouvelles loix à cette Isle, qu'il enlevait à la fois aux Mahométans & aux Grecs, lorsqu'il rendait tant d'Eglises à la communion romaine ; le pape Urbain second lui accorda solemnellement le pouvoir des légats *à latere*, & des légats nés du Saint Siége. Ces légats jugeaient en dernier ressort toutes les causes ecclésiastiques, conféraient les bénéfices, levaient des décimes. Depuis ce tems les rois de Sicile étaient en effet légats, vicaires du Saint Siége dans ce Royaume, & vraiment Papes chez eux. Ils avaient véritablement les deux glaives. Ce privilége unique que tant de Rois auraient pu s'arroger, n'était connu qu'en Sicile. Les successeurs du pape Urbain second avaient confirmé cette prérogative soit de gré soit de force. Célestin III. ne l'avait pas contestée. Innocent III.

s'y oppofa , traita la légation des Rois en Sicile de fubreptice, exigea que Conftance y renonçât pour fon fils, & qu'elle fît un hommage-lige ; pur & fimple de la Sicile.

Conftance meurt avant d'obéir , & laiffe au Pape la tutelle du Roi & du Royaume.

1201.

Innocent III. ne reconnaît point l'empereur Philippe, il reconnaît Othon ; & lui écrit : *Par l'autorité de Dieu à nous donnée nous vous recevons Roi des Romains . & nous ordonnons qu'on vous obéiffe ; & après les préliminaires ordinaires , nous vous donnerons la Couronne Impériale.*

Le roi de France Philippe Augufte , partifan de Philippe de Suabe , & ennemi d'Othon , écrit au Pape en faveur de Philippe. Innocent III. lui répond : *Il faut que Philippe perde l'Empire , ou que je perde le Pontificat.*

1202.

Innocent III. publie une nouvelle croifade. Les Allemands n'y ont point de part. C'eft dans cette croifade que les Chrétiens d'Occident prennent Conftantinople , au lieu de fecourir la Terre Sainte. C'eft elle qui étend le pouvoir & les domaines de Venife.

1203.

L'Allemagne s'affaiblit du côté du Nord dans ces troubles. Les Danois s'emparent de la Van-

dalie ; c'eſt une partie de la Pruſſe & de la Poméranie. Il eſt difficile d'en marquer les limites.
Y en avait-il alors dans ces païs barbares ? le Hol-
ſtein annexé au Dannemarck ne reconnaît plus
alors l'Empire.

1204.

Le duc de Brabant reconnaît Philippe pour
Empereur & fait hommage.

1205.

Pluſieurs Seigneurs ſuivent cet exemple. Philippe eſt ſacré à Aix par l'archevêque de Cologne.
La guerre civile continue en Allemagne.

1206.

Othon battu par Philippe auprès de Cologne,
ſe refugie en Angleterre. Alors le Pape conſent à
l'abandonner : il promet à Philippe de lever l'excommunication encourue par tout prince qui ſe
dit Empereur ſan la permiſſion du Saint Siége. Il
le reconnoîtra pour Empereur légitime , s'il veut
marier ſa ſœur à un neveu de ſa Sainteté , en donnant pour dot le duché de Spolette , la Toſcane,
la Marche d'Anconne. Voilà des propoſitions bien
étranges ; la Marche d'Ancone appartenait de
droit au ſaint Siége. Philippe refuſe le Pape &
aime mieux être excommunié, que de donner
une telle dot. Cependant en rendant un archevêque de Cologne qu'il retenait priſonnier , il a ſon
abſolution, & ne fait point le mariage.

1207.

Othon revient d'Angleterre en Allemagne Il y paraît fans partifans. Il faut bien pourtant qu'il en eût de fecrets, puifqu'il revenait.

1208.

Le comte Othon qui était Palatin dans la Baviere, affaffine l'empereur Philippe à Bamberg, & fe fauve aifément.

OTHON IV.

VINGT-CINQUIEME EMPEREUR.

Othon pour s'affermir, & pour réunir les partis, époufe Béatrix fille de l'Empereur affaffiné.

Béatrix demande à Francfort vengeance de la mort de fon pere. La diéte met l'affaffin au ban de l'Empire. Le comte Papenheim fit plus, il affaffina quelque tems après l'affaffin de l'Empereur.

1209.

Othon IV, pour s'affermir mieux, confirme aux villes d'Italie tous leurs droits, & reconnaît ceux que les Papes s'attribuent, Il écrit à Innocent III. *Nous vous rendons l'obéiffance que nos prédéceffeurs ont rendue aux vôtres.* Il le laiffe en

poſſeſſion des terres que le Pontife a déja recou-
vrées, comme Viterbe, Orviéte, Pérouſe. Il lui
promet tout le fameux héritage de Mathilde. Il lui
abandonne la ſupériorité territoriale, c'eſt-à-dire, le domaine ſuprême, le droit de mouvance
ſur Naples & Sicile.

1210.

On ne peut paraître plus d'accord ; mais à peine
eſt-il couronné à Rome, qu'il fait la guerre au
Pape pour ces mêmes villes.

Il avait laiſſé au Pape la ſuzeraineté & la garde
de Naples & Sicile ; il va s'emparer de la Pouille,
héritage du jeune Fréderic roi des Romains,
qu'on dépouillait à la fois de l'Empire & de l'héritage de ſa mere.

1211.

Innocent III. ne peut qu'excommunier Othon.
Une excommunication n'eſt rien contre un Prince
affermi : c'eſt beaucoup contre un Prince qui a des
ennemis.

Les ducs de Baviére, celui d'Autriche, le landgrave de Turinge veulent le détrôner. L'archevêque de Mayence l'excommunie, & tout le parti
reconnaît le jeune Fréderic ſecond.

L'Allemagne eſt encore diviſée. Othon prêt de
perdre l'Allemagne pour avoir voulu ravir la
Pouille, repaſſe les Alpes.

1212.

L'empereur Othon affemble fes partifans à Nu-remberg. Le jeune Frédéric paffe les Alpes après lui : il s'empare de l'Alface, dont les feigneurs fe déclarent en fa faveur. Il met dans fon parti Ferri duc de Lorraine. L'Allemagne eft d'un bout à l'autre le théâtre de la guerre civile.

1213.

Fréderic fecond reçoit enfin de l'archevêque de Mayence la couronne à Aix-la-Chapelle.

Cependant Othon fe foutient, & il regagne prefque tout, lorfqu'il était prêt de tout perdre.

Il était toujours protégé par l'Angleterre. Son concurrent Fréderic fecond l'était par la France. Othon fortifie encore fon parti en époufant la fille du duc de Brabant, après la mort de fa femme Béatrix. Le roi d'Angleterre Jean lui donne de l'argent pour attaquer le roi de France. Ce Jean n'était pas encore Jean *fans terre* ; mais il était deftiné à l'être, & à devenir, comme Othon, très-malheureux.

1214.

Il paraît fingulier qu'Othon qui un an aupa-ravant avait de la peine à fe défendre en Allema-gne, puiffe faire la guerre à préfent à Philippe Augufte. Mais il était fuivi du duc de Brabant, du duc de Limbourg, du duc de Lorraine, du comte de Hollande, de tous les seigneurs de ces pays, & du comte de Flandre, que le roi d'Angleterre avait gagnés. C'est toujours un problême, si les comtes de Flandres, qui alors faisaient toujours hommage à la France, étaient regardés comme vassaux de l'empire malgré cet hommage.

Othon marche vers Valenciennes avec une armée de plus de cent vingt mille combattans, tandis que Fréderic second caché vers la Suisse attendait l'issue de cette grande entreprise. Philippe Auguste était pressé entre l'Empereur & le roi d'Angleterre.

BATAILLE DE BOVINES.

Entre Lille & Tournai est un petit village nommé Bovines, près duquel Othon IV. à la tête d'une armée qu'on dit forte de plus de cent-vingt-mille hommes, vint attaquer le roi, qui n'en avait guères que la moitié On commençait alors à se servir d'arbalêtres; c'était une machine qui lançait de longues & pesantes fléches, & qu'on tendait avec un tourquinet. Cette arme fut en usage sous Louis *le gros.* Mais ce qui décidait d'une journée, c'était cette pesante cavalerie, toute couverte de fer, composée de tous les Seigneurs de fiefs, & de leurs écuyers. Les chevaliers portaient une cuirasse, des bottines, des genouilleres, des brassarts, des cuissarts, une casaque. Toute cette armure était de fer; & par-dessus la cuirasse, ils

avaient encore une chemife de mailles appellée
Haubert du mot *Albus*. Cette cotte de mailles
était ornée d'une piéce d'étoffe brodée des armoiries du chevalier. Ces armoiries qui commençaient à être d'ufage, n'ont été appellées ainfi,
que parce qu'elles étaient peintes fur les armes du
chevalier, pour le faire reconnaître dans les batailles. Les écuyers n'avaient pas droit de porter le
haubert. Leur cafque n'était pas fermé, & n'était
pas de fi bonne défenfe. Ils n'avaient ni braffarts,
ni cuiffarts: ainfi armés plus à la légère, ils en
avaient plus d'agilité pour monter à cheval, &
pour relever dans les combats ces maffes pefantes
de chevaliers, qui ne pouvaient fe remuer, &
qu'on ne pouvait bleffer que difficilement. L'armure complette des chevaliers était encore une
prérogative d'honneur à laquelle les écuyers ne
pouvaient prétendre ; il ne leur était pas permis
d'être invulnérables. Tout ce qu'un chevalier avait
à craindre, était d'être bleffé au vifage, quand il
levait la vifiere de fon cafque, ou dans le flanc au
défaut de la cuiraffe, quand il était abattu, ou
qu'on avait levé fa chemife de mailles : enfin fous
les aiffelles quand il levait les bras. Il y avait encore des troupes de cavalerie tirées du corps des
communes, moins bien armées que les chevaliers.
Pour l'infanterie elle portait des armes défenfives
à fon gré, & les offenfives étaient l'épée, la fléche,
la maffue, la fronde.

Ce fut un évêque qui rangea en bataille l'armée

de Philippe Augufte. Il s'appellait Guérin, & venait d'être nommé à l'évêché de Senlis. Un évêque de Beauvais, long-tems prifonnier du roi Richard d'Angleterre, fe trouva auffi à cette bataille ; il s'y fervit d'une maflue, difant qu'il ferait irrégulier, s'il verfait le fang humain. On ne fait point comment l'Empereur & le Roi difpoferent leurs troupes. Philippe avant le combat fit chanter le pfeaume. *Exurgat Deus & diffipentur inimici ejus*, comme fi Othon avait combattu contre Dieu. Auparavant les Français chantaient des vers en l'honneur de Charlemagne & de Rolland. L'étendart impérial d'Othon était fur un chariot à quatre roues, felon l'ufage d'Allemagne & d'Italie ; c'était une longue perche qui portait un dragon de bois peint, & fur le dragon s'élevait un aigle de bois doré. L'étendart royal de France était un bâton doré, avec un drapeau de foie blanche, femé de fleurs de lys couleur d'or ; car cet ornement, qu'on appelle fleurs de lys, qui n'avait été qu'une imagination de peinture, commençait à fervir d'armoiries aux rois de France. D'anciennes couronnes des rois Lombards dont on voit les eftampes fideles dans Muratori, font furmontées de cet ornement, qui n'eft autre chofe que le fer d'une lance lié avec deux autres fers recourbés ; c'eft ainfi que font auffi figurés plufieurs fceptres des anciens rois Lombards.

Outre l'étendart royal, Philippe Augufte fit encore porter l'oriflamme de St Denis, qui était une lance de cuivre doré, où pendait un gonfanon de foie rouge. Lorſque le roi était en danger, on hauſſoit ou baiſſoit l'un ou l'autre de ces étendàrts. Chaque chevalier avait auſſi le ſien, qu'on appellait *pennon*, & les grands chevaliers qui avaient d'autres chevaliers ſous eux, faiſaient porter un autre drapeau, qu'on nommait *banniére*. Ce terme de banniere ſi honorable était pourtant commun aux drapeaux de l'infanterie, preſque toute compoſée de ſerfs ou de nouveaux affranchis.

Le cri de guerre des Français était d'ordinaire, *Mon joie St. Denis* : on diſait indifféremment *Mon joie ou ma joie*, dans le jargon barbare de France. Le cri des Allemands était encore *Kyrie, eleyſon*.

L'armée Teutonne, très-forte en infanterie, avait bien moins de chevaliers que celle du Roi. C'eſt à cette différence qu'on peut principalement attribuer le gain de cette grande bataille. Ces eſcadrons de chevaux caparaçonnés d'acier, portant des hommes impénétrables aux coups, armés de longues lances, devaient mettre en deſordre les milices allemandes, preſque nues & deſarmées, en comparaiſon de ces citadelles mouvantes.

Une preuve que les chevaliers bien armés ne couraient d'autre riſque que d'être démontés, & n'étaient bleſſés que par un grand hazard, c'eſt que le roi Philippe Auguſte, renverſé de ſon cheval, fut long-tems entouré d'ennemis, & reçut des coups de toute efpece d'armes, fans verfer une goutte de fang. On raconte même qu'étant couché par terre, un foldat allemand voulut lui enfoncer dans la gorge un javelot à double crochet, & n'en put jamais venir à bout. Aucun chevalier ne périt dans la bataille, finon Guillaume *De Long champs*, qui malheureufement mourut d'un coup dans l'œil adreffé par la vifiere de fon cafque.

On compte du côté des allemands vingt-cinq chevaliers bannerets, & fept comtes de l'empire prifonniers, mais aucun de bleffé ; le véritable danger était donc pour la cavalerie légère, & furtout pour cette infanterie d'efclaves, ou de nouveaux affranchis, fur qui tombait toute la fatigue de la guerre, auffi-bien que le péril.

L'empereur Othon perdit la bataille. On tua, dit-on, trente mille allemands, nombre probablement exageré. L'ufage était alors de charger de chaînes les prifonniers. Le comte de Flandre & le comte de Boulogne furent menés à Paris les fers aux pieds & aux mains. C'était une coutume barbare établie. Le roi Richard d'Angleterre *cœur de lion*, difait lui-même, qu'étant arrêté en Allemagne contre le droit des gens, on l'avait chargé de fers auffi pefans qu'il avait pu les porter.

Au refte on ne voit pas que le roi de France fit aucune conquête du côté de l'Allemagne après fa victoire de Bovines : mais il en eut bien plus d'autorité fur fes vaffaux.

Philippe Augufte envoie à Fréderic en Suiffe où il était retiré, le char imperial qui portait l'aigle allemande ; c'était un trophé & un gage de l'Empire.

FREDERIC II.

VINGT-SIXIEME EMPEREUR.

Othon, vaincu, abandonné de tout le monde fe retire à Brunfwić, où on le laiffe en paix parce qu'il n'eft plus à craindre. Il n'eft pas dépoffédé, mais il eft oublié. On dit qu'il devient dévot. Reffource des malheureux, qui devient une paffion dans les ames faibles. Sa pénitence était, à ce qu'on prétend, de fe faire fouler aux pieds par fes valets de cuifine, comme fi les coups de pied d'un marmiton expiaient les fautes des Princes.

1215.

Fréderic II. Empereur par la victoire de Bovines, fe fait partout reconnaître.

Pendant les troubles de l'Allemagne, on a vu que les Danois avaient conquis beaucoup de terres vers l'Elbe au Nord & à l'Orient. Fréderic II. commença par abandonner ces terres par un trai-

té. Hambourg s'y trouvait comprife. Mais comme
à la premiere occafion on revient contre un traité
onéreux, il profite d'une petite guerre que le
nouveau comte Palatin du Rhin, frere d'Oton,
faifait aux Danois ; il reçoit Hambourg fous fa
protection, il la rend enfuite : honteux commencement d'un regne illuftre.

Second couronnement de l'Empereur à Aix-
la-Chapelle. Il dépoffede le comte Palatin, & le
Palatinat retourne à la maifon de Baviere Vitelf-
bac.

Nouvelle croifade. L'Empereur prend la croix.
Il fallait qu'il doutât bien encore de fa puiffance,
puifqu'il promet au pape Innocent III. de ne
point réunir Naples & Sicile à l'Empire, & de les
donner à fon fils dès qu'il aura été facré à Rome.

1216.

Frederic II. refte en Allemagne avec fa croix,
& a plus de deffein fur l'Italie que fur la Paleftine.
La croifade eft inutilement prêchée à tous les
Rois. Il n'y a cette fois qu'André II. roi des Hongrois qui parte. Ce peuple qui à peine était chrétien, prend la croix contre les Mufulmans qu'on
nomme infidéles.

1217.

Les Allemands croifés n'en partent pas moins
fous divers chefs par terre & par mer. La flotte
des Pays-bas, arrêtée par les vents contraires,
fournit encore aux croifés l'occafion d'employer
utilement leurs armes vers l'Efpagne. Ils fe joignent

gnent aux Portugais & battent les Maures. On pouvait pourfuivre cette victoire, & délivrer enfin l'Efpagne entiere : le pape Honorius III. fucceffeur d'Innocent, ne veut pas le permettre. Les Papes commandaient aux croifés comme aux milices de Dieu ; mais ils ne pouvaient que les envoyer en Orient. On ne gouverne les hommes que fuivant leurs préjugés ; & ces foldats des Papes n'euffent point obéi ailleurs.

1218.

Frederic II. avait grande raifon de n'être point du voyage. Les villes d'Italie, & furtout Milan, refufaient de reconnaître un fouverain, qui maître de l'Allemagne & des deux Siciles, pouvait afefervir toute l'Italie. Elles tenaient encore le parti d'Oton IV. qui vivait obfcurément dans un coin de l'Allemagne. Le reconnaître pour Empereur c'était en effet être entiérement libres.

Oton meurt auprès de Brunfwick. Et la Lombardie n'a plus de prétexte.

1219.

Grande diéte à Francfort où Frederic II. fait élire roi des Romains fon fils Henri âgé de neuf ans, né de Conftance d'Arragon. Toutes ces diétes fe tenaient en plein champ, comme aujourd'hui encore en Pologne.

L'Empereur renonce au droit de la jouiffance du mobilier des évêques défunts & des revenus pendant la vacance. C'eft ce qu'en France on ap-

pelle la régale. Il renonce au droit de jurifdiction
dans les villes épifcopales où l'Empereur fe trou-
vera, fans y tenir fa cour. Prefque tous les premiers actes de ce prince font des renonciations.

1220.

Il va en Italie chercher cet Empire que Frederic Barberouffe n'avait pu faifir. Milan d'abord
lui ferme fes portes comme à un petit-fils de Bar-
beroufle, dont les Milanais détestaient la mémoire. Il fouffre cet affront, & va fe faire couronner à Rome. Honorius III. exige d'abord que
l'Empereur lui confirme la poffeffion où il eft de
plufieurs terres de la comteffe Mathilde. Frederic
y ajoûte encore le territoire de Fondi. Le Pape
veut qu'il renouvelle le ferment d'aller à la Terre-
fainte, & l'Empereur fait ce ferment. Après quoi
il eft couronné avec toutes les cérémonies hum-
bles ou humiliantes de fes prédéceffeurs. Il fignale
encore fon couronnement par des édits fanglans
contre les hérétiques. Ce n'eft pas qu'on en con-
nût alors en Allemagne, où regnait l'ignorance
avec le courage & le trouble. Mais l'inquifition
venait d'être établie à l'occafion des Albigeois ; &
l'Empereur, pour plaire au Pape, fit ces édits
cruels par lefquels les enfans des hérétiques font
exclus de la fucceffion de leurs peres.

Ces loix confirmées par le Pape étaient vifible-
ment dictées pour juftifier le raviffement des biens
ôtés par l'églife & par les armes à la maifon de

Touloufe dans la guerre des Albigeois. Les comtes de Touloufe avaient beaucoup des fiefs de
l'Empire. Frederic voulait donc abfolument com-
plaire au Pape. De telles loix n'étaient ni de fon
âge, ni de fon caractere. Auroient elles été de
fon chancelier Pierre Desvignes tant accufé d'a-
voir fait le prétendu livre des trois impofteurs,
ou du moins d'avoir eu des fentimens que le titre
du livre fuppofe?

1221. 1222. 1223. 1224.

Dans ces années Frederic II. fait des chofes
plus dignes de mémoire. Il embellit Naples, il
l'aggrandit, il la fait la métropole du royaume,
& elle devient bientôt la ville la plus peuplée de
l'Italie. Il y avait encore beaucoup de Satrazins
en Sicile, & fouvent ils prenaient les armes, il les
tranfporte à Lucera dans la Pouille. C'eft ce qui
donna à cette ville le nom de *Lucera* ou *Nocera
de Pagani*.

L'académie ou l'univerfité de Naples eft établie
& floriffante. On y enfeigne les loix; & peu à peu
les loix Lombardes céderent au droit Romain.

Il paraît que le deffein de Frederic II. était de
refter dans l'Italie. On s'attache au pays où l'on
eft né, & qu'on embellit; & ce pays était le plus
beau de l'Europe. Il paffe quinze ans fans aller
en Allemagne. Pourquoi eût il tant flatté les
Papes, tant ménagé les villes d'Italie, s'il n'avait
conçu l'idée d'établir enfin à Rome le fiége de
l'Empire? N'était-ce pas le feul moyen de fortir

N 2

de cette situation équivoque où étaient les Empereurs ? Situation devenue encore plus embarraffante depuis que l'Empereur était à la fois roi de Naples & vaffal du faint fiége, & depuis qu'il avait promis de féparer Naples & Sicile de l'Empire ? Tout ce cahos eût été enfin débrouillé, fi l'Empereur eût été le maître de l'Italie. Mais la deftinée en ordonna autrement.

Il paraît auffi que le grand deffein du Pape était de fe débarraffer de Frederic & de l'envoyer dans la Terre fainte. Pour y réuffir, il lui avait fait époufer, après la mort de Conftance d'Arragon, une des héritieres prétendues du royaume de Jerufalem perdu depuis long-tems. Jean de Brienne qui prenait ce vain titre de roi de Jerufalem, fondé fur la prétention de fa mere, donna fa fille Iolanda ou Violanta à Frederic avec Jerufalem pour dot, c'eft-à-dire, avec prefque rien. Et Frederic l'époufa parce que le Pape le voulait, & qu'elle était belle. Les rois de Sicile ont toujours pris le titre de rois de Jerufalem depuis ce tems-là. Frederic ne s'empreffait pas d'aller conquérir la dot de fa femme qui ne confiftait que dans des prétentions fur un peu de terrein maritime refté encore aux chrétiens dans la Syrie.

1225.

Pendant les années précédentes & dans les fuivantes, le jeune Henri fils de l'Empereur eft toujours en Allemagne. Une grande révolution arrive en Dannemarck & dans toutes les provinces qui bordent la mer Baltique. Le roi Danois Valdemar s'était emparé de ces provinces, où habitaient les Slaves occidentaux, les Vandales; de Hambourg à Dantzig, & de Dantzig à Revel tout reconnaissait Valdemar.

Un comte de Swerin dans le Mekelbourg, devenu vassal de ce Roi, forme le dessein d'enlever Valdemar & le prince héréditaire son fils. Il l'exécute dans une partie de chasse le 23 mai 1223.

Le roi de Dannemarck prisonnier implore Honorius III. Ce Pape ordonne au comte de Swerin & aux autres seigneurs Allemands qui étaient de l'entreprise, de remettre en liberté le Roi & son fils. Les Papes prétendaient avoir donné la couronne de Dannemarck, comme celles de Hongrie, de Pologne, de Bohême. Les Empereurs prétendaient aussi les avoir données. Les Papes & les Césars qui n'étaient pas maîtres dans Rome, se disputaient toujours le droit de faire des Rois au bout de l'Europe. On n'eut aucun égard aux ordres d'Honorius. Les chevaliers de l'ordre teutonique se joignent à l'évêque de Riga en Livonie, & se rendent maîtres d'une partie des côtes de la mer Baltique.

Lubec, Hambourg reprennent leur liberté & leurs droits. Valdemar & son fils dépouillés de presque tout ce qu'ils avaient dans ces pays, ne sont mis en liberté qu'en payant une grosse rançon.

On voit ici une nouvelle puissance s'établir insenfiblement. C'eft cet ordre teutonique, il a déja un grand maître, il a des fils en Allemagne, & il conquiert des terres vers la mer Baltique.

Ce grand maître de l'ordre teutonique follicite en Allemagne de nouveaux fecours pour la Paleftine. Le pape Honorius preffe en Italie l'Empereur d'en fortir au plus vîte, & d'aller accomplir fon vœu en Syrie. Il faut obferver qu'alors il y avait une tréve de neuf ans entre le fultan d'Egypte & les croifés. Frederic II. n'avait donc point de vœu à remplir. Il promet d'entretenir des chevaliers en Paleftine, & n'eft point excommunié. Il lui fallait s'établir en Lombardie, & enfuite à Rome, plutôt qu'à Jerufalem. Les villes Lombardes avaient eu le tems de s'affocier ; on leur donnait le titre de villes confédérées ; Milan & Boulogne étaient à la tête ; on ne les regardait plus comme fujettes, mais comme vaffales de l'Empire. Frederic II. voulait au moins les attacher à lui : & cela était difficile. Il indique une diéte à Crémone & y appelle tous les feigneurs Italiens & Allemands.

Le Pape qui craint que l'Empereur ne prenne trop d'autorité dans cette diéte, lui fufcite des affaires à Naples. Il nomme à cinq évêchés vacans dans ce royaume, fans confulter Frederic ; il empêche plufieurs villes & plufieurs feigneurs de venir à l'affemblée de Crémone ; il foutient les droits des villes affociées, & fe rend le défenfeur de la liberté Italique.

1227.

Beau triomphe du pape Honorius III. L'Empereur ayant mis Milan an ban de l'Empire, ayant transféré à Naples l'université de Boulogne, prend le Pape pour juge. Toutes les villes se soumettent à sa décision. Le Pape arbitre entre l'Empereur & l'Italie, donne son arrêt. *Nous ordonnons*, dit-il, *que l'Empereur oublie son ressentiment contre toutes les villes*, & *nous ordonnons que les villes fournissent & entretiennent quatre cens chevaliers pour le secours de la Terre sainte pendant deux ans.* C'était parler dignement à la fois en souverain & en Pontife.

Ayant ainsi jugé l'Italie & l'Empereur, il juge Valdemar roi de Dannemarck, qui avait fait serment de payer aux seigneurs Allemands le reste de sa rançon, & de ne jamais reprendre ce qu'il avait cédé. Le pape se relève d'un serment fait en prison & par force. Valdemar rentre dans le Holstein, mais il est battu. Le seigneur de Lunebourg & Brunswick son neveu qui combat pour lui, est fait prisonnier. Il n'est élargi qu'en cédant quelques terres. Toutes ces expéditions sont toujours des guerres civiles. L'Allemagne alors est quelque tems tranquille.

1228.

Honorius III. étant mort, & Gregoire IX. frere d'Innocent III. lui ayant succédé, la politique du pontificat fut la même ; mais l'humeur

N 4

du nouveau pontife fut plus altiere : il preffe la croifade & le départ tant promis de Frederic II. il fallait envoyer ce prince à Jerufalem pour l'empêcher d'aller à Rome. L'efprit du tems faifait regarder le vœu de ce prince comme un devoir inviolable. Sur le premier délai de l'Empereur, le Pape l'excommunie. Frederic diffimule encore fon reffentiment ; il s'excufe, il prépare fa flotte, & exige de chaque fief de Naples & de Sicile huit onces d'or pour fon voyage. Les eccléfiaftiques même lui fourniffent de l'argent, malgré la défenfe du Pape. Enfin il s'embarque à Brindifi, mais fans avoir fait lever fon excommunication.

1229.

Que fait Gregoire IX. pendant que l'Empereur va vers la Terre fainte ? Il profite de la négligence de ce prince à fe faire abfoudre, ou plutôt du mépris qu'il a fait de l'excommunication ; & il fe ligue avec les Milanais, & les autres villes confédérées, pour lui ravir le royaume de Naples, dont on craignait tant l'incorporation avec l'Empire.

Renaud duc de Spolete, & vicaire du royaume, prend au Pape la marche d'Ancone. Alors le Pape fait prêcher une croifade en Italie contre ce même Frederic II. qu'il avait envoyé à la croifade de la Terre fainte.

Il envoie un ordre au patriarche titulaire de Jerufalem qui réfidait à Ptolemaïs, de ne point reconnaître l'Empereur.

Frederic diffimulant encore, conclut avec le foudan d'Egypte Melecfala que nous appellons Meledin, maître de la Syrie, un traité par lequel il paraît que l'objet de fa croifade eft rempli. Le fultan lui céde Jerufalem, avec quelques petites villes maritimes dont les chrétiens étaient encore en poffeffion. Mais c'eft à condition qu'il ne réfidera pas à Jerufalem; que les mofquées bâties dans les faints lieux fubfifteront; qu'il y aura toujours un Emir dans la ville. Frederic paffa pour s'être entendu avec le foudan, afin de tromper le Pape. Il va à Jerufalem avec une très-petite efcorte; il s'y couronne lui-même, aucun prélat ne voulant couronner un excommunié. Il retourne bientôt au royaume de Naples, qui exigeait fa préfence.

1230.

Il trouve dans le territoire de Capoue fon beaupere Jean de Brienne à la tête de la croifade papale.

Les croifés du Pape qu'on appellait *Guelfes* portaient le figne des deux clefs fur l'épaule. Les croifés de l'Empereur qu'on appellait *Gibelins* portaient la croix. Les clefs s'enfuirent devant la croix.

Tout était en combuftion en Italie. On avait befoin de la paix; on la fait le 23 juillet à San-Germano. L'Empereur n'y gagne que l'abfolution. Il confent que déformais les bénéfices fe donnent par élection en Sicile; qu'aucun clerc dans ces deux roiaumes ne puiffe être traduit devant un juge laïque ; que tous les biens eccléfiaftiques foient exempts d'impôts ; & enfin il donne de l'argent au Pape.

Il paraît jufqu'ici que ce Frederic II. qu'on a peint comme le plus dangereux des hommes, était le plus patient ; mais on prétend que fon fils était déja prêt à fe revolter en Allemagne, & c'eft ce qui rendait le pere fi facile en Italie.

Il eft clair que l'Empereur ne reftait fi long-tems en Italie que dans le deffein d'y fonder un véritable empire Romain. Maître de Naples & de Sicile, s'il eût pris fur la Lombardie l'autorité des Othons, il était le maître de Rome. C'eft là fon véritable crime aux yeux des Papes ; & ces Papes qui le pourfuivirent d'une maniere violente, étaient toujours regardés d'une partie de l'Italie comme les foutiens de la nation. Le parti des Guelfes étai celui de la liberté. Il eût fallu dans ces circonftances à Frederic des tréfors, & une grande armée bien difciplinée & toujours fur pied. C'eft ce qu'il n'eut jamais. Oton IV. bien moins puiffant que lui, avait eu contre le roi de France une armée de près de cent trente mille hommes. Mais il ne la foudoya pas, & c'était un effort paffager de vaffaux & d'alliés réunis pour un moment.

Frederic pouvait faire marcher ses vassaux d'Al-
lémagne en Italie. On prétend que le pape Grégoire IX. prévint ce coup, en soulevant le roi des
Romains Henri contre son pere, ainsi que Gregoire VII. Urbain II. & Paschal II. avaient armé les
enfans de Henri IV.

Le roi des Romains met d'abord dans son parti
plusieurs villes le long du Rhin & du Danube. Le
duc d'Autriche se déclare en sa faveur. Milan ,
Boulogne , & d'autres villes d'Italie entrent dans
ce parti contre l'Empereur.

1235.

Frederic II. retourne enfin en Allemagne après
quinze ans d'absence. Le marquis de Bade défait
les revoltés. Le jeune Henri vient se jetter aux
genoux de son pere à la grande diéte de Mayence.
C'est dans ces diétes célébres, dans ces parlemens de princes, présidés par les Empereurs en
personne, que se traitent toujours les plus grandes affaires de l'Europe avec la plus grande so-
lemnité. L'Empereur dans cette mémorable diéte
de Mayence dépose son fils Henri roi des Romains, & craignant le sort du faible Louis nommé le Débonnaire, & du courageux & trop facile Henri IV. il condamne son fils rebelle à une
prison perpétuelle. Il assure dans cette diéte le
duché de Brunswick à la maison Guelfe, qui le
posséde encore. Il reçoit solemnellement le droit
canon publié par Gregoire IX. & il fait publier
pour la premiere fois des décrets de l'Empire en

langue Allemande, quoiqu'il n'aimât pas cette langue, & qu'il cultivât la Romance, à laquelle fuccéda l'Italienne.

1236.

Il charge le roi de Bohême, le duc de Bavière, & quelques évêques ennemis du duc d'Autriche, de faire la guerre à ce duc, comme vaffaux de l'Empire, qui en foutiennent les droits contre des rebelles.

Il repaffe en Lombardie, mais avec peu de troupes, & par conféquent n'y peut faire aucune expédition utile. Quelques villes, comme Vicence & Vérone, mifes au pillage, le rendent plus odieux aux Guelfes, fans le rendre plus puiffant.

1237.

Il vient dans l'Autriche défendue par les Hongrois. Il la fubjugue, fonde une univerfité à Vienne, confirme les priviléges de quelques villes impériales, comme de Ratifbonne & de Strafbourg ; fait reconnaître fon fils Conrad roi des Romains à la place de Henri ; & enfin après ces fuccès en Allemagne, il fe croit affez fort pour remplir fon grand projet de fubjuguer l'Italie. Il y revole, prend Mantoue, défait l'armée des confédérés.

Le Pape qui le voyait alors marcher à grands pas à l'exécution de fon grand deffein, fait une diverfion par les affaires eccléfiaftiques ; & fous prétexte que l'Empereur faifait juger par des cours laïques les crimes des clercs, il excite toute l'églife contre lui; l'églife excite les peuples.

1238. 1239.

Frederic II. avait un bâtard nommé *Enzius* qu'il avait fait roi de Sardaigne ; autre prétexte pour le pontife, qui prétendait que la Sardaigne relevait du faint Siége.

Ce Pape était toujours Gregoire IX. Les différens noms des Papes ne changent jamais rien aux affaires ; c'eft toujours la même querelle & le même efprit. Gregoire IX. excommunie folemnellement l'Empereur deux fois pendant la femaine de la Paffion. Ils écrivent violemment l'un contre l'autre. Le Pape accufe l'Empereur de foutenir que le monde a été trompé par trois impofteurs, *Moyfe*, *Jefus-Chrift* & *Mahomet*. Frederic appelle Gregoire *Ante-Chrift*, *Balaam*, & *prince des ténébres*.

La patience de l'Empereur était enfin pouffée à bout, & il fe croyait puiffant. Les Dominicains & les Francifcains, milices fpirituelles du Pape nouvellement établies, font chaffés de Naples & de Sicile. Les Bénédictins du Mont-Caffin font chaffés auffi, & on n'en laiffe que huit pour faire l'office. On défend fous peine de mort dans les deux royaumes de recevoir des lettres du Pape.

Tout cela anime davantage les factions des Guelfes & des Gibelins. Venife & Genes s'uniffent aux villes de Lombardie. L'Empereur marche contre elles. Il eft défait par les Milanais. C'eft la troifieme victoire fignalée, dans laquelle les Milanais foutiennent leur liberté contre les Empereurs.

1240.

Il n'y a plus alors à négocier, comme l'Empereur avait toujours fait. Il augmente fes troupes, & marche à Rome, où il y avait un grand parti de Gibelins.

Gregoire IX. fait expofer les têtes de St. Pierre & de St. Paul, harangue le peuple en leur nom, échauffe tous les efprits, & profite de ce moment d'enthoufiafme pour faire une croifade contre Frederic.

Ce prince ne pouvant entrer dans Rome, va ravager le Beneventin. Tel était le pouvoir des Papes dans l'Europe, & le feul nom de croifade était devenu fi facré, que le Pape obtient le vingtieme des revenus eccléfiaftiques en Frace, & le cinquieme en Angleterre pour fa croifade contre l'Empereur.

Il offre par fes légats la couronne impériale à Robert d'Artois frere de St Louis. Il eft dit dans fa lettre au Roi & au baronnage de France : *Nous avons condamné Frederic, foi-difant Empereur, & l'avons ôté l'Empire. Nous avons élu en fa place le prince Robert frere du Roi : nous le foutiendrons de toutes nos forces, & par toutes fortes de moyens.*

Cette offre indifcrete fut refufée. Quelques hiftoriens difent, en citant mal *Mathieu Paris*, que les barons de France répondirent, qu'il fuffifait à Robert d'Artois d'être frere d'un Roi qui était au-deffus de l'Empereur. Ils prétendent même que les ambaffadeurs de St. Louis auprès de Frederic, lui dirent la même chofe dans les mêmes termes. Il n'eft nullement vraifemblable qu'on ait répondu une groffiéreté fi indécente, fi peu fondée , & qui ne menait à rien.

La réponfe des barons de France que Mathieu Pâris rapporte, n'a pas plus de vraifemblance Les premiers de ces barons étaient tous les évêques du royaume. Or il eft bien difficile que tous les barons & tous les évêques du tems de St. Louis aient répondu au Pape : *Tantum religionis in Papa non invenimus , qui eum debuit promoviffe, & Deo militantem protexiffe , eum conatus eft abfentem confundere & nequiter fupplantare.* » Nous ne » trouvons pas tant de religion dans le Pape que » dans Frederic II. dans ce Pape qui devait fecou- » rir un Empereur combattant pour Dieu , & qu » profite de fon abfence pour l'opprimer & le fup- » planter méchamment.

Pour peu qu'un lecteur ait de bon fens, il verra bien qu'une nation en corps ne peut faire une ré-ponfe infultante au Pape qui offre l'empire à cette nation. Comment les évêques auraient ils écrit au Pape que l'incrédule Frederic II. avait plus de re-ligion que lui ? Que ce trait apprenne à fe défier des hiftoriens qui érigent leurs propres idées en monumens publics.

1241.

Dans ce tems les peuples de la grande Tartarie menaçaient le refte du monde. Ce vafte réfervoir d'hommes groffiers & belliqueux avait vomi fes inondations fur prefque tout notre hémifphere dès le cinquiéme fiécle de l'Ere chrétienne. Une partie de ces conquérans venaient d'enlever la Paleftine au foudan d'Egypte, & au peu de chrétiens qui reftaient encore dans cette contrée. Des hordes plus confidérables de Tartares fous Batoukam petit-fils de Genziskam, avaient été jufqu'en Pologne, & jufqu'en Hongrie.

Les Hongrois mêlés avec les Huns, anciens compatriotes de ces Tartares, venaient d'être vaincus par ces nouveaux brigands. Ce torrent s'était répandu en Dalmatie, & portait ainfi fes ravages de Pekin aux frontieres de l'Allemagne. Etait-ce là le tems pour un Pape d'excommunier l'Empereur, & d'affembler un Concile pour le dépofer?

Grégoire IX. indique ce Concile. On ne conçoit pas comment il peut propofer à l'Empereur de faire une ceffion entiere de l'Empire & de tous fes Etats au St. Siége pour tout concilier. Le Pape fait pourtant cette propofition. Quel était l'efprit d'un fiecle, où l'on pouvoit propofer de pareilles chofes?

1242.

L'Orient de l'Allemagne eft délivré des Tartares, qui s'en retournent comme des bêtes féroces après avoir faifi quelque proie.

Grégoire IX. & fon fuccefleur Clément IV. étant morts prefque dans la même année, & le St Siége ayant vaqué long-tems, il eft furprenant que l'Empereur preffe les Romains de faire un Pape, & même à main armée. Il parait qu'il était de fon intérêt que la chaire de fes ennemis ne fût pas remplie; mais le fonds de la politique de ces tems là eft bien peu connu. Ce qui eft certain c'eft qu'il fallait que Frederic II. fût un prince fage, puifque dans ces tems de troubles, l'Allemagne, & fon royaume de Naples & Sicile étaient tran- quilles.

1243.

Les Cardinaux affemblés à Agnani élifent le Cardinal Fiefque, Génois, de la maifon des com- tes de Lavagna, attaché à l'Empereur. Ce prince dit, *Fiefque était mon ami, le Pape fera mon en- nemi.*

1244.

Fiefque connu fous le nom d'Innocent IV. ne va pas jufqu'à demander que Frederic fecond lui cede l'Empire; mais il veut la reftitution de tou- tes les villes de l'état eccléfiaftique, & de la com- teffe Mathilde, & demande à l'Empereur l'hom- mage de Naples & de Sicile.

1245.

Innocent IV. fur le refus de l'Empereur, affem-

ble à Lyon le concile indiqué par Grégoire IX:
c'est le treisieme des conciles généraux.

On peut demander pourquoi ce concile se tint
dans une ville impériale : cette ville était protégée
par la France ; l'Archevêque était prince ; &
l'Empereur n'avait plus dans ces provinces que le
vain titre de seigneur suzerain.

Il n'y eut à ce Concile général que cent qua-
rante-quatre Evêques ; mais il était décoré de la
présence de plusieurs Princes , & sur-tout de
l'empereur de Constantinople , Baudouin de
Courtenai , placé à la droite du Pape. Ce Monarque était venu demander des secours qu'il n'obtint point.

Frederic ne négligea pas d'envoyer à ce Concile, où il devait être accusé , des ambassadeurs
pour le défendre. Innocent IV. prononça contre
lui deux longues harangues , dans les deux premieres sessions. Un moine de l'ordre de Citeaux,
Evêque de Carinola près du Garillan , chassé du
royaume de Naples par Frederic, l'accusa dans
les formes.

Il n'y a aujourd'hui aucun tribunal réglé auquel les accusations intentées par ce moine fussent admises. *L'Empereur,* dit il, *ne croit ni à
Dieu ni aux Saints* ; mais qui l'avait dit à ce moine ? *L'Empereur a plusieurs épouses à la fois* ; mais
quelles étaient ces épouses ? *Il a des correspondan-
ces avec le soudan de Babylonne.* Mais pourquoi le
roi titulaire de Jérusalem ne pouvait il traiter

avec fon voifin ? *Il penfe comme Averroès que Jefus-Chrift & Mahomet étaient des impofteurs.* Mais où Averroès a-t-il écrit cela ? & comment prouver que l'Empereur penfe comme Averroès ? *Il eft hérétique.* Mais quelle eft fon héréfie ? & comment peut-il être hérétique fans être chrétien ?

Thadée Seffa, ambaffadeur de Frederic, répond au moine Evêque qu'il en a menti, que fon maître eft un fort bon chrétien ; & qu'il ne tolere point la fimonie. Il accufait affez par ces mots la cour de Rome.

L'ambaffadeur d'Angleterre alla plus loin que celui de l'Empereur : *Vous tirez,* dit-il, *par vos Italiens plus de foixante mille marcs par an du royaume d'Angleterre : vous taxez toutes nos Eglifes ; vous excommuniez quiconque fe plaint ; nous ne fouffrirons pas plus long-tems de telles vexations.*

Tout cela ne fit que hâter la fentence du Pape : *Je déclare,* dit Innocent IV. *Frederic convaincu de facrilége & d'héréfie, excommunié & déchu de l'Empire. J'ordonne aux Electeurs d'élire un autre Empereur, & je me réferve la difpofition du royaume de Sicile.*

Après avoir prononcé cet arrêt il entonne un *Te Deum,* comme on fait aujourd'hui après une victoire.

L'empereur était à Turin, qui appartenait alors au marquis de Suze. Il fe fait donner la couronne impériale. (Les empereurs la portaient toujours

avec eux) & la mettant fur fa téte ; *Le Pape*, dit
il, *ne me l'a pas encore ravie ; & avant qu'on me
l'ôte, il y aura bien du fang répandu.* il envoie à
tous les Princes chrétiens une lettre circulaire. *Je
ne fuis pas le premier , dit-il, que le Clergé ait auffi
indignement traité, & je ne ferai pas le dernier. Vous
en étes la caufe , en obéiffant à ces hypocrites dont
vous connaiffez l'ambition effrenée. Combien ne dé-
couvririez vous pas d'infamies à Rome qui font
frémir la nature ?* &c.

1246.

Le Pape écrit au duc d'Autriche chaffé de fes
Etats , aux ducs de Saxe, de Baviere & de Bra-
bant , aux archevêques de Cologne , de Tréves &
de Mayence , aux évêques de Strafbourg & de
Spire , & leur ordonne d'élire pour empereur
Henri Landgrave de Thuringe.

Les Ducs refufent de fe trouver à la diéte
indiquée à Wurtzbourg, & les évêques couron-
nent leur Thuringien qu'on appelle *le roi des Prêtres,*

Il y a ici deux chofes importantes à remarquer:
la premiere, qu'il eft évident que les Electeurs n'é-
taient pas au nombre de fept ; la feconde, que Conrad , fils de l'Empereur, roi des Romains, était
compris dans l'excommunication de fon pere, &
déchu de tous fes droits , comme un hérétique ,
felon la loi des Papes, & felon celle de fon propre pere , qu'il avait publiées , quand il voulait
plaire aux Papes.

Conrad foutient la caufe de fon pere & la fienne. Il donne bataille au roi des Prêtres près de
Francfort, mais il a du défavantage.

Le landgrave de Thuringe, ou l'anti-empereur
meurt en affiégeant Ulm. Mais le fchifme impérial ne finit pas.

C'eft apparemment cette année que Fréderic II.
n'ayant que trop d'ennemis, fe réconcilia avec le
duc d'Autriche, & que pour fe l'attacher, il lui
donna à lui & à fes defcendans le titre de Roi
par un diplôme confervé à Vienne. Ce diplôme
eft fans date. Il eft bien étrange que les Ducs
d'Autriche n'en ayent fait aucun ufage. Il eft vraifemblable que les Princes de l'Empire s'oppofe-
rent à ce nouveau titre donné par un empereur
excommunié que la moitié de l'Allemagne commençait à ne plus reconnaître.

1247.

Innocent IV. offre l'empire à plufieurs princes.
Tous refufent une dignité fi orageufe. Un Guillaume comte de Hollande l'accepte. C'était un
jeune feigneur de vingt ans. La plus grande partie
de l'Allemagne ne le reconnaît pas, c'eft le légat
du Pape qui le nomme Empereur dans Cologne,
& qui le fait chevalier.

1248.

Deux partis fe forment en Allemagne auffi vio
lents que les Guelfes & les Gibelins en Itali
L'un tient pour Fréderic & fon fils Conrad, l'au

tre pour le nouveau roi Guillaume. C'était ce que les Papes voulaient. Guillaume eſt couronné à Aix-la Chapelle par l'archevêque de Cologne. Les fêtes de ce couronnement ſont de tous côtés du ſang répandu, & des villes en cendres.

1249.

L'Empereur n'eſt plus en Italie que le chef d'un parti dans une guerre civile. Son fils Enſio, que nous nommons Enzius, eſt battu par les Polonais, tombe captif entre leurs mains, & ſon pere ne peut pas même obtenir ſa délivrance à prix d'argent.

Une autre aventure funeſte trouble les derniers jours de Fréderic II, ſi pourtant cette aventure eſt telle qu'on la raconte. Son fameux chancelier Pierre des Vignes, ou plutôt *de la Vigna*, ſon conſeil, ſon oracle, ſon ami depuis plus de trente années, le reſtaurateur des loix en Italie, veut, dit-on, l'empoiſonner, & par les mains de ſon médecin. Les hiſtoriens varient ſur l'année de cet événement, & cette variété peut cauſer quelque ſoupçon. Eſt-il croyable que le premier des magiſtrats de l'Europe, vieillard vénérable, ait tramé un auſſi abominable complot? & pourquoi? pour plaire au Pape ſon ennemi. Où pouvait il eſpérer une plus grande fortune? Quel meilleur poſte le médecin pouvait-il avoir, que celui de médecin de l'Empereur?

Il eſt certain que Pierre des Vignes eut les yeux

crevés. Ce n'est pas là le supplice de l'empoison-
neur de son maître. Plusieurs autres Italiens prétendent qu'une intrigue de Cour fut la cause de
sa disgrace, & porta Fréderic II. à cette cruauté,
ce qui est bien plus vraisemblable.

1250.

Cependant Fréderic fait encore un effort dans
la Lombardie, il fait passer même les Alpes à
quelques troupes, & donne l'allarme au Pape
qui était toujours dans Lyon sous la protection
de S. Louis; car ce roi de France, en blâmant
les excès du Pape, respectait sa personne & le
concile.

Cette expédition est la derniere de Fréderic.

1251.

Il meurt le 17 décembre. Quelques uns croient
qu'il eut des remords du traitement qu'il avait fait
à Pierre des Vignes; mais par son testament il paraît qu'il ne se repent de rien. Sa vie & sa mort
font une époque importante dans l'histoire. Ce
fut de tous les Empereurs celui qui chercha le
plus à établir l'Empire en Italie, & qui y réussit
le moins, ayant tout ce qu'il fallait pour y
réussir.

Les Papes qui ne voulaient point de maîtres,
les villes de Lombardie qui défendirent si souvent
la liberté contre un maître, empêcherent qu'il
n'y eût en effet un Empereur Romain.

La Sicile, & sur-tout Naples, furent ses royaumes favoris Il augmenta & embellit Naples & Capoue , bâtit Alitea , Monte Leone , Flagella, Dondona, Aquila & plusieurs autres villes, fonda des universités , & cultiva les beaux arts dans ces climats où ces fruits semblent venir d'eux-mêmes ; c'était encore une raison qui lui rendait cette patrie plus chere. Il en fut le législateur. Malgré son esprit , son courage, son application & ses travaux , il fut très-malheureux ; & sa mort produisit de plus grands malheurs encore.

CONRAD IV.

VINGT-SEPTIEME EMPEREUR.

On peut compter parmi les empereurs Conrad IV, fils de Fréderic II, à plus juste titre que ceux qu'on place entre les descendans de Charlemagne & les Othons. Il avait été couronné deux fois roi des Romains. Il succédait à un pere respectable : & Guillaume comte de Hollande son concurrent, qu'on appellait aussi *le roi des Prêtres*, comme le landgrave de Thuringe , n'avait pour tout droit qu'un ordre du Pape, & les suffrages de quelques évêques.

Conrad essuie d'abord une défaite auprès d'Oppenheim, mais il se soutient. Il force son compétiteur à quitter l'Allemagne. Il va à Lyon trouver le Pape Innocent IV. qui le confirme roi des Romains

mains, & qui lui promet de lui donner la couronne impériale à Rome.

Il était devenu ordinaire de prêcher des croifades contre les Princes Chrétiens. Le Pape en
fait prêcher une en Allemagne contre l'empereur
Conrad, & une en Italie contre Manfredo ou
Mainfroi, bâtard de Fréderic II. fidéle alors à fon
frere & aux dernieres volontés de fon pere.

Ce Mainfroi, prince de Tarente, gouvernait
Naples & Sicile au nom de Conrad. Le Pape faifait révolter contre lui Naples & Capoue. Conrad y marche, & femble abandonner l'Allemagne à fon rival Guillaume, pour aller feconder
fon frere Mainfroid contre les croifés du Pape.

1 2 5 2.

Guillaume de Hollande s'établit pendant ce
tems-là en Allemagne. On peut obferver ici une
aventure qui prouve combien tous les droits ont
été long-tems incertains, & les limites confon-
dués. Une comteffe de Flandre & du Hainaut a
une guerre avec Jean Davennes, fon fils d'un premier lit, pour le droit de fucceffion de ce fils même fur les Etats de fa mere. On prend Saint Louis
pour arbitre. Il adjuge le Hainaut à Davennes, &
la Flandre au fils du fecond lit. Jean Davennes dit
au roi Louis : *Vous me donnez le Hainaut qui ne
dépend pas de vous, il releve de l'Evêque de Liége,
& il eft arriere-fief de l'Empire. La Flandre dépend
de vous, & vous ne me la donnez pas.*

Tome I.   O

Il n'était donc pas décidé de qui le Hainaut relevait. La Flandre était encore un autre problème. Tout le pays d'Aloft était fief de l'Empire. Tout ce qui était fur l'Escaut l'était auffi. Mais le refte de la Flandre depuis Gand relevait des rois de France. Cependant Guillaume, en qualité de roi d'Allemagne, met la Comteffe au ban de l'Empire, & confifque tout au profit de Jean Davennes en 1252. Cette affaire s'accommoda enfin : mais elle fait voir quels inconvéniens la féodalité entraînait. C'était encore bien pis en Italie & fur-tout pour les royaumes de Naples & Sicile.

1253.   1254.

Ces années qu'on appelle, ainfi que les fuivantes, les années d'interregne, de confufion, & d'anarchie, font pourtant très dignes d'attention.

La maifon de Maurienne & de Savoie qui prend le parti de Guillaume de Hollande & qui le reconnaît Empereur, en reçoit l'inveftiture de Turin, de Montcalier, d'Ivrée, & de plufieurs fiefs qui en font une maifon puiffante.

En Allemagne les villes de Françfort, Mayence, Cologne, Worms, Spire, s'affocient pour leur commerce, & pour fe défendre des feigneurs de Châteaux, qui étaient autant de brigands. Cette union des villes du Rhin eft moins une imitation de la confédération des villes de Lom.

bardie, que des premieres villes anséatiques Lubec, Hambourg, Brunſwick.

Bientôt la plûpart des villes d'Allemagne & de
Flandre entrent dans la Hanſe. Le principal objet
eſt d'entretenir des vaiſſeaux & des barques à frais
communs pour la ſûreté du commerce. Un billet
d'une de ces villes eſt payé ſans difficulté dans
les autres. La confiance du négoce s'établit. Des
commerçans font par cette alliance plus de bien à
la ſociété que n'en avaient fait tant d'Empereurs
& de Papes.

La ville de Lubec ſeule eſt déja ſi puiſſante, que
dans une guerre inteſtine qui ſurvint en Dannemarck elle arme une flotte.

Tandis que des villes commerçantes procurent
ces avantages temporels, les chevaliers de l'ordre
Teutonique veulent procurer celui du Chriſtianiſme à ces reſtes de Vandales qui vivaient dans la
Pruſſe & aux environs. Ottocare II. roi de Bohême, ſe croiſe avec eux. Le nom d'Ottocare était
devenu celui des rois de Bohême, depuis qu'ils
avaient pris le parti d'Othon IV. Ils battent les
Payens, les deux chefs des Pruſſiens reçoivent le
baptême. Ottocare rebâtit Kœnigsberg.

D'autres ſcénes s'ouvrent en Italie. Le Pape
entretient toujours la guerre, & veut diſpoſer du
royaume de Naples & Sicile. Mais il ne peut recouvrer ſon propre domaine, ni celui de la Comteſſe Matihlde. On voit toujours les Papes puiſſans
au-dehors par les excommunications qu'ils lan-

cent, par les divisions qu'ils fomentent ; très-faibles chez eux, & sur-tout dans Rome.

Les factions des Gibelins & des Guelfes partageaient & désolaient l'Italie. Elles avaient commencé par les querelles des Papes & Empereurs; ces noms avaient été par-tout un mot de ralliement du tems de Fréderic II. Ceux qui prétendaient acquérir des fiefs & des titres que les Empereurs donnent, se déclaraient Gibelins. Les Guelfes paraissaient plus partisans de la liberté italique. Le parti Guelfe à Rome était à la vérité pour le Pape, quand il s'agissait de se réunir contre l'Empereur ; mais ce même parti s'opposait au Pape, quand le pontife délivré d'un maître vouloit l'être à son tour. Ces factions se subdivisaient encore en plusieurs partis différens, & servaient d'aliment aux discordes des villes & des familles. Quelques anciens capitaines de Fréderic II. employaient ces noms de faction qui échauffent les esprits, pour attirer du monde sous leurs drapeaux, & autorisaient leurs brigandages du prétexte de soutenir les droits de l'Empire. Des brigands opposés feignaient de servir le Pape qui ne les en chargeait pas, & ravageaient l'Italie en son nom. Parmi ces brigands qui se rendirent illustres, il y eut sur-tout un partisan de Fréderic II. nommé Ezzelino, qui fut sur le point de s'établir une grande domination & de changer la face des affaires. Il est encore fameux par ses ravages; le butin lui donna une armée. Si la fortune l'eût

toujours fecondé, il devenait un conquérant.
Mais enfin il fut pris dans une embufcade, &
Rome qui le craignait, en fut délivrée. Les factions Guelfe & Gibeline ne s'éteignirent pas
avec lui. Elles fubfifterent long-tems, & furent
violentes, même pendant que l'Allemagne, fans
Empereur véritable dans l'interregne qui fuivit la
mort de Conrad, ne pouvait plus fervir de prétexte à ces troubles. Un Pape dans ces circonftances avait une place bien difficile à remplir.
Obligé par fa qualité d'Evêque de precher la paix
au milieu de la guerre, fe trouvant à la tête du
gouvernement Romain, fans pouvoir parvenir à
l'autorité abfolue, ayant à fe défendre des Gibelins, à ménager les Guelfes, craignant fur-tout
une maifon impériale qui poffédait Naples & Sicile. Tout était équivoque dans fa fituation. Les
Papes depuis Grégoire VII. eurent toujours avec
les Empereurs cette conformité ; les titres de maîtres du monde & la puiffance la plus génée. Et fi
on y fait attention, on verra que dès le tems des
premiers fucceffeurs de Charlemagne, l'empire
& le facerdoce font deux problémes difficiles à ré-
foudre.

Conrad fait venir un de fes freres, à qui Frédéric II avait donné le duché d'Autriche. Ce jeune
prince meurt, & on foupçonne Conrad de l'avoir
empoifonné. Car dans ce tems il fallait qu'un prince mourût de vieilleffe, pour qu'on n'imputât pas
fa mort au poifon.

Conrad IV. meurt bientôt après, & on accufe Mainfroi de l'avoir fait périr par le même crime.

L'empereur Conrad mort à la fleur de fon âge laiffait un enfant, ce malheureux Conradin dont Mainfroi prit la tutelle. Le pape Innocent IV. pourfuit fur cet enfant la mémoire de fes peres. Ne pouvant s'emparer du royaume de Naples, il l'offre au Roi d'Angleterre, il l'offre à un frere de St. Louis. Il meurt au milieu de fes projets dans Naples même que fon parti avait conquis. On croirait, à voir les dernieres entreprifes d'Innocent IV. que c'était un guerrier. Non. Il paffait pour un profond Théologien.

1255.

Après la mort de Conrad IV. ce dernier empereur, & non le dernier prince de la maifon de Suabe ; il était vraifemblable que le jeune Guillaume de Hollande, qui commençait à regner fans contradiction en Allemagne ferait une nouvelle maifon impériale. Ce droit féodal qui a caufé tant de difputes & tant de guerres, le fait armer contre les Frifons. On prétendait qu'ils étaient vaffaux des comtes de Hollande, & arriere-vaffaux de l'Empire. Et les Frifons ne voulaient relever de perfonne. Il marche contre eux ; il y eft tué fur la fin de l'année 1255 ou au commencement de l'autre ; & c'eft là l'époque de la grande anarchie d'Allemagne.

La même anarchie eft dans Rome, dans la Lombardie, dans le royaume de Naples & Sicile.

Les Guelfes venaient d'être chassés de Naples par Mainfroi. Le nouveau pape Alexandre V. mal affermi dans Rome, veut, comme son prédécesseur, ôter Naples & Sicile à la maison excommuniée de Suabe, & dépouiller à la fois le jeune Conradin à qui ce Royaume appartient, & Mainfroi, qui en est le tuteur.

Qui pourrait croire qu'Alexandre fait prêcher en Angleterre une croisade contre Conradin? & qu'en offrant les états de cet enfant au roi d'Angleterre Henri III. il emprunte au nom même de ce roi Anglais, assez d'argent pour lever lui-même une armée? Quelles démarches d'un Pontife pour dépouiller un orphelin! Un légat du pape commande cette armée, qu'on prétend être de près de cinquante mille hommes. L'armée du Pape est battue & dissipée.

Remarquons encore que le pape Alexandre IV. qui croyait pouvoir se rendre maître de deux Royaumes aux portes de Rome, n'ose pas y rentrer, & se retire dans Viterbe. Rome était toujours comme ces villes impériales, qui disputent à leurs Archevêques les droits régaliens, comme Cologne, par exemple, dont le gouvernement municipal est indépendant de l'Electeur. Rome resta dans cette situation équivoque jusqu'au tems d'Alexandre VI.

1256. 1257. 1258.

On veut en Allemagne faire un Empereur. Les

O 4

Princes Allemands penfaient alors comme pen-
fent aujourd'hui les Palatins de Pologne ; ils ne
voulaient point un compatriote pour roi. Une
faction choifit Alphonfe X. roi de Caftille ; une
autre élit Richard, frere du roi d'Angleterre Henri III. Les deux élus envoient également au Pape,
pour faire confirmer leur élection : le Pape n'en
confirme aucune. Richard cependant va fe faire
couronner à Aix-la-Chapelle le 17. Mai 1257.
fans être pour cela plus obéi en Allemagne.

Alphonfe de Caftille fait des actes de Souverain
d'Allemagne à Tolede. Fréderic III. duc de Lorraine, y va recevoir à genoux l'inveftiture de fon
duché, & la dignité de grand Sénéchal de l'Empereur fur les bords du Rhin, avec le droit de mettre
le premier plat fur la table Impériale dans les cours
plénieres.

Tous les hiftoriens d'Allemagne, comme les
plus modernes, difent que Richard ne reparut plus
dans l'Empire. Mais c'eft qu'ils n'avaient pas con-
noiffance de la chronique d'Angleterre de Thomas
Wik. Cette chronique nous apprend que Richard
repaffa trois fois en Allemagne, qu'il y exerça fes
droits d'Empereur dans plus d'une occafion,
qu'en 1263. il donna l'inveftiture de l'Autriche
& de la Stirie à un Ottocare, roi de Bohême,
& qu'il fe maria en 1669. à la fille d'un Baron,
nommée Falkemorit, avec laquelle il retourna à
Londres. Ce long interregne dont on parle tant,
n'a donc pas véritablement fubfifté. Mais on peut

appeller ces années , un tems d'interregne ,
puisque Richard était rarement en Allemagne.
On ne voit dans ces tems-là en Allemagne
que de petites guerres entre de petits souverains.

1259.

Le jeune Conradin était alors élevé en Baviere, avec le duc titulaire d'Autriche , son cousin ,
de l'ancienne branche d'Autriche-Baviere, qui ne
subsiste plus. Mainfroi, plus ambitieux que fidéle ,
& lassé d'être régent, se fait déclarer roi de Sicile
& de Naples.

C'était donner au Pape un juste sujet de chercher à le perdre. Alexandre IV. comme pontife ,
avait le droit d'excommunier un parjure , & comme Seigneur Suzerain de Naples , le droit de punir un usurpateur. Mais il ne pouvait ni comme
Pape , ni comme Seigneur , ôter au jeune & innocent Conradin son héritage

Mainfroi, qui se croit affermi , insulte aux excommunications & aux entreprises du Pape.

Erzelin, autre tyran , dévaste les contrées de la
Lombardie qui tiennent pour les Guelfes & pour
le Pontife Enfin, blessé dans un combat contre
les Crémonais , la terre en est délivrée.

Depuis 1260. jusqu'à 1266.

Tandis que l'Allemagne est ou désolée ou lan-
guissante dans son anarchie , que l'Italie est partagée en factions , que les guerres civiles troublent

l'Angleterre, que St. Louis racheté de fa captivî-
té en Egypte, médite encore une nouvelle croifade, qui fut plus malheurcufe, s'il eft poffible, le
St. Siége perfifte toujours dans le deffein d'atra-
cher à Mainfroi Naples & Sicile, & de dépouiller
à la fois le tuteur coupable & l'orphelin.

Quelque Pape qui foit fur la chaire de St. Pierre, c'eft toujours le même génie, le même mêlan-
ge de grandeur & de faibleffe. Les Romains ne
veulent ni reconnaître l'autorité temporelle des
Papes, ni avoir d'Empereurs. Les Papes font à
peine foufferts dans Rome, & ils ôtent ou donnent des Royaumes. Rome élifait alors un feul
Sénateur, comme protecteur de fa liberté. Mainfroi, Pierre d'Arragon, fon gendre, le duc d'Anjou, Charles, freres de St. Louis, briguent tous
trois cette dignité, qui était celle de patrice, fous
un autre nom.

Urbain IV. nouveau Pontife, offre à Charles
d'Anjou Naples & Sicile, mais il ne veut pas qu'il
foit Sénateur : ce ferait trop de puiffance.

Il propofe à St. Louis d'armer le duc d'Anjou
pour lui faire conquérir le Royaume de Naples.
St. Louis héfite. C'était manifeftement ravir à un
pupille l'héritage de tant d'ayeux qui avaient conquis cet Etat fur les Mufulmans. Le Pape calme fes
fcrupules, Charles d'Anjou accepte du Pape la donation, & fe fait élire Sénateur de Rome malgré le
Pape.

Urbain IV. trop engagé, fait promettre à Charles d'Anjou qu'il renoncera dans cinq ans au titre de Sénateur ; & comme ce Prince doit faire serment aux Romains pour toute sa vie, le Pape concilie ces deux sermens, & l'absout de l'un, pourvu qu'il lui fasse l'autre.

Il l'oblige aussi de jurer entre les mains de son Légat, qu'il ne possédera jamais l'Empire avec la couronne de Sicile. C'était la loi des Papes ses prédécesseurs ; & cette loi montre combien on avait craint Frédéric II.

Le comte d'Anjou promet sur-tout d'aider le St. Siége à se remettre en possession du patrimoine usurpé par beaucoup de Seigneurs, & des terres de la comtesse Mathilde. Il s'engage à payer par an 8000. onces d'or de tribut ; consentant d'être excommunié, si jamais ce payement est différé de deux mois : il jure d'abolir tous les droits que les conquérans Français & les princes de la maison de Suabe avaient eu sur les Ecclésiastiques, & par-là il renonce à la prérogative singuliere de Sicile.

A ces conditions, & à beaucoup d'autres, il s'embarque à Marseille avec 30. galeres, & va recevoir à Rome en Juin 1265. l'investiture de Naples & de Sicile, qu'on lui vend si cher.

Une bataille dans les plaines de Bénévent le 26. Février 1266. décide de tout. Mainfroi y périt, sa femme, ses enfans, ses trésors sont livrés au vainqueur.

Le Légat du Pape, qui était dans l'armée, pri-

ve le corps de Mainfroi de la fépulture des chrétiens ; vengeance lâche & mal-adroite, qui ne fert
qu'à irriter les peules.

1267. 1268.

Dès que Charles d'Anjou eft fur le trône de
Sicile, il eft craint du Pape, & haï de fes Sujets.
Les confpirations fe forment. Les Gibelins, qui
partageaient l'Italie , envoient en Baviere follici-
ter le jeune Conradin de venir prendre l'héritage
de fes peres. Clément IV. fucceffeur d'Urbain , lui
défend de paffer en Italie, comme un Souverain
donne un ordre à fon Sujet.

Conradin part à l'âge de feize ans , avec le duc
de Baviere , fon oncle, le comte de Tirol, dont il
vient d'époufer la fille, & fur-tout avec le jeune
duc d'Autriche, fon coufin, qui n'était pas plus
maître de l'Autriche que Conradin ne l'était de
Naples. Les excommunications ne lui manque-
rent pas. Clément IV. pour lui mieux réfifter;
nomme Charles d'Anjou vicaire impérial en Tofcane. Cette Province illuftre , devenue libre par
fon efprit & par fon courage, était partagée en
Guelfes & en Gibelins , & par-là les Guelfes y
prennent toute l'autorité.

Charles d'Anjou, Sénateur de Rome, en devenait plus redoutable au Pape. Mais Conradin l'eut
été d'avantage.

Tous les cœurs étaient à Conradin , & par une
deftinée finguliere , les Romains & les Mufulmans

fe déclarerent en même tems pour lui. D'un côté
l'Infant Henri, frere d'Alphonfe X. roi de Caftille, vrai chevalier errant, paffe en Italie, & fe fait
déclarer Sénateur de Rome, pour y foutenir les
droits de Conradin. De l'autre, un roi de Tunis
leur prête de l'argent & des galeres, & tous les
Sarrafins qui étaient reftés dans le royaume de
Naples, prennent les armes en fa faveur.

Conradin eft reçu dans Rome au Capitole,
comme un Empereur Ses galeres abordent en
Sicile, & prefque toute la nation y reçoit fes troupes avec joie. Il marche de fuccès en fuccès jufqu'à Aquila dans l'Abruze. Les chevaliers Français aguerris défont entierement en bataille ran-
gée l'armée de Conradin, compofée à la hâte de
plufieurs nations.

Conradin, le duc d'Autriche & Henri de Caftille font fait prifonniers.

Les hiftoriens Villani, Guadelfiero, Fazelli,
affurent que le Pape Clément V. demanda le fupplice de Conradin à Charles d'Anjou. Ce fut fa
derniere volonté. Ce Pape mourut bientôt après.
Charles fait prononcer une fentence de mort par
fon protonotaire Robert de Bari, contre les deux
Princes. Il envoie prifonnier Henri de Caftille en
Provence; car la Provence lui appartenait du chef
de fa femme.

Le 26. Octobre 1268. Conradin & Frédéric
d'Autriche font éxécutés dans le marché de Naples, par la main du bourreau. C'eft le premier

exemple d'un pareil attentat contre des têtes cou-
ronnées. Conradin, avant de recevoir le coup,
jetta son gand dans l'assemblée, en priant qu'il
fût porté à Pierre d'Arragon, son cousin, gendre
de Mainfroi, qui vengera un jour sa mort. Le
gand fut ramassé par le chevalier Truchsès de
Walbourg, qui exécuta en effet sa volonté. Depuis ce tems la maison de Walbourg porte les armes de Conradin, qui sont celles de Suabe. Le
jeune duc d'Autriche est exécuté le premier. Conradin, qui l'aimait tendrement, ramasse sa tête,
& reçoit en la baisant le coup de la mort.

On tranche la tête à plusieurs Seigneurs sur le
même échaffaut. Quelque tems après Charles
d'Anjou fait périr en prison la veuve de Mainfroi,
avec le fils qui lui reste. Ce qui surprend, c'est
qu'on ne voit point que St. Louis, frere de Charles d'Anjou, ait jamais fait à ce barbare le moindre reproche de tant d'horreurs. Au contraire, ce
fut en faveur de Charles, qu'il entreprit en partie
sa derniere malheureuse croisade contre le roi
de Tunis, protecteur de Conradin.

1269. 1270. 1271. 1272.

Les petites guerres continuaient toujours entre les Seigneurs d'Allemagne. Rodolphe, comte
de Habsbourg en Suisse, se rendait déja fameux
dans ces guerres, & sur-tout dans celle qu'il fit à
l'évêque de Bâle en faveur de l'abbé de St. Gal.
C'est à ces tems que commencent les traités de

confraternité héréditaire entre les maifons Allemandes. C'eft une donation réciproque de terres
d'une maifon à une autre, au dernier furvivant des
mâles.

La premiere de ces confraternités avait été
faite dans les dernieres années de Frédéric II. entre les maifons de Saxe & de Heffe.

Les villes anféatiques augmentent dans ces années leurs priviléges & leur puiffance. Elles établiffent des Confuls qui jugent toutes les affaires
du commerce; car à quel tribunal aurait-on eu
alors recours?

La même néceffité qui fait inventer les Confuls
aux villes marchandes, fait inventer les *auftreguss*
aux autres villes & aux Seigneurs, qui ne veulent
pas toujours vuider leurs différends par le fer.
Ces *auftregues* font, ou des Seigneurs, ou des
villes mêmes, que l'on choifit pour arbitres, fans
frais de juftice.

Ces deux établiffemens, fi heureux & fi fages,
furent le fruit des malheurs des tems, qui obligeaient d'y avoir recours.

L'Allemagne reftait toujours fans chef, mais
voulait enfin en avoir un.

Richard d'Angleterre était mort. Alphonfe de
Caftille n'avait plus de parti. Ottocare III roi de
Bohême, duc d'Autriche & de Stirie, fut propofé, & refufa, dit-on, l'Empire. Il avait alors une
guerre avec Bela, roi de Hongrie, qui lui difpu-

tait la Stirie, la Carinthie, & la Carniole, qu'il avait achetées.

La paix fe fit. La Stirie & la Carinthie, avec la Carniole refterent à Ottocare. On ne conçoit pas comment étant fi puiffant, il refufa l'Empire, lui qui depuis refufa l'hommage à l'Empereur. Il eft bien plus vraifemblable qu'on ne voulut pas de lui, par cela même qu'il était trop puiffant.

RODOLPHE I. DE HABSBOURG.

Premier Empereur de la Maifon d'Autriche.

VINGT-HUITIEME EMPEREUR.

1273.

Enfin on s'affemble à Francfort pour élire un Empereur, & cela fur les lettres du pape Grégoire X. qui menace d'en nommer un. C'était une chofe nouvelle que ce fût un Pape qui voulût un Empereur.

On ne propofe dans cette affemblée aucun Prince poffeffeur de grands Etats. Ils étaient trop jaloux les uns des autres. Le comte de Tirol, qui était du nombre des électeurs, indique trois Sujets, un comte de Goritz, Seigneur d'un petit pays dans le Frioul, & abfolument inconnu; un Bernard non moins inconnu encore, qui n'avait pour tout bien que des prétentions fur le duché de Carinthie; & Rodolphe de Habsbourg, Capitaine célebre, & grand Maréchal de la cour d'Ottocare, roi de Bohême.

Les électeurs, partagés entre ces trois concurrens, s'en rapportent à la décifion du comte Palatin Louis le Sévère, duc de Baviere, le même qui avait élevé, & fecouru en vain le malheureux Conradin, & Frederic d'Autriche. C'eft-là le premier exemple d'un pareil arbitrage. Louis de Baviere nomme Empereur Rodolphe de Habfbourg.

Le burgrave ou châtelain de Nuremberg en apporte la nouvelle à Rodolphe, qui n'étant plus alors au fervice du roi de Bohême, s'occupait de fes petites guerres vers Bâle, & vers Strafbourg.

Alphonfe de Caftille, & le roi de Bohême, proteftent en vain contre l'élection. Cette proteftation d'Ottocare ne prouve pas affurément qu'il eût refufé la couronne Impériale.

Rodolphe était fils d'Albert, comte de Habfbourg en Suiffe. Sa mere était Ulrike de Kibourg, qui avait plufieurs Seigneuries en Alface. Il était marié depuis long-tems avec Anne de Hœneberg, dont il avait quatre enfans. Son âge était de cinquante-cinq ans & demi, quand il fut élevé à l'Empire. Il avait un frere colonel au fervice des Milanais, & un autre chanoine à Bâle. Ses deux freres moururent avant fon élection.

Il eſt couronné à Aix-la-Chapelle. On ignore
par quel Archevêque. Il eſt rapporté que le ſceptre
Impérial, qu'on prétendait être celui de Charlemagne, ne ſe trouvant pas, ce défaut de formali-
té commençait à ſervir de prétexte à pluſieurs
Seigneurs, qui ne voulaient pas lui prêter ſerment. Il prit un crucifix : *voilà mon ſceptre*, dit-
il, & tous lui rendirent hommage. Cette ſeule
action de fermeté le rendit reſpectable, & le reſte
de ſa conduite le montra digne de l'Empire.

Il marie ſon fils Albert à la fille du comte de
Tirol, ſœur utérine de Conradin. Par ce mariage,
Albert ſemble acquérir des droits ſur l'Alſace &
ſur la Suabe, héritage de la maiſon du fameux
Empereur Frédéric II. L'Alſace était alors partagée entre pluſieurs petits Seigneurs. Il fallut leur
faire la guerre. Il obtint par ſa prudence des troupes de l'Empire, & ſoumit tout par ſa valeur. Un
Préfet eſt nommé pour gouverner l'Alſace. C'eſt
ici une des plus importantes époques pour l'intérieur de l'Allemagne. Les poſſeſſeurs des terres
dans la Suabe & dans l'Alſace, relevaient de la
maiſon Impériale de Suabe : mais après l'extinction de cette Maiſon dans la perſonne de l'infor-
tuné Conradin, ils ne voulurent plus relever que
de l'Empire. Voilà la véritable origine de la nobleſſe immédiate. Et voilà pourquoi on trouve
plus de cette nobleſſe en Suabe que dans les autres provinces. L'empereur Rodolphe vint à bout
de ſoumettre les gentilshommes d'Alſace, & créa

un Préfet dans cette Province : mais après lui les barons d'Alsace redevinrent pour la plûpart barons libres & immédiats, souverains dans leurs petites terres, comme les plus grands seigneurs Allemands dans les leurs. C'était dans presque toute l'Europe l'objet de quiconque possédait un château.

1274.

Trois ambassadeurs de Rodolphe font serment de sa part au pape Gregoire X. dans le consistoire. Le Pape écrit à Rodolphe : *De l'avis des cardinaux, nous vous nommons roi des Romains.*

Alphonse X. roi de Castille renonce alors à l'Empire.

1275.

Rodolphe va trouver le Pape à Lausanne. Il lui promet de lui faire rendre la Marche d'Ancone, & les terres de Mathilde. Il promettait ce qu'il ne pouvait tenir. Tout cela était entre les mains des villes & des Seigneurs, qui s'en étaient emparés aux dépens du Pape & de l'Empire. L'Italie était partagée entre vingt Principautés ou Républiques, comme l'ancienne Grèce, mais plus puissantes. Venise, Genes & Pise avaient plus de vaisseaux que l'Empereur ne pouvait entretenir d'enseignes. Florence devenait considérable, & déja elle était le berceau des beaux arts.

Rodolphe pense d'abord à l'Allemagne. Le

puiſſant roi de Bohême Ottocare III. duc d'Autriche, de Carinthie & de Carniole, lui refuſe
l'hommage. *Je ne dois rien à Rodolphe*, dit-il, *je
lui ai payé ſes gages*. Il ſe ligue avec la Baviere.

Rodolphe ſoutient la majeſté de ſon rang. Il
fait mettre au ban de l'Empire ce puiſſant Ottocare, & le duc de Baviere Henri, qui eſt lié avec
lui. On donne à l'Empereur des troupes, & il vá
venger les droits de l'empire Allemand.

1276.

L'empereur Rodolphe bat, l'un après l'autre,
tous ceux qui prennent le parti d'Ottocare, ou
qui veulent profiter de cette diviſion ; le comte
de Neubourg, le comte de Fribourg, & le marquis de Bade, & le comte de Wirtemberg, &
Henri, duc de Baviere. Il finit tout d'un coup
cette guerre avec les Bavarois, en mariant une de
ſes filles au fils de ce Prince, & en recevant quarante mille onces d'or, au lieu de donner une
dot à ſa fille.

De-là il marche vers Ottocare ; il le force de
venir à compoſition. Le roi de Bohême céde l'Autriche, la Stirie & la Carniole. Il conſent de faire
un hommage-lige à l'Empereur dans l'iſle de
Camberg au milieu du Danube, ſous un pavillon
dont les rideaux devaient étre fermés, pour lui
épargner une mortification publique.

Ottocare s'y rend couvert d'or & de pierreries.

Rodolphe, par un faste supérieur, le reçoit avec l'habit le plus simple; & au milieu de la cérémonie les rideaux du pavillon tombent, & font voir aux yeux du peuple & des armées qui bordaient le Danube, le superbe Ottocare à genoux, tenant ses mains jointes, entre les mains de son vainqueur, qu'il avait si souvent appellé son maître-d'hôtel, & dont il devenait le grand échanson. Ce conte est accrédité, & il importe peu qu'il soit vrai.

1277.

La femme d'Ottocare, princesse plus altiere que son époux, lui fait tant de reproches de son hommage rendu, & de la cession de ses provinces, que le roi de Bohême recommence la guerre vers l'Autriche.

L'Empereur remporte une victoire complette. Ottocare est tué dans la bataille le 26. août. Le vainqueur use de sa victoire en législateur. Il laisse la Bohême au fils du vaincu, le jeune Venceslas; & la régence au marquis de Brandebourg.

1278.

Rodolphe fait son entrée à Vienne, & s'établit dans l'Autriche. Louis, duc de Baviere, qui avait plus d'un droit à ce duché, veut remuer pour soutenir ce droit. Rodolphe tombe sur lui avec ses troupes victorieuses. Alors rien ne résiste, & on

voit ce Prince, que les Electeurs avaient appellé
à l'Empire pour y régner fans pouvoir, devenir
en effet le conquérant de l'Allemagne.

1279.

Ce maître de l'Allemagne est bien loin de
l'être en Italie. Le pape Nicolas III. gagne avec
lui fans peine ce long procès que tant de Pontifes
ont foutenu contre tant d'Empereurs. Rodolphe,
par un diplôme du 15. fé-rier 1279. céde au faint
Siége les terres de la comtesse Mathilde, renonce
au droit de fuzeraineté, défavoue fon Chancelier,
qui a reçu l'hommage. Les Electeurs approuvent
la même année cette ceffion de Rodolphe. Ce
Prince, en abandonnant des droits pour lefquels
on avait si long-tems combattu, ne cédait en effet que le droit de recevoir un hommage des Seigneurs qui voulaient à peine le rendre. C'était
tout ce qu'il pouvait alors obtenir en Italie, où
l'Empire n'était plus rien. il fallait que cette ceffion fût bien peu de chofe, puifque l'Empereur
n'eut en échange que le titre de Sénateur de
Rome, & encore ne l'eut-il que pour un an.

Le Pape vint à bout de faire ôter cette vaine
dignité de Sénateur à Charles d'Anjou, roi de Sicile; parce que ce Prince ne voulut pas marier
fon neveu avec la niéce de ce Pontife, en difant
que *quoiqu'il s'appellât Orfini, & qu'il eût les pieds
rouges, fon fang n'était pas fait pour fe mêler au
fang de France.*

Nicolas III. ôte encore à Charles d'Anjou le vicariat de l'Empire en Tofcane. Ce vicariat n'était plus qu'un nom, & ce nom même ne pouvait fub-fifter depuis qu'il y avait un Empereur.

La fituation de Rodolphe en Italie était, à ce que dit Girolamo Briani, femblable à celle d'un négociant qui a fait faillite, & dont d'autres marchands partagent les effets.

1280.

L'empereur Rodolphe fe raccommode avec Charles de Sicile, par le mariage d'une de fes filles. Il donne cette Princeffe, nommée Clémence, à Charles Martel, petit-fils de Charles. Les deux mariés étaient prefque encore au berceau.

Charles, au moyen de ce mariage, obtient de l'Empereur l'inveftiture des comtés de Provence & de Forcalquier.

Après la mort de Nicolas III. on élit un Français nommé Brion, qui prend le nom de Martin IV. Ce Français fait rendre d'abord la dignité de Sénateur au roi de Sicile, & veut lui faire rendre auffi le vicariat de l'Empire en Tofcane. Rodolphe paraît ne guéres s'en embarraffer ; il eft affez occupé en Bohême. Ce pays s'était revolté par la conduite violente du margrave de Brandebourg, qui en était régent ; & d'ailleurs Rodolphe avait plus befoin d'argent que de titres.

1281. 1282.

Ces années font mémorables par la fameuſe conſpiration des vêpres Siciliennes. Jean de Procida, gentilhomme de Salerne, riche, & qui malgré ſon état, exerçait la profeſſion de médecin & de juriſconſulte, fut l'aureur de cette conſpiration, qui ſemblait ſi oppoſée à ſon genre de vie. C'était un Gibelin paſſionnément attaché à la mémoire de Frederic II. & à la maiſon de Suabe. Il avait été pluſieurs fois en Arragon auprès de la reine Conſtance, fille de Mainfroi. Il brûlait de venger le ſang que Charles d'Anjou avait fait répandre; mais ne pouvant rien dans le royaume de Naples, que Charles contenait par ſa préſence & par la terreur, il trama ſon complot dans la Sicile gouvernée par des Provençaux plus déteſtés que leur maître, & moins puiſſans.

Le projet de Charles d'Anjou était la conquête de Conſtantinople. Un des grands fruits des croiſades de l'Occident avait été de prendre l'empire des Grecs en 1204. & on l'avait perdu depuis, ainſi que les autres conquêtes ſur les Muſulmans. La fureur d'aller ſe battre en Paleſtine avait paſſé depuis les malheurs de S Louis, mais la proie de Conſtantinople paraiſſait facile à ſaiſir; & Charles d'Anjou eſpérait détrôner Michel Paléologue qui poſſédait alors ce reſte de l'empire d'Orient.

Jean de Procida va déguiſé à Conſtantinople avertir Michel Paléologue : il l'excite à prévenir
Charles

Charles. De-là il court en Arragon voir en secret
le roi Pierre. Il eut de l'argent de l'un & de
l'autre. Il gagne aisément des conjurés. Pierre
d'Arragon équippe une flotte, & feignant d'aller
contre l'Afrique, il se tient prêt pour descendre
en Sicile. Procida n'a pas de peine à disposer les
Siciliens.

Enfin le troisième jour de Pâques 1282. au son
de la cloche des vêpres, tous les Provençaux sont
massacrés dans l'Isle, les uns dans les Eglises, les
autres aux portes ou dans les places publiques, les
autres dans leurs maisons. On compte qu'il y eut
huit mille personnes égorgées. Cent batailles ont
fait périr le triple & le quadruple d'hommes, sans
qu'on y ait fait attention. Mais ici ce secret gardé
si long tems par tout un peuple, des conquérans
exterminés par la nation conquise, les femmes,
les enfans massacrés, des filles Siciliennes encein-
tes par des Provençaux, tuées par leurs propres
peres, des pénitentes égorgées par leurs confes-
seurs, rendent cette action à jamais furieuse &
exécrable. On dit toujours que ce furent des
Français qui furent massacrés à ces vêpres Siciliennes, parce que la Provence est aujourd'hui à
la France: mais elle était alors province de l'Empire, & c'était réellement des Impériaux qu'on
égorgeait.

Voilà comme on commença enfin la vengeance
de Conradin & du duc d'Autriche. Leur mort
avait été le crime d'un seul homme, de Charles

d'Anjou ; & huit mille innocens l'expierent.

Pierre d'Arragon aborde alors en Sicile avec
sa femme Constance. Toute la nation se donne à
lui, & de ce jour la Sicile resta à la maison d'Arragon , mais le royaume de Naples demeure au
prince de France.

L'Empereur investit ses deux fils aînés Albert
& Rodolphe à la fois, de l'Autriche, de la Stirie,
de la Carniole le 27 Décembre 1282. dans une
diéte à Augsbourg, du consentement de tous les
Seigneurs, & même de celui de Louis de Baviere
qui avait des droits sur l'Autriche. Mais comment
donner à la fois l'investiture des mêmes Etats à
ces deux Princes ? N'en avaient-ils que le titre,
le puîné devait-il succéder à l'aîné ; ou bien le
puîné n'avait-il que le nom, tandis que l'autre
avait la terre ; ou devaient-ils posséder ces Etats
en commun ? C'est ce qui n'est pas expliqué. Ce
qui est incontestable, c'est qu'on voit beaucoup
de diplômes dans lesquels les deux freres sont
nommés conjointement ducs d'Autriche, de Stirie
& de Carniole.

Il y a une seule vieille chronique anonime qui
dit que l'empereur Rodolphe investit son fils Rodolphe de la Suabe. Mais il n'y a aucun docu-
ment, aucune charte où l'on trouve que ce jeune
Rodolphe ait eu la Suabe. Tous les diplômes
l'appellent duc d'Autriche, de Stirie, de Carniole
comme son frere. Cependant un historien ayant
adopté cette chronique, tous les autres l'on sui-

vie, & dans les tables généalogiques on appelle toujours ce Rodolphe duc de Suabe. S'il l'avait été, comment sa maison aurait-elle perdu ce duché ?

Dans la même diéte, l'Empereur donne la Carinthie & la marche Trevisanne au comte de Tirol son gendre. L'avantage qu'il tira de sa dignité d'Empereur, fut de pourvoir toute sa maison.

1283. 1284.

Rodolphe gouverne l'Empire aussi bien que sa maison. Il appaise les querelles de plusieurs Seigneurs & de plusieurs villes.

Les historiens disent que ses travaux l'avaient fort affaibli, & qu'à l'âge de 65. ans passés, les médecins lui conseillerent de prendre une femme de 15. ans pour fortifier sa santé. Ces historiens ne font pas physiciens. Il épouse Agnès fille d'un comte de Bourgogne.

Dans cette année 1284. le roi d'Arragon Pierre fait prisonnier le prince de Salerne, fils de Charles d'Anjou, mais sans pouvoir se rendre maître de Naples. Les guerres de Naples ne regardent plus l'Empire jusqu'à Charle-quint

1285.

Les Cumins, reste de Tartares, dévastent la Hongrie.

L'Empereur inveftit Jean Davennes du comté d'Aloft, du pays de Vafs, de la Zélande, du Hainaut. Le comté de Flandre n'eft point fpécifié dans l'inveftiture; il était devenu inconteftable qu'il relevait de la France.

1286. 1287.

Pour mettre le comble à la gloire de Rodolphe, il eût fallu s'établir en Italie, comme il l'était en Allemagne, mais le tems était paffé. Il ne voulut pas même aller fe faire couronner à Rome. Il fe contenta de vendre la liberté aux villes d'Italie, qui voulurent bien l'acheter. Florence donna quarante mille ducats d'or; Luques douze mille, Gènes, Boulogne, fix mille. Prefque toutes les autres ne donnerent rien du tout, prétendant qu'elles ne devaient point reconnaître un Empereur qui n'était pas couronné à Rome.

Mais en quoi confiftait cette liberté, ou donnée ou confirmée? Etait-ce dans une féparation abfolue de l'Empire? Il n'y a aucun acte de ces tems là qui énonce de pareilles conventions. Cette liberté confiftait dans le droit de nommer des magiftrats, de fe gouverner fuivant leurs loix municipales, de battre monnoie, d'entretenir des troupes. Ce n'était qu'une confirmation, une extenfion des droits obtenus de Fréderic Barberouffe. L'Italie fut alors indépendante & comme détachée de l'Empire, parce que l'Empereur était éloigné & trop peu puiffant. Le tems eût pû affurer à ce païs une liberté pleine & entiere. Déja les villes de Lombardie, celles de la Suisse même ne prêtaient plus de serment, & rentraient insensiblement dans leurs droits naturels.

. A l'égard des villes d'Allemagne, elles prêtaient toutes serment ; mais les unes étaient réputées *libres*, comme Augsbourg, Aix-la-Chapelle & Metz ; les autres avaient le nom d'*Impériales*, en fournissant des tributs ; les autres *sujettes*, comme celles qui relevaient immédiatement des Princes & médiatement de l'Empire ; les autres *mixtes*, qui en relevant des Princes, avaient pourtant quelques droits impériaux.

Les grandes villes impériales étaient toutes différemment gouvernées. Nuremberg était administrée par des nobles : les citoyens avaient à Strasbourg l'autorité.

1288. 1289. 1290.

Rodolphe fait servir toutes ses filles à ses intérêts. Il marie encore une fille qu'il avait de sa premiere femme, au jeune Venceslas, roi de Bohême, devenu majeur, & lui fait jurer qu'il ne prétendra jamais rien aux duchés d'Autriche & de Stirie : mais aussi en récompense il lui confirme la charge de grand échanson.

Les ducs de Baviere prétendaient à cette charge de la maison de l'Empereur. Il semble que la qualité d'Electeur fut inséparable de celle de grand officier de la Couronne , non que les feigneurs des principaux Fiefs ne prétendiffent encore le droit d'élire ; mais les grands Officiers voulaient ce droit de préférence aux autres. C'est pourquoi les ducs de Baviere difputaient la charge de grand-maître à la branche de Baviere Palatine , quoiqu'aînée.

Grande diéte à Erfort , dans laquelle on confirme le partage déja fait de la Thuringe. L'orientale refte à la maifon de Mifnie , qui eft aujourd'hui de Saxe. L'occidentale demeure à la maifon de Brabant , héritiere de la Mifnie par les femmes. C'eft la maifon de Heffe.

Le roi de Hongtie Ladiflas III. ayant été tué par les Tartares Cumins, qui ravageaient toujours ce pays : l'Empereur , qui prétend que la Hongrie eft un Fief de l'Empire , veut donner ce Fief à fon fils Albert , auquel il avait donné déja l'Autriche.

Le Pape Nicolas IV. qui croit que tous les royaumes font des fiefs de Rome , donne la Hongrie à Charles-Martel , petit-fils de Charles d'Anjou , roi de Naples & de Sicile. Mais comme ce Charles Martel fe trouve gendre de l'Empereur , & comme les Hongrois ne voulaient point du fils d'un Empereur pour roi , de peur d'être affervis , Rodolphe confent que Charles Martel fon gendre tâche de s'emparer de cette Couronne , qu'il ne peut lui ôter.

Voici encore un grand exemple qui prouve combien le droit féodal était incertain. Le comte de Bourgogne, c'est-à-dire de la Franche-Comté, prétendait relever du royaume de France, & en cette qualité il avait prêté serment de fidélité à Philippe-le Bel. Cependant jusques-là tout ce qui faisait partie de l'ancien royaume de Bourgogne, relevait des Empereurs.

Rodolphe lui fait la guerre : elle se termine bientôt par l'hommage que le comte de Bourgogne lui rend. Ainsi ce comte se trouve relever à la fois de l'Empire & de la France.

Rodolphe donne au duc de Saxe, son gendre Albert II. le titre de *Palatin* de Saxe. Il faut bien distinguer cette maison de Saxe d'avec celle d'aujourd'hui, qui est, comme nous l'avons dit, celle de Misnie.

1291.

L'Empereur Rodolphe meurt à Germaheim le 15 Juillet, à l'âge de 73 ans, après en avoir regné dix-huit.

P 4

ADOLPHE DE NASSAU,

VINGT-NEUVIEME EMPEREUR.

Après un Interregne de neuf mois.

1292.

Les Princes Allemands craignant de rendre héréditaire cet Empire d'Allemagne, toujours nommé l'Empire Romain, & ne pouvant s'accorder dans leur choix, font un second compromis, dont on avait vû l'exemple à la nomination de Rodolphe.

L'archevêque de Mayence, auquel on s'en rapporte, nomme Adolphe de Naffau par le même principe qu'on avait choifi fon prédéceffeur. C'était le plus illustre guerrier de ces tems-là & le plus pauvre. Il paraiffait capable de foutenir la gloire de l'Empire, à la tête des armées Allemandes, & trop peu puiffant pour l'afſervir. Il ne poffédait que trois Seigneuries dans le comté de Naffau.

Albert, duc d'Autriche, fâché de ne point fuccéder à fon pere, s'unit contre le nouvel Empereur avec ce même comte de Bourgogne, qui ne veut plus être vaffal de l'Allemagne, & tous deux obtiennent des fecours du roi de France Philippe-le-Bel. La maifon d'Autriche commence par ap-

peller contre l'Empereur ces mêmes Français,
que les Princes de l'Empire ont depuis si souvent
appellés contre elle. Albert d'Autriche, avec le
secours de la France, fait d'abord la guerre en
Suisse, dont sa maison reclame la souveraineté.
Il prend Zurich avec des troupes Françaises.

1293.

Albert d'Autriche souléve contre Adolphe
Strasbourg & Colmar. L'Empereur, à la tête de
quelques troupes que les fiefs lui fournissent, appaise ces troubles.

Un différend entre le comte de Flandre, & les
citoyens de Gand, est porté au Parlement de Paris, & jugé en faveur des citoyens. Il était bien
clairement reconnu que depuis Gand jusqu'à
Boulogne, Arras & Cambrai, la Flandre relevait
uniquement du roi de France.

1294.

Adolphe s'unit avec Edouard roi d'Angleterre
contre la France: mais comme il craint un aussi
puissant vassal que le duc d'Autriche, il n'entreprend rien. On a vû depuis renouveller plus
d'une fois cette alliance dans des circonstances
pareilles.

1295.

Une injustice honteuse de l'Empereur est la
premiere origine de ses malheurs & de sa fin fu-
neste: grand exemple pour les souverains. Albert
de Misnie Landgrave de Thuringe, l'un des an-

P 5

cêtres de tous les princes de Saxe, qui font une si grande figure en Allemagne, gendre de l'Empereur Frédéric II. avait trois enfans de la Princesse sa femme. Il l'avait répudiée pour une maîtresse indigne de lui, & c'est pour cela que les Allemands lui avaient donné avec justice le surnom de *débravé*. Ayant un bâtard de cette concubine, il voulait deshériter pour lui ses trois enfans légitimes. Il met ses fiefs en vente malgré les loix; & l'Empereur, malgré les loix, les achete avec l'argent que le roi d'Angleterre lui avait donné pour faire la guerre à la France.

Les trois Princes soutiennent hardiment leurs droits contre l'empereur. Il a beau prendre Dresde & plusieurs châteaux; il est chassé de la Misnie, & toute l'Allemagne se déclare contre cet indigne procédé.

1296.

La rupture contre l'Empereur & le roi d'Angleterre d'un côté, & la France de l'autre, durait toujours. Le Pape Boniface VIII. leur ordonne à tous trois une tréve, sous peine d'excommunication.

1297.

L'Empereur avait plus besoin d'une tréve avec les Seigneurs de l'Empire. Sa conduite les révoltait tous. Venceslas roi de Bohéme, Albert duc d'Autriche, le duc de Saxe, l'archevêque de Mayence, s'assemblent à Prague. Il y avait deux marquis de Brandebourg, non qu'ils possédassent tous deux la même marche ; mais étant freres, ils prenaient tous deux le même titre. C'est un usage qui commençait à s'établir. On accuse l'Empereur dans les formes, & on indique une diéte à Egra pour le déposer.

Albert d'Autriche envoie à Rome solliciter la déposition d'Adolphe. C'est un droit qu'on reconnaît toujours dans les Papes, quand on croit en profiter.

Le duc d'Autriche feint d'avoir reçu le consentement du Pape, qu'il n'a pourtant pas L'archevêque de Mayence dépose solemnellement l'Empereur au nom de tous les Princes. Voici comme il s'exprime : *on nous a dit que nos envoyés avaient obtenu l'agrément du Pape ; d'autres assurent que le Pape l'a refusé : mais n'ayant égard qu'à l'autorité qui nous a été confiée, nous déposons Adolphe de la dignité Impériale, & nous élisons pour roi des Romains le seigneur Albert duc d'Autriche.*

1298.

Boniface VIII. défend aux Electeurs, sous peine d'excommunication, de sacrer le nouveau roi des Romains. Ils lui répondent que ce n'est pas là une affaire de religion.

Cependant Adolphe ayant dans son parti quelques Evêques & quelques seigneurs, avait encore une armée. Il donne bataille le 2 Juillet auprès de Spire à son rival : tous deux se joignent au fort de la mêlée. Albert d'Autriche lui porte un coup d'épée dans l'œil. Adolphe meurt en combattant & laisse l'Empire à Albert.

ALBERT I. D'AUTRICHE,

TRENTIEME EMPEREUR.

1298.

Albert d'Autriche commence par remettre son droit aux Electeurs, afin de le mieux rassurer. Il se fait élire une seconde fois à Francfort, puis couronner à Aix-la-Chapelle par l'archevêque de Cologne.

Le Pape Boniface VIII. ne veut pas le reconnaître. Ce Pape avait alors de violens démêlés avec le roi de France Philippe le Bel.

1299.

L'Empereur Albert s'unit incontinent avec Philippe, & marie son fils aîné Rodolphe à Blanche sœur du roi. Les articles de ce mariage sont remarquables. Il s'engage de donner à son fils l'Autriche, la Stirie, la Carniole, l'Alsace, Fribourg en Brisgau, & assigne pour douaire à sa belle-fille l'Alsace & Fribourg, s'en remettant, pour la dot de Blanche, à la volonté du roi de France.

Albert fait part de ce mariage au Pape, qui

pour toute réponse dit que l'Empereur n'est qu'un usurpateur, & qu'il n'y a d'autre *César* que le souverain Pontife des Chrétiens.

1300. 1301.

Les maisons de France & d'Autriche sembaient alors étroitement unies par ce mariage, par leur haine commune contre Boniface VIII. par la nécessité où elles étaient de se défendre contre leurs vassaux. Car dans le même tems la Hollande & la Zélande, vassales de l'Empire, faisaient la guerre à Albert ; & les Flamands, vassaux de France, la faisaient au roi Philippe le Bel.

Boniface VIII. plus fier encore que Grégoire VII. & plus impétueux, prend ce tems pour braver à la fois l'Empereur & le roi de France. D'un côté il excite contre Philippe le Bel son frere Charles de Valois ; de l'autre il souléve des Princes de l'Allemagne contre Albert.

Nul Pape ne poussa plus loin la manie de donner des royaumes. Il fait venir en Italie ce Charles de Valois, & le nomme vicaire de l'Empire en Toscane. Il marie ce Prince à la fille de Baudouin II. Empereur de Constantinople dépossédé, & déclare hardiment Charles de Valois Empereur des Grecs. Rien n'est plus grand que ces entreprises, quand elles sont bien conduites & heureuses. Rien de plus petit, quand elles sont sans effet. Ce Pape en moins de trois ans donna les Empires d'Orient & d'Occident, & mit en interdit le royaume de France.

Les circonſtances où ſe trouvait l'Allemagne le mirent ſur le point de réuſſir contre Albert d'Autriche.

Il écrit aux archevêques de Mayence, de Tréves & de Cologne : *Nous ordonnons qu'Albert comparaiſſe devant nous dans ſix mois, pour ſe juſtifier, s'il peut, du crime de Leze-Majeſté, commis contre la perſonne de ſon Souverain Adolphe. Nous défendons qu'on le reconnaiſſe pour Roi des Romains, &c.*

Ces trois archevêques qui n'aimaient pas Albert, conviennent avec le comte Palatin du Rhin de procéder contre lui, comme ils avaient procédé contre ſon prédéceſſeur; & ce qui montre bien qu'on a toujours deux poids & deux meſures, c'eſt qu'ils lui font un crime d'avoir vaincu & tué en combattant ce même Adolphe qu'ils avaient depoſé, & contre lequel il avait été armé par eux-mêmes.

Le comte Palatin fait en effet des informations contre l'Empereur Albert. On ſait que les comtes Palatins étaient originairement juges dans le palais, & juges des cauſes civiles entre le Prince & les ſujets, comme cela ſe pratique dans tous les pays, ſous des noms différens.

Les Palatins ſe croyaient en droit de juger criminellement l'Empereur même. C'eſt ſur cette prétention qu'on verra un Palatin, un ban de Croatie, condamner une Reine.

Albert ayant pour lui les autres Princes de l'Empire, répond aux procédures par la guerre.

1302.

Bientôt ses juges lui demandent grace, & l'électeur Palatin paye par une grosse somme d'argent ses procédures.

La Pologne, après beaucoup de troubles, élit pour son roi Venceslas, roi de Bohême. Venceslas met quelque ordre dans un pays où il n'y en avait jamais eu. C'est lui qui institua le Sénat. Ce Venceslas donne son fils pour roi aux Hongrois, qui le demandaient lui-même.

Boniface VIII. ne manque pas de prétendre que c'est un attentat contre lui, & qu'il n'appartient qu'à lui seul de donner un Roi à la Hongrie. Il nomme à ce royaume Carobert, descendant de Charles d'Anjou. Il semblerait que l'Empereur n'eût pas dû accoutumer le Pape à donner des Royaumes, cependant c'est ce qui le raccommoda avec lui. Il craignait plus la puissance de Venceslas que celle du Pape. Il protége donc Carobert, & désole la Bohême avec une armée. Les auteurs disent que cette armée fut empoisonnée par les Bohêmiens, qui infecterent les eaux voisines du camp ; cela est assez difficile à croire.

1303.

Ce qui acheve de mettre l'Empereur dans les intérêts de Boniface VIII. c'est la sanglante querelle de ce Pape avec Philippe le Bel. Boniface très-maltraité par ce Monarque, & qui méritait de l'être, reconnaît enfin cet Albert, à qui il avait voulu faire le procès, pour roi légitime des Romains, & lui promet la couronne Impériale, pourvû qu'il déclare la guerre au roi de France.

Albert paye la complaisance du Pape par une complaisance bien plus grande. Il reconnaît *que l'Empire a été transféré des Grecs aux Allemands par le S. Siége; que les Electeurs tiennent leur droit du Pape, & que les Empereurs & les Rois reçoivent de lui le droit du glaive.* C'est contre une telle déclaration que le comte Palatin aurait dû faire des procédures.

Ce n'était pas la peine de flatter ainsi Boniface VIII, qui mourut le 12 Octobre, échappé à peine de la prison où le roi de France l'avait retenu, aux portes mêmes de Rome.

Cependant le roi de France confisque la Flandre sur le comte Gui Dampierre, & demeure, après une sanglante bataille, maître de Lille, de Douay, d'Orchies, de Bethune, & d'un très-grand pays, sans que l'empereur s'en mette en peine.

Il ne songe pas davantage à l'Italie, toujours partagée entre les Guelfes & les Gibelins.

1304. 1305.

Ladislas, ce fils du respectable Venceslas, roi de Bohême & de la Pologne, est chassé de la Hongrie. Son pere en meurt, à ce qu'on prétend, de chagrin, fi les Rois peuvent mourir de cette maladie.

Le duc de Baviere Othon fe fait élire roi de Hongrie, & fe fait renvoyer dès la même année. Ladiflas retourne en Bohême, & y eft affaffiné. Ainfi voilà trois royaumes électifs à donner à la fois, la Hongrie, la Bohême & la Pologne.

L'Empereur Albert fait couronner fon fils Rodolphe en Bohême à main armée. Carobert fe propofe toujours pour la Hongrie; & un Seigneur Polonais nommé Uladiflas *Loăicus*, eft élu, ou plutôt rétabli en Pologne : mais l'Empereur n'y a aucune part.

1306.

Voici une injuftice qui ne paraît pas d'un Prince habile. L'Empereur Adolphe de Naffau avait perdu la couronne & la vie, pour s'être attiré la haine des Allemands, & cette haine fut principalement fondée fur ce qu'il voulut dépouiller à prix d'argent les héritiers légitimes de la Mifnie & de la Thuringe.

Philippe de Naffau, frere de cet empereur, réclama ces pays fi injuftement achetés. Albert fe déclare pour lui, dans l'efpérance d'en obtenir fa part. Les Princes de Thuringe fe défendent. Ils font mis fans formalités au ban de l'Empire. Cette profcription leur donne des partifans & une armée. Ils taillent en piéces l'armée de l'Empereur, qui eft trop heureux de les laiffer paifibles dans leurs Etats. On voit toujours en général dans les Allemands un grand fond d'attachement pour leurs droits; & c'eft ce qui a fait fubfifter fi long-tems ce gouvernement mixte, édifice fouvent prêt à écrouler, & cependant toujours ferme.

1307.

Le Pape Clément V. envoie un Légat en Hon-grie, qui donne la couronne à Carobert, au nom du S. Siége. Autrefois les Empereurs donnaient ce royaume : alors les Papes en difpofent ainfi que de celui de Naples. Les Hongrois aimaient mieux être vaffaux des Papes défarmés que des Empe-reurs, qui pouvaient les affervir. Il valait mieux n'être vaffal de perfonne.

ORIGINE DE LA LIBERTE' DES SUISSES.

La Suiffe relevait de l'Empire, & une partie de ce pays était domaine de la maifon d'Autriche, comme Fribourg, Lucerne, Zug, Glaris. Ces petites villes quoique fujettes avaient de grands priviléges, & étaient au rang des villes *mixtes* de l'Empire ; d'autres étaient impériales, & fe gouvernaient par leurs citoyens, comme Zurich, Bâle & Schaffoufe. Les cantons d'Uri, de Schwitz & d'Underwald étaient fous le patronage de la maifon d'Autriche, mais non fous fa domina-tion.

L'Empereur Albert voulut être defpotique dans tout le pays. Les Gouverneurs & les Commiffaires

qu'il y envoya, y exercerent une tyrannie qui caufa
d'abord beaucoup de malheurs , & qui enfuite
produifit le bonheur de la liberté.

Les fondateurs de cette liberté fe nomment
Melchthal, Stauffacher & Walter Fuft. La difficulté de prononcer des noms fi refpectables, nuit
à leur célébrité. Ces trois payfans , hommes de
fens & de réfolution , furent les premiers conjurés. Chacun d'eux en attira trois autres. Ces neuf
gagnerent les cantons d'Uri, Schwitz & Underwald.

Tous les hiftoriens prétendent que tandis que
la confpiration fe tramait , un Gouverneur d'Uri
nommé *Grifler*, s'avifa d'un genre de tyrannie ridicule & horrible. Il fit mettre , dit-on , un de
fes bonnets au haut d'une perche dans la place , &
ordonna qu'on faluât le bonnet fous peine de la
vie. Un des conjurés nommé *Guillaume Tell* ne
falua point le bonnet. Le Gouverneur le condamna à être pendu, & ne lui donna fa grace qu'à
condition que le coupable, qui paffait pour archer
adroit, abattrait d'un coup de flécle une pomme
placée fur la tête fon fils. Le pere tremblant tira ,
& fut affez heureux pour abattre la pomme.
Grifler appercevant une feconde flécle fous l'habit de *Tell*, demanda ce qu'il en prétendait faire.
Elle t'était deftinée, dit le Suiffe , *fi j'avais bleffé
mon fils.*

Il faut avouer que l'hiftoire de la pomme eft
bien fufpecte , & que tout ce qui l'accompagne

ne l'eſt pas moins. Mais enfin on tient pour conſ-
tant que *Tell* ayant été mis aux fers, tua enſuite le
Gouverneur d'une flèche : que ce fût le ſignal des
conjurés : que les peuples ſe ſaiſirent des forte-
reſſes, & démolirent ces inſtrumens de leur eſ-
clavage.

1308.

Albert prêt de commettre ſes forces contre ce
courage que donne l'enthouſiaſme d'une liberté
naiſſante, perd la vie d'une maniere funeſte. Son
propre neveu Jean qu'on a appellé mal-à-propos
duc de Suabe, qui ne pouvait obtenir de lui la
jouiſſance de ſon patrimoine, conſpire ſa mort
avec quelques complices. Il lui porta lui-même
le dernier coup, en ſe promenant avec lui auprès
de Rheinsfeld ſur le bord de la riviere de Ruſſ
dans le voiſinage de la Suiſſe : Peu de Souverains
ont péri d'une mort plus tragique, & nul n'a été
moins regretté Il eſt très-vraiſemblable que le
don de l'Autriche, de la Stirie, de la Carniole
fait par l'Empereur Rodolphe de Habſbourg à ſes
deux enfans, fut la cauſe de cet aſſaſſinat. Jean,
fils du prince Rodolphe, ayant en vain demandé à ſon oncle Albert ſa part qu'il retenait, voulut s'en mettre en poſſeſſion par un
crime.

H E N R I V I I.

De la Maison de Lunebourg.

TRENTE-UNIEME EMPEREUR.

1308.

Après l'affaffinat d'Albert, le trône d'Allemagne demeure vacant fept mois. On compte parmi
les prétendans à ce trône le roi de France Philippe le *Bel* : mais il n'y a aucun monument de
l'hiftoire de France, qui en faffe la moindre men-
tion.

Charles de Valois, frere de ce Monarque, fe
met fur les rangs. C'était un Prince qui allait
par-tout chercher des royaumes. Il avait reçu la
couronne d'Arragon des mains du Pape Martin
IV. & lui avait prêté l'hommage & le ferment de
fidélité, que les Papes exigeaient des rois d'Arragon : mais il n'avait plus qu'un vain titre. Boniface VIII. lui avait promis de le faire roi des
Romains ; mais il n'avait pû tenir fa parole.

Bertrand de Got, Gafcon, archevêque de Bor-
deaux, élevé au Pontificat de Rome par la protection de Philippe le Bel, promet cent fois la
couronne Impériale à ce Prince. Les Papes y pouvaient beaucoup alors, malgré toute leur fai-

bleffe , parce que leur refus de reconnaître le roi des Romains élu en Allemagne , était fouvent un prétexte de factions & de guerres civiles.

Ce Pape Clément V fait tout le contraire de ce qu'il avait promis. Il fait preffer fous main les Electeurs de nommer Henri comte de Luxembourg.

Ce Prince eft le premier qui eft nommé par fix Electeurs feulement, tous fix grands officiers de la couronne ; les archevêques de Mayence , Tréves & Cologne , chanceliers : le comte Palatin de la maifon de Baviere d'aujourd'hui , Grand-maître de la maifon ; le duc de Saxe de la maifon d'Afcanie , Grand Ecuyer : le marquis de Brandebourg de la même maifon d'Afcanie , Grand Chambellan.

Le roi de Bohême , Grand Echanfon, n'y affifta pas , & perfonne même ne le repréfenta. Le royaume de Bohême était alors vacant ; les Bohêmiens ne voulant pas reconnaître le duc de Carinthie , qu'ils avaient élû , mais auquel ils faifaient la guerre comme à un tyran.

Ce fut le comte Palatin qui nomma au nom de fix Electeurs , *Henri* , *comte de Luxembourg* , *roi des Romains* , *futur Empereur* , *protecteur de l'Eglife romaine & univerfelle* , *& défenfeur des veuves & des orphelins.*

1309.

Henri VII. commence par venger l'affaffinat de l'Empereur Albert. Il met l'affaffin Jean, prétendu duc de Suabe, au ban de l'Empire. Fréderic & Léopold d'Autriche fes coufins, defcendans comme lui de Rodolphe de Habfbourg, exécutent la fentence, & reçoivent l'inveftiture de fes domaines.

Un des affaffins, nommé Rodolphe de Warth, feigneur confidérable, eft pris; & c'eft par lui que commence l'ufage du fupplice de la roue. Pour Jean, après avoir erré long-tems, il obtint l'abfolution du Pape, & fe fit moine.

L'Empereur donne à fon fils de Luxembourg le titre de duc, fans ériger le Luxembourg en duché. Il y avait des ducs à brevet, comme on en voit aujourd'hui en France; mais c'était des Princes. On a déja vû que les Empereurs faifaient des rois à brevet.

L'Empereur fonge à établir fa maifon, & fait élire fon fils Jean de Luxembourg roi de Bohême. Il fallut la conquérir fur le duc de Carinthie; & cela ne fut pas difficile, puifque le duc de Carinthie avait contre lui la nation.

Tous les Juifs font chaffés d'Allemagne, & une grande partie eft dépouillée de fes biens. Ce peuple confacré à l'ufure depuis qu'il eft connu, ayant toujours exercé ce métier à Babylone, à Alexandrie, à Rome & dans toute l'Europe, s'était rendu

par-tout également néceſſaire & exécrable. Il n'y
avait guère de villes où l'on n'accusât les Juifs
d'immoler un enfant le Vendredi-Saint, & de
poignarder une hoſtie. On fait encore dans pluſieurs villes des proceſſions en mémoire des hoſ-
ties qu'ils ont poignardées, & qui ont jetté du
ſang. Ces accuſations ridicules ſervaient à les dépouiller de leurs richeſſes.

1310.

L'ordre des Templiers eſt traité plus cruelle-
ment que les Juifs. C'eſt un des événemens les
plus incompréhenſibles. Des Chevaliers qui faiſaient vœu de combattre pour Jeſus-Chriſt, ſont
accuſés de le renier, d'adorer une tête de cuivre
& de n'avoir pour cérémonies ſecrettes de leur
réception dans l'ordre, que les plus horribles débauches. Ils ſont condamnés au feu en France en
conféquence d'une Bulle du Pape Clément V. &
de leurs grands biens. Le Grand-Maître de l'Ordre Molai Gui, frere du Dauphin d'Auvergne, &
ſoixante & quatorze chevaliers, jurerent en vain
que l'Ordre était innocent. Philippe le Bel irrité
contre eux les fit trouver coupables. Le Pape
dévoué au roi de France les condamna. Il y en
eut cinquante-neuf de brûlés à Paris. On les pour-
ſuivit par-tout. Le Pape abolit l'ordre deux ans
après, mais en Allemagne on ne fit rien contre
eux ; peut être parce qu'on les pérſécutait trop
en France. Il y a grande apparence que les
débauches

débauches de quelques jeunes chevaliers avaient donné occasion de calomnier l'ordre entier.

Henri VII. veut rétablir l'Empire en Italie. Aucun Empereur n'y avait été depuis Fréderic II.

Diéte à Francfort pour établir Jean de Luxembourg, roi de Bohême, vicaire de l'Empire, & pour fournir au voyage de l'Empereur. Ce voyage s'appelle, comme on fait, l'*Expédition Romaine*. Chaque état de l'Empire fe cottife pour fournir des foldats, des cavaliers ou de l'argent.

Les Commiffaires de l'Empereur qui le précédent font à Laufanne le 11 Octobre le ferment accoutumé aux Commiffaires du Pape; ferment regardé toujours par les Papes comme un acte d'obéiffance & un hommage, & par les Empereurs comme une promeffe de protection : mais les paroles en étaient favorables aux prétentions des Papes.

1311.

Les factions des Guelfes & des Gibelins partageaient toujours l'Italie. Mais ces factions n'avaient plus le même objet qu'autrefois; elles ne combattaient plus l'une pour l'Empereur, l'autre pour le Pape. Ce n'était plus qu'un mot de ralliement, auquel il n'y avait guères d'idée fixe attachée. C'est de quoi nous avons vû un exemple en Angleterre dans les factions de Wighs & de Thoris.

Le Pape Clément V fuyait Rome, où il n'avait

aucun pouvoir. Il établissait sa Cour à Lyon avec sa maîtresse la comtesse de Périgord, & amassait ce qu'il pouvait de trésors.

Rome était dans l'anarchie d'un gouvernement populaire. Les Colonna, les Ursini, les Barons Romains partageaient la ville, & c'est la cause de ce long séjour des Papes au bord du Rhône, de sorte que Rome paraissait également perdue pour les Papes & pour les Empereurs.

La Sicile était restée à la maison d'Arragon. Carobert, roi de Hongrie, disputait le royaume de Naples à Robert son oncle, fils de Charles second de la maison d'Anjou.

La maison d'Est s'était établie à Ferrare. Les Vénitiens voulaient s'emparer de ce pays.

L'ancienne ligue des villes d'Italie était bien loin de subsister. Elle n'avait été faite que contre les Empereurs. Mais depuis qu'ils ne venaient plus en Italie, ces villes ne pensaient qu'à s'agrandir aux dépens les unes des autres.

Les Florentins & les Génois faisaient la guerre à la république de Pise. Chaque ville d'ailleurs était partagée en factions. Florence entre les noirs & les blancs : Milan entre les Visconti & les Turriani.

Ce fut au milieu de ces troubles que Henri VII. paraît enfin en Italie. Il se fait couronner roi de Lombardie à Milan. Les Guelfes cachent cette ancienne couronne de fer des rois Lombards, comme si c'était à un petit cercle de fer que fût attaché le droit de régner. L'Empereur fait faire une nouvelle couronne.

Les Turriani, le propre chancelier de l'Empereur, conspirent contre sa vie dans Milan. Il condamne son chancelier au feu. La plûpart des villes de Lombardie, Crême, Crémone, Lodi, Brescia lui refusent obéissance. Il les soumet par la force, & il y a beaucoup de sang répandu.

Il marche à Rome. Robert, roi de Naples, de concert avec le Pape, lui ferme les portes, en faisant marcher vers Rome Jean prince de Morée son frere avec des gendarmes & de l'infanterie.

Plusieurs villes, comme Florence, Boulogne, Lucques se joignent secrétement à Robert. Cependant le Pape écrit de Lyon à l'Empereur, qu'il ne souhaite rien tant que son couronnement ; le roi de Naples l'assure des mêmes sentimens, & lui proteste que le prince de Morée n'est à Rome que pour y mettre l'ordre.

Henri VII. se présente à la porte de la ville Léonine, qui renferme l'église de Saint Pierre ; mais il faut qu'il l'assiége pour y entrer. Il est battu au lieu d'être couronné. Il négocie avec l'autre partie de la ville, & demande qu'on le couronne dans l'église de saint Jean de Latran. Les cardinaux s'y opposent, & disent que cela ne se peut sans la permission du Pape.

Le peuple de ce quartier prend le parti de

l'Empereur. Il eſt couronné en tumulte par quelques cardinaux. Alors il fait examiner par des Jurisconſultes la queſtion, *ſi le Pape peut ordonner quelque choſe à l'Empereur, & ſi le royaume de Naples relève de l'Empire ou du ſaint Siége.* Ses Juriſconſultes ne manquent pas de décider en ſa faveur, & le Pape a grand ſoin de faire décider le contraire par les ſiens.

1313.

C'eſt, comme on a vû, la deſtinée des Empereurs, de manquer de forces pour dominer dans Rome. Henri VII. eſt obligé d'en ſortir. Il va aſſiéger inutilement Florence, & cite non moins inutilement Robert, roi de Naples, à comparaître devant lui. Il met non moins vainement ce roi au ban de l'Empire, comme coupable de Lèze-Majeſté, *& le bannit à perpétuité ſous peine de perdre la tête.* L'arrêt eſt du 25 avril.

Il rend des arrêts à-peu-près ſemblables contre Florence & Lucques, & permet par ces arrêts d'aſſaſſiner les habitans: Venceſlas en démence n'aurait pas donné de tels reſcripts.

Il fait lever des troupes en Allemagne par ſon frere archevêque de Tréves. Il obtient des Génois & des Piſans cinquante galeres. On conſpire dans Naples en ſa faveur. Il penſe conquérir Naples & enſuite Rome, mais prêt à partir, il meurt auprès de la ville de Sienne. L'arrêt contre les Florentins était une invitation à l'empoiſonner. Un Dominicain de Montepulciano, qui le commu-

niait , mêla, dit on , du poiſon dans le vin conſacré. Il eſt difficile de prouver de tels crimes. Mais
les Dominicains n'obtinrent du fils de Henri VII.
Jean roi de Bohême , des lettres qui les déclarent
innocens , que trente ans après la mort de l'Empereur. Il eût mieux valu avoir ces lettres dans
le tems même qu'on co mmençait à les accuſer
de cet empoiſonnement ſacrilége.

INTERREGNE DE QUATORZE MOIS.

Dans les dernieres années de la vie de Henri
VII. l'ordre Teutonique s'agrandiſſait , & faiſait
des conquêtes ſur les Idolâtres & ſur les Chrétiens des bords de la mer Baltique. Ils ſe rendirent
même maîtres de Dantzik , qu'ils céderent après.
Ils acheterent la contrée de Pruſſe nommée Po-
merelie, d'un margrave de Brandebourg qui la
poſſéda.

Pendant que les chevaliers Teutons devenaient
des conquérans , les Templiers furent détruits en
Allemagne , comme ailleurs , & quoiqu'ils ſe ſou-
tinſſent encore quelques années vers le Rhin , leur
ordre fut enfin entiérement aboli.

1314.

Le Papè Clément V. condamne la mémoire de
Henri VII. déclare que le ſerment que cet Empereur avait fait à ſon couronnement dans Rome,

était un *ferment de fidélité*, & par conféquent d'un vaffal qui rend hommage.

Il caffe la fentence de Henri VII. portée contre le roi de Naples, *attendu*, dit-il avec raifon, *que le roi Robert eft notre vaffal.*

Mais le Pape ajoute à cette raifon des claufes bien étonnantes. *Nous avons*, dit-il, *la fupériorité fur l'Empire, & nous fuccédons à l'Empereur pendant la vacance, par le plein pouvoir que Jefus-Chrift nous a donné.*

En vertu de cette prétention le Pape établit le roi de Naples Robert, vicaire de l'Empire en Italie. Ainfi les Papes qui ne craignaient rien tant qu'un Empereur, aident eux mêmes à perpétuer cette dignité, en reconnaiffant qu'il faut un vicaire dans l'interregne. Mais ils nomment ce vicaire pour fe faire un droit de nommer un Empereur.

Les Electeurs en Allemagne font long-tems divifés. Il était déja établi dans l'opinion des hommes que le droit de fuffrage n'appartenait qu'aux grands officiers de la maifon, c'eft-à dire aux trois chanceliers eccléfiaftiques, & aux quatre princes féculiers; ces officiers avaient long-tems eu la premiere influence. Ils déclaraient la nomination faite par la pluralité des fuffrages: peu-à-peu ils attirerent à eux feuls le droit d'élire.

Cela eft fi vrai, que le duc de Carinthie Henri qui prenait le titre de roi de Bohême, difputait en cette feule qualité le droit d'Electeur à Jean de Luxembourg, fils de Henri VII. qui en effet était roi de Bohême.

Les ducs de Saxe, Jean & Rodolphe, qui avaient chacun une partie de la Saxe, prétendaient partager le droit d'élire, & être tous deux Electeurs, parce qu'ils fe difaient tous deux grands maréchaux.

Le duc de Baviere Louis, le même qui fut Empereur, chef de la branche Bavaroife, voulait partager avec fon frere aîné Rodolphe, comte Palatin, le droit de fuffrage.

Il y eut donc dix Electeurs qui repréfentaient fept Officiers, fept charges principales de l'Empire. De ces dix Electeurs cinq nomment Louis duc de Baviere, qui ajoûtant fon fuffrage, eft ainfi élû par fa voix.

Les quatre autres choififfent Fréderic duc d'Autriche, fils de l'empereur Albert; & ce duc d'Autriche ne compta point fa propre voix; ce qui prouve évidemment que l'Autriche n'avait point droit de fuffrage, ne fourniffant point de grand Officier.

LOUIS V. ou LOUIS DE BAVIERE,

TRENTE-DEUXIEME EMPEREUR.

1315.

On ne compte pour empereur que Louis de Baviere, parce qu'il paffe pour avoir été élu par le
plus grand nombre, mais fur-tout parce que fon
rival Frédéric le beau fut malheureux. Fréderic
eft facré à Cologne par l'archevêque du lieu ;
Louis à Aix-la-Chapelle par l'archevêque de
Mayence; & cet archevêque s'attribue ce privilége, malgré l'archevêque de Cologne, Métropolitain d'Aix.

Ces deux facres produifent néceffairement des
guerres civiles; & celle-ci l'eft d'autant plus que
Louis de Baviere était oncle de Fréderic fon rival. Quelques cantons Suiffes déja ligués prennent
les armes pour Louis de Baviere. Ils défendaient
par là leur liberté contre l'Autriche.

Mémorable bataille de Mortgat. Si les Suiffes
avaient eu l'éloquence des Athéniens comme le
courage, cette journée ferait auffi célèbre que
celle des Thermopyles. Seize cent Suiffes des
cantons d'Uri, de Schwitz & d'Underwald diffi-
pent, au paffage des montagnes, une armée for-

midable du duc d'Autriche. Le champ de bataille
de Mortgat eſt le vrai berceau de leur liberté.

1316.

Jean XXII. Pape à Avignon & à Lyon, comme
ſes deux prédéceſſeurs, n'oſant pas mettre le pied
en Italie, & abandonnant Rome, déclare cependant que l'Empire dépend de l'Egliſe Romaine, &
cite à ſon tribunal les deux prétendans à l'Empire.
Il y a eu de plus grandes révolutions ſur la terre :
mais il n'y en a pas une plus ſinguliere dans l'eſprit
humain, que de voir les ſucceſſeurs des Céſars
créés ſur les bords du Mein, ſoumettre les droits
qu'ils n'ont point ſur Rome, à un pontife de
Rome créé dans Avignon ; tandis que les rois
d'Allemagne prétendent avoir le droit de donner
les royaumes de l'Europe, que les Papes prétendent nommer les Empereurs & les Rois, &
que le peuple Romain ne veut ni d'Empereur, ni
de Pape.

1317.

Il faut ſe repréſenter dans ces tems-là l'Italie
auſſi diviſée que l'Allemagne. Les Guelfes & les
Gibelins la déchirent toujours. Les Guelfes, à la
tête deſquels eſt le roi de Naples Robert, tiennent
pour Fréderic d'Autriche. Louis a pour lui les Gibelins. Les principaux de cette faction ſont les
Viſcontis à Milan. Cette maiſon établiſſait ſa puiſſance ſur le prétexte de ſoutenir celle des Empereurs. La France voulait déja ſe mêler des affaires
du Milanais, mais faiblement.

Q 2

1318.

Guerre entre Eric roi de Dannemarck, & Valdemar, margrave de Brandebourg. Ce margrave soutient seul cette guerre, sans l'aide d'aucun prince de l'Empire. Quand un état faible tient tête à un plus fort, c'est qu'il est gouverné par un homme supérieur.

Le duc de Lavembourg, dans cette courte querelle bientôt accommodée, est prisonnier du margrave, & se rachete par seize mille marcs d'argent. On pourrait par ces rançons juger à-peu-près de la quantité d'espéces qui roulaient alors dans ces pays, où les Princes avaient tout, & les peuples presque rien.

1319.

Les deux Empereurs consentent à décider leur querelle plus importante par trente champions, usage des anciens tems, que la cavalerie a renouvellé quelquefois.

Ce combat d'homme à homme, de quinze contre quinze fut comme celui des héros Grecs & Troyens. Il ne décida rien, & ne fut que le prélude de la bataille, que les deux armées se livrerent, après avoir été spectatrices du combat des trente. Louis est vainqueur dans cette bataille : mais sa victoire n'est point décisive.

1320. 1321.

Philippe de Valois, neveu de Philippe le Bel, roi de France, accepte du Pape Jean XXII. la qualité de Lieutenant-Général de l'Eglife contre les Gibelins en Italie. Philippe de Valois y va, croyant tirer quelque parti de toutes ces divifions. Les Vifcomtis trouvent le fecret de lui faire repaffer les Alpes, tantôt en affamant fa petite armée, & tantôt en négociant.

L'Italie refte partagée en Guelfes & en Gibelins, fans prendre trop parti, ni pour Fréderic d'Autriche, ni pour Louis de Baviere.

1322.

Il fe donne une bataille décifive entre les deux Empereurs, encore affez près de Muldorf le 28 Septembre 1322. Le duc d'Autriche eft pris avec le duc Henri fon frere, & Ferri duc de Lorraine. Dès ce jour il n'y eut plus qu'un Empereur.

Léopold d'Autriche, frere des deux prifonniers, continue enfin la guerre.

Jean de Luxembourg, roi de Bohême, fatigué des contradictions qu'il éprouve dans fon pays, envoie fon fils en France, pour l'y faire élever à la Cour du roi Charles le Bel. Il fait un échange de fa couronne contre le Palatinat du Rhin, avec l'Empereur. Cela paraît incroyable. Le poffeffeur du Palatinat du Rhin était Rodolphe de Baviere, propre frere de l'Empereur. Ce Rodolphe s'était jetté dans le parti de Frédéric d'Autriche contre fon frere; & l'Empereur Louis de Baviere, qui venait de s'emparer du Palatinat, gagne la Bohême à ce marché.

Q 6

On ne peut pas toujours en tout pays, acheter & vendre des hommes comme des bêtes. Toute la noblesse de Bohême se souleva contre cet accord, le déclara nul & injurieux, & il demeura sans effet. Mais Rodolphe resta privé de son Palatinat.

1323.

Un événement plus extraordinaire encore arrive dans le Brandebourg. Le margrave de ce pays, de l'ancienne maison d'Ascanie, quitte son margraviat, pour aller en pélérinage à la Terre-Sainte. Il laisse ses Etats à son frere, qui meurt vingt-quatre jours après le départ du pélerin. Il y avait beaucoup de parens capables de succéder. L'ancienne maison de Saxe-Lavembourg, & celle d'Anhalt, avaient des droits. L'Empereur, pour les accorder tous, & sans attendre des nouvelles du pélérinage du véritable possesseur, voulut approprier à sa maison les Etats de Brandebourg, & il en investit son fils Louis.

L'Empereur épouse en secondes nôces la fille d'un comte de Hainaut & de Hollande, qui lui apporte pour dot ces deux Provinces, avec la Zélande & la Frise. Aucun Etat vers les Pays-bas n'était regardé comme un Fief masculin. Les Empereurs songeaient à l'établissement de leurs maisons, aussi bien qu'à l'Empire.

L'Empereur ayant vaincu son concurrent, a le Pape encore à vaincre. Jean XXII. des bords du Rhône ne laissait pas d'influer beaucoup en Italie

Il animait la faction des Guelfes contre les Gibelins. Il déclare les Viscontis hérétiques, & comme l'Empereur favorise les Viscomtis, il déclare l'Empereur fauteur d'hérétiques, & par une bulle du 9 Octobre, il ordonne à Louis de Baviere de se désister dans trois mois de l'administration de l'Empire, *pour avoir pris le titre de roi des Romains, sans attendre que le Pape ait examiné son élection.* L'Empereur se contente de protester contre cette bulle, ne pouvant encore faire mieux.

1324.

Louis de Baviere soutient le reste de la guerre contre la maison d'Autriche, pendant qu'il est attaqué par le Pape.

Jean XXII. par une nouvelle bulle du 15 Juillet, déclare l'Empereur *contumace*, & le prive de tout droit à l'Empire, s'il ne comparaît devant sa sainteté avant le 1 Octobre. Louis de Baviere donne un rescrit, par lequel il invite l'Eglise à déposer le Pape, & appelle au futur Concile.

Marcile de Padoue, & Jean de Gent, Franciscain, viennent offrir leur plume à l'Empereur contre le Pape, & prétendent prouver que le St. Pere est hérétique. Il avait en effet des opinions singulieres, qu'il fut obligé de retracter.

1325.

Quand on voit ainsi les Papes, n'ayant pas une ville à eux, parler aux Empereurs en maîtres, on devine aifément qu'ils ne font que mettre à profit les préjugés des peuples, & les intérêts des Princes. La maifon d'Autriche avait encore un parti en Allemagne, quoique le chef fût en prifon ; & ce n'eft qu'à la tête d'un parti qu'une bulle peut être dangereufe.

L'Alface & le pays Meffin, par exemple, tenaient pour cette Maifon. L'Empereur fit une alliance avec le duc de Lorraine, fon prifonnier, avec l'archevêque de Tréves & le comte de Bar, pour prendre Metz. Metz fut prife en effet, & paya environ quarante mille livres tournois à fes vainqueurs.

Frédéric d'Autriche étant toujours en prifon, le Pape veut faire donner l'Empire à Charles-le-Bel, roi de France. Il eût été naturel qu'un Pape eût fait nommer un Empereur en Italie. C'était ainfi qu'on en avait ufé envers Charlemagne; mais le long ufage prévalait, & il fallait que l'Allemagne fît l'élection. On gagne en faveur du roi de France quelques princes d'Allemagne, qui donnerent rendez-vous au roi à Bar-fur-Aube. Le roi de France s'y tranfporte, & n'y trouve que Léopold d'Autriche.

Le roi de France retourne chez lui, affligé de fa fauffe démarche. Léopold d'Autriche, fans reffource, renvoie à Louis de Baviere la lance, l'épée & la couronne de Charlemagne. L'opinion politique attachait encore à ces fymboles un droit qui confirmait celui de l'élection.

Louis de Baviere élargit enfin son prisonnier, & lui fait signer une rénonciation à l'Empire pour le tems de la vie de Louis. On prétend que Frédéric d'Autriche conserva toujours le titre de roi des Romains.

1326.

Léopold d'Autriche meurt. Il faut bien observer que, malgré les loix, l'usage constant était que les grands Fiefs se partageassent encore entre les héritiers. Trente enfans auraient partagé le même état en trente parts, & auraient tous porté le même titre. Tous les agnats de Rodolphe de Habsbourg portaient le nom de ducs d'Autriche.

Léopold avait eu pour son partage l'Alsace, la Suisse, la Suabe & le Brisgau. Ses freres se disputent cet héritage ; ils choisissent le roi de Bohême Jean de Luxembourg, pour auströgue, c'est à dire pour arbitre.

1327.

Louis de Baviere va enfin en Italie se mettre à la tête des Gibelins, & le Pape anime de loin les Guelfes contre lui. L'ancienne querelle de l'Empire & du Pontificat se renouvelle avec fureur.

Louis marche avec une petite armée à Milan ; il est accompagné d'une foule de moines Franciscains. Ces moines étaient excommuniés par le Pape Jean XXII. pour avoir soutenu que leur capuchon devait être plus pointu, & que leur boire & leur manger ne leur appartenait pas en propre.

Ces mêmes Franciscains traitaient le Pape d'hérétique & de damné, au sujet de son opinion sur la vision béatifique.

L'Empereur est couronné roi de Lombardie à Milan, non par l'archevêque qui le refuse, mais par l'évêque d'Arezzo.

Dès que ce Prince se prépare à aller à Rome, la faction des Guelfes presse le Pape d'y revenir. Le Pape n'ose y aller, tant il craint le parti Gibelin & l'Empereur.

Les Pisans offrent à l'Empereur soixante mille livres, pour qu'il ne passe point par leur ville dans son voyage à Rome. Louis de Baviere assiége Pise, & se fait donner au bout de trois jours trente autres mille livres, pour y séjourner deux mois. Les historiens disent que ce sont des livres d'or : mais cette somme ferait six millions d'écus d'Allemagne ; ce qu'il est plus aisé de coucher par écrit que de payer.

Nouvelle Bulle de Jean XXII. à Avignon le 23 Octobre. *Nous réprouvons ledit Louis comme hérétique. Nous dépouillons ledit Louis de tous ses biens meubles & immeubles, du Palatinat du Rhin, de tout droit à l'Empire, défendons de fournir audit Louis du bled, du linge, du vin, du bois, &c.*

L'hérésie de l'Empereur était d'aller à Rome.

1328.

Louis de Baviere eſt couronné dans Rome, ſans prêter le ſerment de fidélité. Le célébre Caſtruccio Caſtracani , tyran de Lucques , créé d'aboɩd par l'Empereur , comte du palais de Latran, & gouverneur de Rome, le conduit à St. Pierre avec les quatre premiers Barons Romains, Colonna, Urſini , Savelli, Conti.

Louis eſt ſacré par un évêque de Veniſe , aſſiſté d'un évêque d'Aleria , tous deux excommuniés par le Pape. Il y eut peu de troubles dans Rome à ce couronnement.

Le 18. avril, l'Empereur tient une aſſemblée générale. Il y préſide, revêtu du manteau impérial , la couronne en tête, & le ſceptre à la main. Un moine Auguſtin, Nicolas Fabriano, y accuſe le Pape, & demande *s'il y a quelqu'un qui veuille défendre le prêtre de Cahors, qui ſe fait nommer le pape Jean.* L'ordre des Auguſtins devait produire un jour un homme plus dangereux pour les Papes.

On lut enſuite la ſentence, par laquelle l'Empereur dépoſait le Pape. *Nous voulons*, dit-il , *ſuivre l'exemple d'Oton I. qui avec le Clergé & le peuple de Rome, dépoſa le pape Jean XII. Nous dépoſons de l'évêché de Rome Jacques de Cahors, convaincu d'héréſie, & de léze-majeſté.*

Le jeune Colonna, attaché en ſecret au Pape,

publie son opposition dans Rome, l'affiche à la
porte de l'église, & s'enfuit.

Enfin Louis prononce un arrêt de mort contre
le Pape, & même contre le roi de Naples, qui
avait accepté du Pape le vicariat de l'Empire en
Italie. Il les condamne tous deux à être brûlés
vifs; la colere outrée va quelquefois jusqu'au ridicule. Il crée Pape le 22. mai, de son autorité,
Pierre Reinalucci, de la ville de Corbiero ou Cor-
bario, Dominicain, & le fait agréer par le peuple
Romain. Il l'investit par l'anneau, au lieu de lui
baiser les pieds, & se fait de nouveau couronner
par lui.

Ce qui était arrivé à tous les Empereurs depuis
les Otons, arrive à Louis de Baviere. Les Romains
conspirent contre lui. Le roi de Naples arrive
avec des troupes aux portes de Rome. L'Empereur & son Pape sont obligés de s'enfuir.

1329.

L'Empereur réfugié à Pise, est forcé d'en sortir.
Il retourne sans armée en Baviere, avec deux
Franciscains qui écrivaient contre le Pape, Mi-
chel de Cesene & Guillaume Okam. L'antipape
Pierre de Corbiero se cache de ville en ville.

Le roi de Naples Robert fait rentrer sous la domination, ou plutôt sous la protection Papale,
Rome & plusieurs villes d'Italie.

Les Vicomtis, toujours puissans dans Milan,
& qui ne pouvaient plus être défendus par l'Em-

pereur, l'abandonnent. Ils fe rangent du parti de Jean XXII. qui toujours réfugié dans Avignon, femble donner des loix à l'Europe, & en donne en effet, quand ces loix font exécutées par les forts contre les faibles.

Louis de Baviere étant à Pavie, fait un traité mémorable avec fon neveu Robert, fils de l'électeur Palatin Rodolphe, mort en exil en Angleterre, & tige de toute la branche Palatine. Par ce traité il partage avec fon neveu les terres de la maifon Palatine; il lui rend le Palatinat du Rhin & le haut Palatinat, & il garde pour lui la Baviere. Il régle qu'après l'extinction d'une des deux maifons, Palatine & de Baviere, qui ont une fouche commune, la furvivante entrera en poffeffion de toutes les terres & dignités de l'autre, & que cependant le fuffrage, dans les élections des Empereurs, appartiendra alternativement aux deux maifons. Le droit de fuffrage accordé ainfi à la maifon de Baviere ne dura pas long-tems. La divifion que cet accord mit entre les deux maifons fut plus longue.

1330.

Le Pape Frere Pierre de Corbiero, caché dans un château d'Italie, entourré de foldats envoyés par l'archevêque de Pife, demande grace à Jean XXII. qui lui promet la vie fauve, & trois mille florins d'or de penfion pour fon entretien.

Ce Pape Frere Pierre va la corde au cou fe présenter devant le Pape, qui le fait renfermer dans une prison, où il mourut au bout de trois ans. On ne sait s'il avait stipulé ou non qu'il ne serait pas enfermé.

Christophe, roi de Dannemarck, est déposé par les Etats du pays. Il a recours à l'Empire. Les ducs de Saxe, de Meklenbourg & de Poméranie, sont nommés par l'Empereur, pour juger entre le Prince & les sujets. C'était faire revivre les droits éteints de l'Empire sur le Dannemark. Mais Gerard, comte de Holstein, régent du royaume, ne voulut pas reconnaître cette commission. Le roi Christophe, avec les forces de ces Princes, & du margrave de Brandebourg, chasse le régent, & remonte sur le trône.

Louis de Baviere veut se réconcilier avec le Pape, & lui envoie une ambassade. Jean XXII. pour réponse mande au roi de Bohême qu'il ait à faire déposer l'Empereur.

1331.

Le roi de Bohême Jean, au lieu d'obéir au Pape, se lie avec l'Empereur, & marche en Italie avec une armée, en qualité de vicaire de l'Empire. Ayant réduit quelques villes, comme Crémone, Parme, Pavie, Modene, il est tenté de les garder pour lui, & dans cette idée il s'unit secrettement avec le Pape. Les Guelfes & les Gibelins allarmés se réunissent contre Jean XXII. & contre Jean de Bohême.

L'Empereur craignant un vicaire ſi dangereux , excite contre lui Oton d'Autriche, frere de ce même Frederic, ſon rival pour l'Empire, tant les intérêts changent en peu de tems.

Il ſuſcite le marquis de Miſnie, & Carobert roi de Hongrie, & juſqu'à la Pologne. Il eſt donc prouvé qu'alors il pouvait bien peu par lui-même. L'Empire fut rarement plus faible. Mais l'Allemagne , dans tous ces troubles , eſt toujours reſpeƈtée des étrangers, toujours hors d'atteinte.

Le roi de Bohême , revenu en Allemagne, bat tous ſes ennemis l'un après l'autre. Il laiſſe ſon fils Charles vicaire en Italie, malgré Louis de Baviere, & pour lui il va juſqu'en Pologne. Ce roi de Bohême Jean était alors le véritable Empereur par ſon pouvoir.

Les Guelfes & les Gibelins , malgré leur antipathie , ſe liguent contre le prince Charles de Bohême en Italie. Le roi ſon pere, vainqueur en Allemagne , paſſe les Alpes pour ſecourir ſon fils. Il arrive lorſque ce jeune Prince vient de remporter une viƈtoire ſignalée le 25 Novembre vers le Tirol.

Il rentre avec ſon fils triomphant dans Prague ; & lui donne la marche, ou marquiſat, ou margraviat de Moravie, en lui faiſant prêter un hommage-lige.

1332.
Le Pape continue d'employer la religion dans l'intrigue. Oton , duc d'Autriche, gagné par lui,

quitte le parti de l'Empereur , & gagné par des moines, il foumet fes Etats au faint Siége. Il fe déclare vaffal de Rome. Quel tems , où une telle action ne fut ni abhorrée , ni punie !

C'eft que ce tems était celui de l'anarchie. Le roi de Bohême fe faifait craindre de l'Empereur, & fongeait à établir fon crédit dans l'Allemagne. Lui & fon fils avaient gagné des batailles en Italie, mais des batailles inutiles. Toute l'Italie était armée alors, Gibelins contre Guelfes , les uns & les autres contre les Allemands, toutes les villes s'accordaient dans leur haine contre l'Allemagne, & toutes fe faifaient la guerre , au lieu de s'entendre pour brifer à jamais leurs chaînes.

Pendant ces troubles, l'ordre Teutonique eft toujours une milice de conquérans vers la Pruffe. Les Polonais leur prennent quelques villes. Ce même Jean, roi de Bohême, marche à leur fecours. Il va jufqu'à Cracovie. Il appaife des troubles en Siléfie. Ce Prince, maitre de la Bohême , de la Siléfie, de la Moravie, faifait alors tout trembler.

Strafbourg, Fribourg en Brifgau , & Bâle s'uniffent dans ces tems de trouble contre les tyrans voifins. Plufieurs villes entrent dans cette affociation. Le voifinage de quatre cantons Suiffes, devenus libres, infpirent à ces peuples des fentimens de liberté.

Oton d'Autriche affiége Colmar. L'Empereur foutient cette ville contre le duc d'Autriche. Le comte de Wirtemberg fournit des troupes à l'Empereur ; le roi de Bohême lui en donne. On voit de part & d'autre des armées de trente mille hommes, mais ce n'eſt jamais que pour une campagne. L'Empereur n'eſt alors que comme un autre prince d'Allemagne qui a ſes amis contre ſes ennemis. Qu'eût-ce été, ſi tout eût été réuni pour ſubjuguer en effet toute l'Italie ?

Mais l'Allemagne n'eſt occupée que de ſes querelles inteſtines. Le duc d'Autriche ſe raccommode avec l'Empereur. La face des affaires change continuellement, & la miſere des peuples continue.

1333.

On a vû Jean, roi de Bohême, combattre en Italie pour l'Empereur , maintenant le voici armé pour le Pape. On a vû Robert, roi de Naples, défenſeur du Pape, il eſt à préſent ſon ennemi. Ce même roi de Bohême qui venait d'aſſiéger Cracovie, va en Italie de concert avec le roi de France, pour y établir le pouvoir du Pape. C'eſt ainſi que l'ambition promene les hommes.

Qu'arrive-t-il ? il donne bataille près de Ferrare au roi Robert de Naples, aux Viſcomtis, aux l'Eſcales princes de Vérone , réunis. Il eſt défait deux fois. Il retourne en Allemagne , après avoir perdu ſes troupes, ſon argent, & ſa gloire.

Troubles & guerres en Brabant au ſujet de la propriété de Malines , que le duc de Brabant & le comte de Flandre ſe diſputent. Le roi de Bohême s'en mêle encore. On s'accommode. Malines demeure à la Flandre.

1334.

Cependant l'empereur Louis de Baviere reste tranquille dans Munich, & semble ne plus prendre part à rien.

Le pape Jean XXII. plus remuant, sollicite toujours les princes Allemands à se soulever contre Louis de Baviere ; & les Franciscains du parti de Michel de Cesene, condamnés par le Pape, pressent l'Empereur d'assembler un concile pour faire déclarer le Pape hérétique, & pour le déposer.

La mort devait venger l'Empereur plus promptement qu'un concile. Jean XXII. meurt à quatre-vingt-dix ans le 2. Décembre dans Avignon.

Villani prétend qu'on trouva dans son trésor la valeur de vingt-cinq millions de florins d'or, dont dix-huit millions monnoyés : *Je le sais*, dit Villani, *de mon frere Romone qui était marchand du Pape.* On peut dire hardiment à Villani, que son frere le marchand était un grand exagérateur. Cela ferait environ deux cens millions d'écus d'Allemagne d'aujourd'hui. On eût alors avec une pareille somme acheté toute l'Italie, & Jean XXII. n'y mit jamais le pied. Il eut beau ajoûter une troisieme couronne à la tiare pontificale, il n'en fut pas plus puissant. Il est vrai qu'il vendait beaucoup de bénéfices ; qu'il inventa les annates,

les

les réferves, les expectatives, qu'il mit à prix les difpenfes & les abfolutions. Tout cela eft une reffource bien plus faible qu'on ne penfe, & a produit beaucoup plus de fcandale que d'argent; les exacteurs de pareils tributs n'en font d'ordinaire aux maîtres qu'une part fort légere.

Ce qui eft digne de remarque, c'eft qu'il eut du fcrupule en mourant fur la maniere dont il avait dit qu'on voyait Dieu dans le ciel, & qu'il n'en eut point fur les tréfors qu'il avait amaffés fur la terre.

1335.

Le vieux roi Jean de Luxembourg époufe une jeune princeffe de la maifon de France, de la branche de Bourbon; & par fon contrat de mariage, il donne le duché de Luxembourg au fils qui naîtra de cette alliance. La plûpart des claufes des contrats font des femences de guerre.

Voici un autre mariage qui produit une guerre dès qu'il eft confommé. Le vieux roi de Bohême avait un fecond fils Jean de Luxembourg, duc de Carinthie. Ce jeune prince prenait le titre de duc de Carinthie, parce que fa femme avait des prétentions fur ce duché. Cette princeffe de Carinthie, qu'on appellait Marguerite *la grande bouche*, prétend que fon mari Jean de Luxembourg eft impuiffant. Elle trouve un évêque de Frifingue qui caffe fon mariage fans formalités; elle fe donne au marquis de Brandebourg.

Tome I. R

L'intérêt a autant de part que l'amour dans cet adultere. Le margrave de Brandebourg était le fils de l'empereur Louis de Baviere. Marguerite *la grande bouche* apportait le Tirol en dot & des droits fur la Carinthie: ainfi l'Empereur ne fit aucune difficulté d'ôter cette princeffe au prince de Bohême, & de la donner à fon fils de Brandebourg. Ce mariage excite une guerre qui dure toute l'année; & après beaucoup de fang répandu, on en vient à un accommodement fingulier. C'eft que le jeune Jean de Luxembourg avoue que fa femme a raifon de l'avoir quitté, & approuve fon mariage avec le Brandebourgeois, fils de l'Empereur.

Petite guerre des Strasbourgeois contre les Seigneurs des environs. Strasbourg agit en vraie république indépendante, à cela près que fon évêque fe mettait fouvent à la tête des troupes, pour faire dépendre les citoyens de l'évêque.

1336. 1337.

On commence à négocier beaucoup en Allemagne pour la fameufe guerre que le roi d'Angleterre Edouard III. méditait contre Philippe de Valois. Il s'agiffait de favoir à qui la France appartiendrait.

Il eft vrai que ce pays beaucoup plus refferré qu'il ne l'eft aujourd'hui, affaibli par les divifions du gouvernement féodal, & n'ayant point de grand commerce maritime, n'était pas le plus grand théâtre de l'Europe, mais c'était toujours un objet très-important.

Philippe de Valois d'un côté , & Edouard de l'autre, tâchent d'engager les princes d'Allemagne dans leur querelle : mais il paraît que l'Anglais fit mieux sa partie que le Français. Philippe de Valois a pour lui le roi de Bohême, & Edouard a tous les princes voisins de la France. Il a surtout pour lui l'Empereur; il n'en obtient à la vérité que des lettres-patentes, mais ces lettres-patentes sont de vicaire de l'Empire. Le fier Edouard consent volontiers à exercer ce vicariat, pour tâcher de faire déclarer guerre de l'Empire, la guerre contre la France. Ses provisions portent qu'il pourra faire battre monnoie dans toutes les terres de l'Empire : rien ne prouve mieux ce respect secret qu'on avait dans toute l'Europe pour la dignité impériale.

Pendant qu'Edouard s'appuie des forces temporelles de l'Allemagne , Philippe de Valois cherche à faire agir les forces spirituelles du Pape; elles étaient alors bien peu de chose.

Le pape Benoît XI. encore dans Avignon comme ses prédécesseurs , était dépendant du roi de France.

Il faut savoir que l'Empereur n'ayant point été absous par le Pape, demeurait toujours excommunié, & privé de ses droits dans l'opinion vulgaire de ces tems-là.

Philippe de Valois qui peut tout sur un papé

R 2

d'Avignon, force Benoît XI. à différer l'abfolution de l'Empereur. Ainfi l'autorité d'un prince
dirige fouvent le miniftere pontifical, & ce miniftere à fon tour fufcite quelques princes. Il y a
un Henri duc de Baviere, parent de Louis l'empereur, prenant toujours felon l'ufage ce titre de
duc fans avoir le duché ; mais poffédant une partie
de la Baviere inférieure. Ce Henri demande pardon au Pape par fes députés, d'avoir reconnu fon
parent Empereur. Cette baffeffe ne produit dans
l'Empire aucune des révolutions qu'on en attendait.

1338.

Le pape Benoît XI. avoue que c'eft Philippe
de Valois, roi de France, qui l'empéche de réconcilier à l'Eglife l'Empereur Louis Voilà comme
prefque tous les Papes n'ont été que les inftru-
mens d'une force étrangere. Ils reffemblaient fouvent aux Dieux des Indiens, à qui on demande de
la pluie à genoux, & qu'on traîne dans la riviere,
quand on n'eft pas éxaucé.

Grande affemblée des princes de l'Empire à
Rens fur le Rhin On y déclare ce qui ne devrait
pas avoir befoin d'être déclaré. *Que celui qui a
été élu par le plus grand nombre, eft véritable Empereur ; que la confirmation du Pape eft abfolument
inutile ; que le Pape a encore moins le droit de dépofer l'Empereur ; & que l'opinion contraire eft un crime de Lèze-Majefté.*

Cette déclaration paffe en loi perpétuelle le 8
Août à Francfort.

Albert d'Autriche surnommé d'abord *le contre-fait*, & qui ensuite changea ce surnom en celui de *sage*, l'un des freres de ce Fréderic d'Autriche, qui avait disputé l'Empire, & le seul de tous ses freres par qui la race Autrichienne s'est perpétuée, attaque encore en vain les Suisses. Ces peuples qui n'avaient de bien que leur liberté, la défendent toujours avec courage. Albert est malheureux dans son entreprise, & mérite le nom de *sage* en l'abandonnant.

1339.

L'empereur Louis ne pense plus qu'à rester tranquille dans Munich, pendant qu'Edouard roi d'Angleterre son vicaire, traîne cinquante princes de l'Empire à la guerre contre Philippe de Valois, & va conquérir une partie de la France. Mais avant la fin de la campagne tous ces princes Allemands se retirent chez eux, & Edouard assisté des Flamands, poursuit ses vûes ambitieuses.

1340.

L'empereur Louis qui s'était repenti d'avoir donné le vicariat d'Italie à un roi de Bohême guerrier & puissant, se repent d'avoir donné le vicariat d'Allemagne à un roi plus puissant & plus guerrier. L'Empereur était le pensionnaire du vicaire, & le fier Anglais se conduisant en maître, & payant mal la pension, l'Empereur lui ôte ce vicariat, devenu un titre inutile.

L'empereur négocie avec Philippe de Valois. Pendant ce tems l'autorité impériale est absolu-

ment anéantie en Italie, malgré la loi perpétuelle de Francfort.

Le Pape de son autorité privée accorde aux
deux freres Viscomtis le gouvernement de Milan
qu'ils avaient sans lui, & les fait vicaires de l'Eglise Romaine, ils avaient été auparavant vicaires
impériaux.

Le roi Jean de Bohême va à Montpellier pour
se guérir par la salubrité de l'air, d'un mal qui attaquait ses yeux. Il n'en perd pas moins la vûe, &
il est connu depuis sous le nom de Jean *l'aveugle*.
Il fait son testament, donne la Bohême & la Silésie à Charles depuis Empereur, à Jean la Moravie, à Wenceslas né de Béatrix de Bourbon, le
Luxembourg & les terres qu'il a en France du
chef de sa femme.

L'Empereur jouit cependant de la gloire de décider en arbitre des querelles de la maison de
Dannemarck. Le duc de Slécsvich Holstein par
cet accommodement renonce aux prétentions sur
le royaume de Dannemarck, il marie sa sœur au
roi Valdemard III. & reste en possession du Jut-
land.

1341. 1342. 1343.

Louis de Baviere semble ne plus penser à l'Italie, & donne des tournois dans Munich.

Clément VI. nouveau pape né Français, & ré-
sident à Avignon, est sollicité de revenir enfin rétablir en Italie le Pontificat, & d'y achever d'a-

néantir l'autorité impériale. Il fuit les procédures
de Jean XXII. contre Louis. Il follicite l'archevêque de Tréves de faire élire en Allemagne un
nouvel Empereur. Il souleve en secret contre lui
ce roi de Bohême Jean *l'aveugle* toujours remuant, & le duc de Saxe, & Albert d'Autriche.

L'empereur Louis qui a toujours à craindre
qu'un défaut d'absolution n'arme contre lui les
princes de l'Empire, flatte le Pape qu'il détefte,
& lui écrit: *Qu'il remet à la difposition de fa Sainteté, fa perfonne, fon Etat, fa liberté, & fes titres.*
Quelles expressions pour un Empereur qui avait
condamné Jean XXII. à être brûlé vif!

Les princes affemblés à Francfort font moins
complaisans, & maintiennent les droits de l'Empire.

1344. 1345.

Jean *l'aveugle* femble plus ambitieux, depuis
qu'il a perdu la vûe. D'un côté il veut frayer le
chemin de l'Empire à fon fils Charles, de l'autre
il fait la guerre à Cafimir roi de Pologne, pour
la mouvance du duché de Schwednitz dans la
Siléfie.

C'eft l'effet ordinaire de l'établiffement féodal.
Le duc de Schwednitz avait fait hommage au roi
de Pologne. Jean de Bohême réclame l'hommage
en qualité de duc de Siléfie. L'Empereur foutient
en fecret les intérêts du Polonais, & malgré l'Empereur, la guerre finit heureufement pour la mai-

son de Luxembourg. Le prince Charles de Luxembourg, marquis de Moravie, fils de Jean l'aveugle, devenu veuf, épouse la niéce du duc de Schwednitz qui fait hommage à la Bohême; & c'est une nouvelle confirmation que la Siléfie est une anexe de la couronne de Bohême.

L'impératrice Marguerite, femme de l'empereur Louis de Baviere, & sœur de Jean de Brabant, se trouve héritiere de la Hollande, de la Zélande, & de la Frise; elle recueille cette succeffion. L'Empereur son mari devait en être beaucoup plus puiffant, il ne l'est pourtant pas.

En ce tems Robert comte Palatin fonde l'univerfité de Heidelberg sur le modéle de celle de Paris.

1346.

Jean l'aveugle & son fils Charles font un grand parti dans l'Empire au nom du Pape.

Les factions impériales & papales troublent enfin l'Allemagne, comme les Guelfes & les Gibelins avaient troublé l'Italie. Clément VI. en profite. Il publie contre Louis de Baviere une bulle le 13 Avril; *Que la colère de Dieu*, dit-il, *& celle de St. Pierre & St. Paul tombe sur lui dans ce monde-ci & dans l'autre; que la terre l'engloutiffe tout vivant. que sa mémoire périffe, que tous les élémens ui soient contraires, que ses enfans tombent dans les mains de ses ennemis aux yeux de leur pere.*

Il n'y avait point de protocole pour ces bulles:

elles dépendaient du caprice du Dataire qui les expédiait. Le caprice en cette occasion est un peu violent.

Il y avait alors deux archevêques de Mayence, l'un dépofé en vain par le Pape, l'autre élu à l'inftigation du Pape par un parti de Chanoines. C'eft à ce dernier que Clément VI. adreffe une autre bulle pour élire un Empereur.

Le roi de Bohême Jean *l'aveugle*, & fon fils Charles, marquis de Moravie, qui fut depuis l'empereur Charles IV. vont à Avignon marchander l'Empire avec Clément VI. Charles s'engâge à caffer toutes les ordonnances de Louis de Baviere, à reconnaître que le comité d'Avignon appartenait de droit au St. Siége, ainfi que Ferrare & les autres terres; (il entendait celles de la comteffe Mathilde) les royaumes de Sicile, de Sardaigne & de Corfe, & fur-tout Rome; que fi l'Empereur va à Rome fe faire couronner, il en fortira le même jour, qu'il n'y reviendra jamais fans une permiffion expreffe du Pape, &c.

Après ces promeffes, Clément VI. recommande aux archevêques de Cologne & de Treves, & au nouvel archevêque de Mayence d'élire empereur le marquis de Moravie. Ces trois Prélats avec Jean l'aveugle s'affemblent à Rens près de Coblentz le 1 Juillet. Ils élifent Charles de Luxembourg, marquis de Moravie, qu'on connaît fous le nom de Charles IV.

Quoique l'Allemagne fût partagée, le parti de Louis de Baviére est tellement le plus fort, que le nouvel Empereur, & son vieux pere aveugle, au lieu de foutenir leurs droits en Allemagne, vont fe battre en France contre Edouard d'Angleterre pour Philippe de Valois.

Le vieux roi Jean de Bohême est tué à la fameu-fe bataille de Créci le 25 ou 26 Août, gagnée par les Anglais. Charles s'en retourne en Bohême fans troupes & fans argent ; il est le premier roi de Bohême qui fe foit fait couronner par l'archevê-que de Prague ; & c'est pour ce couronnement que l'évêché de Prague jufques-là fuffragant de Mayence, fut érigé en archevêché.

1347.

Alors Louis de Baviere & l'anti-empereur Char-les fe font la guerre. Charles de Luxembourg est battu par-tout.

Il fe paffait alors une fcéne finguliere en Italie. Nicolas Rienzi, Notaire à Rome, homme élo-quent, hardi & perfuafif, voyant Rome abandon-née des Empereurs & des Papes qui n'ofaient y re-tourner, s'était fait tribun du peuple. Il regna quelques mois d'une maniere abfolue ; mais le peuple qui avait élevé cette idole, la détruifit. Ro-me depuis long-tems ne femblait plus faite pour des tribuns. Mais on voit toujours cet ancien amour de la liberté qui produit des fecouffes, & qui fe débat dans fes chaînes. Rienzi s'intitulait amateur *de l'univers*, & *tribun augufte*, Cela feul prouve qu'il était enthoufiafte, & par conféquent indigne de commander des hommes d'efprit.

Mort de l'Empereur Louis de Baviere le 11 Octobre. Quelques hiftoriens le difent empoifonné : cela peut être, mais il faut en être sûr pour le dire. Au refte il s'intitulait Louis IV. & non Louis V. il n'avait pas encore plû aux chronologiftes de compter pour empereur Louis l'enfant, bâtard du bâtard Arnoud ; ou plutôt il n'y avait point alors de chronologiftes.

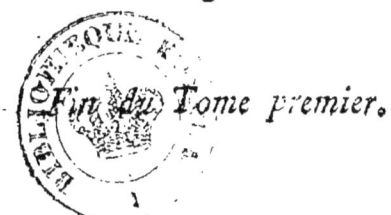

Fin du Tome premier.

www.ingramcontent.com/pod-product-compliance
Lightning Source LLC
Chambersburg PA
CBHW050307030726
47505CB00003B/611